호텔 로언트리

Buried Thunder

호텔 로언트리

팀 보울러 장편소설

유영 옮김

다산
책방

사랑하는 한국 독자들에게

한국어판 『호텔 로언트리』의 개정판 출간 소식을 듣고 매우 기뻤습니다. 아름다운 나라 한국에서 존경하는 한국 독자들과 다시 만나게 되어 무척 반갑습니다.

제 다른 소설들처럼 『호텔 로언트리』 역시 제 머릿속에 떠오른 하나의 장면으로 시작되었습니다. 저는 그 장면이 무엇을 의미하는지, 어떤 장면으로 이어질지 전혀 알 수 없었지만 제가 소설을 쓸 때면 으레 그랬듯 그저 그 이미지를 따라갔습니다. 처음으로 떠올린 장면은 저물녘에 숲을 가로질러 달려가는 한 소녀였습니다. 소녀는 서른 살가량의 여자 시체를 향해 달려가고 있었죠. 그러고 나서는 그 시체 위에서 비틀거렸습니다.

처음에는 그 소녀가 누구인지, 여자 시체의 정체가 무엇인지,

그들이 왜 그곳에 있는지 알지 못했습니다. 하지만 그 장면에 흥미를 느꼈고, 그래서 무작정 그 이미지를 따라갔습니다. 소녀가 시체를 확인하고, 그 사실을 사람들에게 알리기 위해 마을로 달려가려 합니다. 하지만 소녀는 이제 막 가족들과 새로운 마을로 이사를 온 참이기 때문에 집으로 돌아가는 길을 제대로 알지 못합니다. 그리고 곧 더 큰 문제가 생기죠.

소녀는 겨우 몇 걸음 떼다가 빨간 머리칼을 가진 두 번째 남자 시체에 다다릅니다. 이제 이야기는 속도를 내기 시작하죠. 소녀는 남자 시체도 확인하는데, 그 역시 죽은 것 같습니다. 소녀는 다시 달리기 시작하지만 얼마 못 가 세 번째 시체와 그 앞에 몸을 굽히고 서 있는 한 사람을 다시 발견합니다.

이 모든 일들이 첫 번째 장에서 일어나죠. 저는 이 인물들이 누구인지 당시에는 전혀 알 수 없었습니다. 그저 한 가지 질문만 떠오를 뿐이었죠. 애초에 그 소녀를 숲으로 이끈 게 무엇이었을까? 결국 이 질문이 소설의 중심인물과 강력한 상징을 구성하게 됩니다.

바로 여우였습니다.

저는 평생 여우라는 존재에 매료되어 왔습니다. 그래서 여우라는 존재가 이 소설 전체를 지배하게 되리라는 걸 금방 깨달을 수 있었죠. 실제로 주인공 마야가 자기 주변에서 일어나는 불가사의한 일들과 맞서 싸우는 동안 저는 소설 속 여우의 존재에 내

내 사로잡혀 있었습니다.

여우의 습성이나 여우에 관한 연구 자료, 신화와 이야기들을 끊임없이 찾아보면서도 저는 계속해서 여우와 관련한 좀 더 본능적이고 개인적인 경험을 갈망하고 있었습니다. 이 불길하면서도 아름다운 생물이 제게 없던 어떤 통찰을 주리라 믿었던 것 같습니다.

그러던 어느 날 저는 실제로 그것을 경험하게 됩니다. 한 마을 경계에 있는 오래된 별장에서 일하던 때였습니다. 별장 주위는 온통 들판과 언덕이었고 근처에 있는 건물이라고는 방목장에 붙어 있는 마구간뿐이었습니다.

몇 달 동안 『호텔 로언트리』 집필에만 몰두하던 시기였고 저는 잠시 휴식을 취하며 생각을 정리하기 위해 별장 밖으로 나갔습니다. 초고를 막 완성한 후였지만 몇몇 부분이 만족스럽지 못했고 특히 여우가 등장하는 장면들이 마음에 들지 않았습니다. 제가 원하는 방식으로 여우 이야기를 풀어내지 못하고 있다고 느꼈습니다. 분명 뭔가가 잘못되었는데, 뭐가 잘못되었는지를 모르는 상태였죠. 그것이 제게 불안감으로 다가왔고 그런 상태로 별장을 나서 방목장 울타리로 내려갔습니다.

땅거미가 지는 오후였습니다. 사방은 고요했고 저는 생각에 잠겨 울타리에 잠시 몸을 기댔습니다. 그러다 저를 지켜보고 있는 시선을 느꼈습니다. 그 순간 저도 모르게 오른쪽으로 고개를 돌렸고 10미터도 안 되는 거리에 있는 여우를 보았습니다. 여우는 그저 그 자리에 서서 노란빛의 기묘한 눈으로 저를 지켜보고 있었습니다.

여우와 저는 한동안 시선을 마주한 채 움직이지 않았습니다. 그러다 돌연 여우가 시선을 아래로 돌리더니 발로 땅을 파헤치기 시작했습니다. 그런 다음 시선을 들어 저와 눈을 마주치고, 또다시 땅을 파헤치는 행위가 반복되었지요. 저는 그대로 그 모습을 지켜보고 있었습니다.

그렇게 10분가량이 흘렀고 여우의 마지막 눈 맞춤이 이어졌습니다. 짜릿한 고요의 순간이었죠. 그런 다음 그 동물은 미련 없이 돌아서서 마구간 뒤편으로 사라졌습니다.

지금 생각해 보니 『호텔 로언트리』의 진정한 시작은 그때였던 것 같습니다.

모쪼록 독자 여러분도 이 소설을 즐겁게 읽어주시면 좋겠습니다.

따뜻한 마음을 담아
팀 보울러

"진정한 악은 천진함에서 시작된다."

— 어니스트 헤밍웨이

1

여자의 몸은 덤불숲 한가운데에 누워 있었다. 서른 살쯤으로 보였다. 나무뿌리에 걸려 그 위로 넘어지지 않았다면 아마도 발견하지 못했을 것이다. 마야는 허둥지둥 일어나 발밑을 내려다보았다. 여자는 죽은 듯 미동조차 없었다. 몸 위로 땅거미가 내리고 있었다. 그때 어디선가 마야를 부르는 톰의 목소리가 들렸다.

"마야!"

"오빠!" 마야가 대답했다.

하지만 마야는 곧 자신의 목소리가 톰에게 가닿지 않는다는 걸 깨달았다. 아무리 소리쳐 불러보아도 톰의 목소리는 계속 멀어져만 갔다. 마을로 돌아가고 있는 게 틀림없었다. 톰이 다시 마야의 이름을 불렀다.

"마야, 어디 있어?"

그게 문제였다. 여기가 어딘지 모른다는 것. 어떻게 이곳에 오게 되었는지조차 기억나지 않았다. 아직 정신은 몽롱했지만 무언가가 마야를 이곳으로 끌어들인 것만큼은 분명했다. 무언가로 인해 톰에게서 멀어져 숲으로 뛰어들게 되었다. 머릿속에 환영처럼 희미한 기억이 떠올랐다.

오솔길 위에서 본, 노란 그 무언가.

하지만 그게 기억의 전부였다.

마야는 더 이상 톰의 목소리에 답하지 않았다. 그래 봤자 소용없다는 걸 잘 알았으니까. 게다가 마야 앞에는 더 큰 문제가 놓여 있었다. 마야는 여자의 몸을 내려다보았다. 어쩌면 아직 살아 있을지도 모른다. 아무리 무섭고 두려워도 확인해야만 했다. 마야는 천천히 숨을 내쉰 다음 바닥에 무릎을 꿇고 앉았다.

바닥은 딱딱하고 차가웠다. 여자의 몸이 불쑥 움직일지도 모른다는 생각에 잠시 긴장하며 살펴보았으나 그런 일은 일어나지 않았다. 땅거미가 점점 짙어졌다. 여자에게 좀 더 가까이 다가가 보았지만, 좀처럼 얼굴을 알아볼 수가 없었다. 하지만 서서히 윤곽이 드러나기 시작했다.

여자의 굴곡진 몸은 미동조차 없이 고요했고 두 눈은 감겨 있었다. 목 부분이 깊이 파인 파란색 드레스를 입고 있었는데 어둠 속에서 겨우 색깔만 구별할 수 있을 정도였다. 차림새로 보아선 파티에서 빠져나온 것 같았다. 다친 흔적은 어디에도 보이지 않았다.

그때 무언가가 어둠 속에서 반짝였다. 여자의 오목한 가슴골에 묻혀 있던 장신구, 가느다란 줄에 걸린 말굽 모양의 펜던트였다. 마야의 머리카락 한 움큼이 그 위를 스쳤지만 여전히 움직임은 없었다. 마야는 두 주먹을 꽉 쥐었다. 정말로 죽은 것이 틀림없다.

하지만…

"저… 혹시 살아 있어요?" 마야가 물었다.

그 목소리가 어두워져 가는 숲속에서 조그맣게 울렸다. 여자는 대답이 없었다. 대신 어딘가 가까운 곳에서 부스럭거리는 소리가 났다. 마야는 고개를 홱 돌려 어둠 속을 가만히 들여다보았다. 소리가 그치고 다시 정적이 흘렀다.

마야는 공포에 질려 허둥대고 있었다. 집에 두고 온 휴대전화 생각이 났지만 지금 여기선 그것도 별 도움이 되지 못할 것 같았다. 통화를 한다고 해도 여기가 어디인지, 자신이 어디에 있는지 설명할 수 없을 테니까. 불과 며칠 전 가족과 함께 이곳 헴베리 마을로 이사를 온 참이었다. 그러니 마을 일대만 겨우 파악했을 뿐, 이 숲에 대해선 전혀 알지 못했다.

다시 부스럭거리는 소리가 났지만 조금 전과 마찬가지로 금세 사라져 버렸다.

마야는 벌떡 일어섰다. 이곳으로 올 때 지나쳤던 오솔길을 찾아야 했다. 집으로 돌아가서 오늘 본 것을 전해야 했다. 그리고 숲에 이르는 길을 어떻게든 기억해 두어야 했다. 그래야 경찰이 죽은 여자를 찾을 수 있도록 길을 안내할 것이 아닌가. 마야는 주위를 둘러보다가 완벽한 표식 하나를 발견했다. 훼손된 흔적이 뚜렷이 남아 있는 커다란 너도밤나무. 어둠 속에서도 잘려 나간 아래쪽 가지 두 개가 선명하게 보였다. 세 번째 가지는 위에서 늘어뜨린 로프 지지대에 걸쳐져 있었다.

마야는 다시 바닥에 누워 있는 여자의 몸을 바라보았다.

"난 이제 집으로 돌아갈 거예요." 왜 여자에게 말을 걸고 있는지 스스로도 알 수 없었지만, 마야는 계속 속삭였다. "돌아가서 엄마 아빠를 찾아야 해요. 그럼 그분들이 경찰을 부를 거예요. 최대한 빨리 뛰어갈게요. 당신 혼자 여기에 오래 내버려 두진 않을게요."

바로 그때 발자국 소리가 났다.

살금살금 조용히 다가오는 소리. 마야는 주위를 두리번거리며 재빨리 몸을 웅크렸다. 위험한 존재가 아닐 수도 있다. 어쩌면 자신을 도와줄 사람일지도 모르고, 만약 소리를 지르거나 모습을 드러내지 않으면 아무것도 모른 채 그대로 지나쳐버릴 수도 있다.

그러나 마야는 아무 말도 하지 않고 그 자리에 가만히 있었다.

발소리는 점점 더 가까워졌다. 마야는 슬그머니 참나무 뒤로 가서 기다렸다. 조금씩, 조금씩, 느린 발소리가 가까워지더니 갑자기 뚝 멈췄다. 다시 정적이 흘렀다. 마야는 숨을 죽인 채 귀를 바짝 곤두세웠다.

하지만 잎사귀가 부스럭거리는 소리만 한 차례 들렸을 뿐 아무 일도 일어나지 않았다. 마야는 고개를 내밀고 주위를 둘러보았다. 잎들은 마치 아무 일도 없었던 것처럼 잠잠했다. 마야는 돌아서서 죽은 여자를 다시 바라보았다.

여자는 여전히 같은 자세로 누워 있었다. 하지만 어딘지 모르게 아까와는 조금 달라 보였다. 다음 순간 마야는 보았다. 여자의 머리가 한쪽으로 기울고 긴 머리칼은 흩어져 있었다. 게다가 이제는 두 눈을 뜨고 있었다. 두 눈 아래로 마치 세 번째 눈처럼 말굽 모양의 펜던트가 어둠 속에서 빛나고 있었다.

마야는 여자를 빤히 쳐다보았다. 달아나고 싶은 마음이 간절했지만 도무지 꼼짝할 수가 없었다. 펜던트는 여전히 빛나고 있었고 죽은 눈동자 속에서도 뭔가가 반짝이는 것 같았다. 마야는 두려움에 침을 꿀꺽 삼켰다. 이건 분명 착각이다. 헛것을 본 것이다. 빨리 여기서 벗어나야 한다.

마야는 참나무 뒤에서 빠져나와 덤불숲 가장자리 쪽으로 살금살금 나아갔다. 이제 어둠이 짙어져 아무것도 잘 보이지 않았다. 하지만 어떻게든 가야 할 길을 찾아야 했다. 마야는 귀를 기울이고 주위를 살피며 조심스레 앞으로 나아갔다.

곧 공터가 나왔다. 그러자 정신없이 내달리다 우연히 이곳으로 들어오게 된 것이 기억났다. 왼쪽에는 훼손된 너도밤나무가 있고, 오른쪽으로는 더 깊고 울창한, 움푹 파인 지대가 펼쳐져 있었다. 마야는 자신이 이런 곳까지 들어왔다는 사실을 믿을 수가 없었다. 게다가 기억도 거의 나지 않았다.

그러나 지금부터 마야는 길을 찾아 걸어야 했다. 적어도 한 가지는 분명했다. 여기 어딘가에 집으로 이어지는 오솔길이 있다. 마야는 숨을 크게 한 번 들이쉰 다음 공터를 가로지르기 시작했다. 그러나 다음 순간 그 자리에서 얼어붙고 말았다.

바로 앞 정면에 두 번째 시체가 누워 있었다.

마야는 조심스레 가까이 다가갔다. 역시 확인해야 했다. 그냥 지나쳐버리고 싶어도 그럴 수 없다는 걸 이미 알고 있었다. 이번엔 남자였다. 조금 전에 본 여자처럼 남자도 확실히 죽은 것 같았다. 마야는 남자 옆에 무릎을 꿇고 앉았다. 배와 가슴은 움직이지 않았고, 두 눈은 뜨고 있었으나 눈동자는 텅 비어 보였다.

이번에도 외상은 보이지 않았다.

마야는 이제 온몸이 덜덜 떨려오는 것을 느꼈다. 하지만 살펴보지 않을 수 없었다. 경찰은 분명 자신에게 온갖 질문을 퍼부으며 설명을 요구할 것이다. 고요 속에서 마야는 자신이 본 것들을 중얼거리며 최대한 기억에 남기려 애썼다.

"서른다섯 살가량의 남자, 슈트, 타이, 흰 셔츠, 빨간 머리…"

마야는 중얼거리다 말고 다시 남자를 보았다. 틀림없었다. 어둠이 주변의 모든 색을 지우고 있었지만 남자의 머리카락은 분명 빨간색이었다.

"빨간 머리," 마야는 계속 말을 이었다. "그리고… 은시계."

그때 무언가가 오른쪽으로 움직였다. 나무들 사이에서 그림자가 어른거렸다. 마야는 실눈을 뜨고 그곳을 응시했다. 하지만 곧 그림자는 사라지고 다시 어둠이 드리웠다. 마야는 가만히 서서 생각을 정리했다.

분명 마을로 이어지는 오솔길이 많을 테지만 마야는 그 길을 다 알지 못했다. 그러니 왔던 길을 찾아야 했다. 결국 어떻게든 이 나무들을 헤치고 나아가야 한다는 뜻이었다. 그것도 지금 바로. 마야는 빠른 걸음으로 공터를 가로지르기 시작했다.

달리고 싶었다. 나무들을 헤치고 달려 조금이라도 빨리 이곳에서 벗어나고 싶었다. 그러나 참아야 했다. 달리기 시작하는 순간 극심한 공포가 엄습하리라는 걸 본능이 일깨워주고 있었다. 지금 필요한 것은 빠르고도 지속적인 걸음이었다.

마야는 뒤를 돌아보고 싶은 충동을 애써 억눌렀다. 나무들 사이를 살피고 위험을 경계하며 오솔길을 찾아 빨리 빠져나가야 했다. 뒤돌아보지 않고 계속 앞으로 나아가야 했다. 마야는 일부러 성큼성큼 큰 걸음으로 걸었다. 그러나 충동은 마음속에서 점점 더 커져만 갔다. 결국 마야는 거친 숨을 몰아쉬며 걸음을 멈췄다. 그리고 돌아섰다.

여전히 누워 있는 남자의 몸이 보였다. 여자와 마찬가지로 머리가 한쪽으로 기울어져 있고 두 눈은 어둠 속에서 빛나고 있었다. 마야는 몸을 돌려 급히 나무들을 향해 걸어가다가 곧 다시 멈춰 서고 말았다.

그림자가 다시 나타났다. 바로 앞에. 얼굴은 보이지 않았고 형체조차 희미했다. 하지만 그가 마야에게 등을 보인 채로 서서 바닥에 누워 있는 세 번째 몸 위로 고개를 숙이고 있다는 건 분명히 알 수 있었다.

마야는 그 모습을 가만히 쳐다보았다. 그때 마치 마야의 존재를 눈치채기라도 한 듯 그림자가 뻣뻣이 굳어지더니 몸을 펴고 이쪽을 향해 돌아섰다. 하지만 마야는 더 이상 그림자를 보지 않았다. 마야는 덤불숲과 잡목, 황갈색 관목들 사이를 정신없이 지나치며 달리고 있었다.

지금 자신이 어디로 향하고 있는지는 알 수 없었다. 아는 거라곤 가지들과 가시나무들과 잎들을 헤치며 달리고 있다는 사실뿐이었다. 마야는 크게 외치는 듯한 여러 소리를 들었다. 어떤 것은 마야가 스스로 낸 소리였고 또 어떤 것은 아니었다. 소리의 정체를 알 수 없었다.

어딘가 가까운 곳에서 또다시 외침이 들렸다. 하지만 이제 마야는 그 소리를 듣고 있지 않았다. 마야는 조금 전에 본 그림자를 떠올리며 앞으로 내달렸다. 마야가 원하는 건 오직 달리고, 달리고, 또 달리는 것뿐이었다. 그런데 어느 길로 가야 할지 가늠할 수가 없었다. 그때 바로 눈앞에서 그것을 보았다.

마야는 가쁜 숨을 몰아쉬며 걸음을 멈췄다. 그리고 어둠 속을 응시했다. 앞에는 나무들이 벽처럼 솟아 있고… 또 다른 무언가가 있었다. 마야를 지켜보는 두 개의 노란 눈. 그리고 머리와 몸통. 마침내 그 정체가 드러났다.

여우였다.

기억이 다시 시간을 거슬러 흘러갔다. 마야는 이전에도 여우를 본 적 있었다. 아마 이 녀석이었을 것이다. 이제 기억이 났다. 오솔길 위에 여우가 있었고 마야는 톰을 뒤로한 채 녀석을 따라 숲으로 들어갔다. 왜 그랬을까? 그리고 왜 지금까지 그 사실을 잊고 있었을까?

"원하는 게 뭐야?" 마야는 자신의 목소리를 들었다.

노란 두 눈이 감겼다, 뜨였다, 다시 감겼다.

그리고 눈이 있던 바로 그 자리, 나무들 사이로 좁은 오솔길 하나가 보였다.

마야는 비명을 지르며 그곳을 향해 정신없이 달렸다. 이전의 그 외침이 다시 들렸다. 소리가 점점 더 커지고 있었다. 마야는 계속해서 달렸고, 바로 그 순간 뭔가에 걸려 넘어지고 말았다.

넘어져 뒹굴면서 마야는 나무의 잎과 가지들과 몸통을 보았다.

그리고 마야의 위로 몸을 숙이고 있는 그림자를 보았다.

2

"마야." 그림자가 말했다.

한 줄기 빛이 번쩍였다. 마야는 몸을 틀어 손전등의 빛을 쳐다보았다.

"아빠?" 마야가 말했다.

"마야, 어떻게 된 거야?"

그러나 마야가 대답하기도 전에 아빠는 몸을 돌려 어둠 속을 향해 크게 외쳤다.

"마야를 찾았어! 여기야!"

누군가가 그 말에 응답했다. 엄마였다. 엄마의 목소리는 아주 가깝게 들렸다.

"마야!"

잠시 후 엄마가 손전등을 들고 다가왔다.

"아가, 어디 다친 데는 없니?" 엄마가 마야의 곁에 무릎을 꿇고 앉았다.

"없어요. 그런데…"

"이리 오렴."

마야는 몸을 일으켜 엄마 품에 안겼다. 엄마는 마야를 바짝 끌어안으며 속삭였다.

"됐어, 괜찮아."

아빠가 다시 어둠 속을 향해 소리쳤다.

"톰! 우리 여기 있다!"

마야는 엄마의 옷자락에 얼굴을 파묻고 조용히 흐느꼈다. 곧이어 왁자지껄한 소리가 들렸다. 아빠가 톰을 향해 소리치자 대답이 돌아왔다. 그리고 잠시 후 세 번째 손전등이 마야를 스쳤다.

"마야!" 톰이 말했다. "괜찮아?"

마야는 대답하지 않았다.

"무슨 일이야? 어디 아파?"

"그 손전등 좀 꺼줘, 응? 너무 눈부셔."

마야의 말에 엄마와 아빠와 톰이 동시에 들고 있던 손전등을 껐다. 마야는 몸을 부르르 떨었다. 톰의 손전등만 꺼달라고 한 건데. 하지만 마야는 더 이상 아무 말도 하지 않고 주위에 어둠이 드리워지도록 내버려 두었다.

"이제 돌아가자." 아빠가 말했다.

"마야는 아직 준비가 안 됐어요." 엄마가 대꾸했다. "조금만 더 기다려줘요."

"그럽시다."

어둠이 더욱 깊어졌다. 마야는 조금 전에 본 여우를 떠올렸다. 자신을 숲으로 이끌었던 그 여우와 같은 녀석이 틀림없었다. 마야는 무슨 이유에서인지 그 여우를 잊고 있었다. 그러나 이제 절대로 잊지 않을 것이다.

엄마가 마야에게 입을 맞추며 말했다.

"무슨 일이 있었는지 말해줄 수 있겠니? 아니면 집으로 돌아가서 얘기하는 게 나을까?"

마야는 고민하지 않고 자신이 본 것을 털어놓았다. 죽은 여자와 남자, 세 번째 몸, 그리고 그 앞에 서 있던 인물에 대해 말했다. 이야기를 들은 아빠는 곧바로 휴대전화를 꺼내 경찰에 전화를 걸었다.

"제 딸입니다. 네, 마야 먼로요… 열네 살이에요."

마야는 다시 엄마의 어깨에 머리를 묻었다. 아빠는 마야의 이야기를 재생이라도 하듯 하나도 빠짐없이 그대로 전했다.

"우리 애한테 한번 물어볼게요." 아빠가 불쑥 말했다.

마야는 아빠를 쳐다보았다. 하지만 아빠는 여전히 전화로 뭔가를 말하고 있었다.

"글쎄요, 딸아이와 이야기를 나눈다 해도 방금 제가 말한 것보다 많은 정보를 드리진 못할 겁니다. 우리는 헴베리로 이사 온지 며칠밖에 안 됐거든요. 얼마 전 마을 광장 위에 있는 오래된 호텔을 인수했어요. 네… 로언트리요. 아무튼 제 말의 요점은 우리가 아직 이 마을의 지리를, 특히 숲에 대해서는 잘 모른다는 겁니다. 그러니 딸아이는 자기가 어디에 있었는지 설명하기 어려울 거예요. 네, 알겠습니다. 한번 물어볼게요."

아빠가 한 손으로 전화기를 가렸다.

"마야." 아빠가 소곤거리듯 말했다. "경찰이 네가 본 그 시체들이 어디에 있는지 정확한 위치를 알고 싶어 하는구나. 물론 강요하는 건 아냐. 더 말할 게 없다면 하지 않아도 돼. 그래도 좀 더 자세히 기억나는 건 없니?"

마야는 덤불숲과 공터, 그리고 훼손된 너도밤나무에 대해 말해주었다.

"그래, 그 정도면 도움이 될 수도 있겠구나." 아빠가 말했다. 그리고 마야의 뺨을 어루만졌다. "잘했어."

아빠는 몇 걸음 떨어진 곳으로 가더니 통화를 계속했다. 톰이 마야 앞에 무릎을 꿇고 앉았다.

"마야."

마야는 오빠가 무슨 말을 꺼낼지 알고 있었다.

"도대체 왜 그렇게 가버린 거야?"

"모르겠어. 난—"

"너답지 않아."

"미안해."

"그렇게 무작정 오솔길로 달아나 버리면 어떡해." 톰이 말했다. "내가 달려갔을 땐 이미 굽이를 돌아 사라지고 없더라. 계속해서 불러댔지만 아무 대답이 없었어. 그렇게 쏜살같이 숲으로 들어가 버릴 거라고는 꿈에도 생각 못 했어. 그래서 일단 로언트리로 돌아갔던 거야."

마야는 자신의 행동에 대해 톰과 엄마 아빠에게 충분히 설명할 수 있을지 의심스러웠다. 마야는 여우에 관해서는 아무 말도 하지 않았다. 이유는 마야 자신도 확실히 알 수 없었다.

"그 얘긴 나중에 하자꾸나." 엄마가 말했다.

마야는 엄마를 돌아보았다. 그러나 엄마의 눈은 마야를 보고 있지 않았다. 엄마는 뭔가를 찾는 듯 어둠 속을 두리번거리고 있었고, 이제는 톰도 엄마와 똑같은 행동을 하고 있었다. 아빠 역시 통화를 하면서도 그림자들을 살피고 있었다. 마야는 세 번째 시체 앞에 있던 인물을 생각했다. 자신을 돌아보았던 그 형체를.

"알겠습니다." 아빠가 말했다. "정말 감사합니다."

통화를 끝낸 아빠는 휴대전화를 집어넣고 손전등을 켰다. 그러고는 가족들 곁으로 돌아왔다.

"자, 집에 가자." 아빠는 마야가 일어설 수 있도록 살며시 잡아

끌어주었다.

"경찰은 뭐래요?" 마야가 물었다.

"시체를 확인할 거래."

"이것저것 물어보려고 하지 않을까요?"

"그러겠지." 아빠가 한쪽 팔을 마야에게 둘렀다. "하지만 지금 여기서는 아냐. 그만 가자."

마야와 가족들은 손전등을 켜고 다시 숲을 통과해 나아가기 시작했다. 마야는 주위를 살피며 혹시 낯익은 것이 있는지 보려고 애썼다. 그러나 소용없는 짓이었다. 앞서 온 길이 이 길이었다고 해도 틀림없이 공포에 질려 아무것도 보지 않은 채 무작정 달렸을 테니까.

그때 계단이 보였다.

그리고 마침내 기억이 되살아났다. 마야는 바로 이 계단을 넘어 숲으로 들어갔다. 또 이곳으로 왔던 것도 기억났다. 마야는 저 너머 오솔길을 바라보았다. 그 길 역시 익숙했다. 마야는 톰과 함께 그 길을 걷다가 자신도 모르는 어떤 이유로 톰의 곁을 떠났다.

그리고 그 짐승.

마야는 다시 여우를 생각했다.

"어서 가자." 아빠가 말했다. "여기서 꾸물대면 안 돼."

마야는 계단을 올라 오솔길로 나아갔다. 가족들도 그 뒤를 따랐고, 다 같이 햄베리 마을로 향했다. 침묵이 어둠만큼 무겁게 느껴졌다. 길이 숲 한쪽을 감아 돌듯 이어지더니 오른쪽으로 나무들이 서서히 사라지고 들판이 펼쳐졌다.

그렇지만 마야는 마음이 완전히 놓이지 않았다. 교회와 마을 가장자리를 따라 늘어선 석조 주택들을 보는 건 좋았지만 왼쪽에 있는 숲은 전보다 더 어둡고 깊어 보였다. 마야는 시체들을 떠올리고는 더욱 걸음을 재촉했다.

마을 광장에는 경찰차 세 대와 구급차 한 대가 와 있었고 주위에 사람들이 모여 있었다.

"그냥 계속 가자." 아빠가 말했다.

"경찰은 뭐래요?" 엄마가 물었다. "괜히 경찰한테 우리 이름을 밝힌 건 아닐까요?"

아빠가 고개를 저었다.

"아까 경찰과 통화하면서 일단 집으로 돌아간 다음 얘기할 거라고 했어요. 그렇게 하자고요. 사람들이 이곳에서 마야를 붙잡고 성가시게 구는 걸 원치 않아요."

아빠는 로즈앤드크라운 뒤쪽으로 돌아 로언트리를 향해 뻗어 있는 도로로 가족들을 인도했다. 마야는 그 오래된 건물을 빤히 쳐다보았다. 대부분의 창에 불이 켜져 있었고 어느새 떠오른 달이 지붕을 환히 밝히고 있었다. 그러나 이상하게도 호텔은 어두워 보였다.

마야는 톰이 자신을 지켜보고 있다는 걸 깨달았다.

"아직도 나한테 화났어?" 마야가 물었다.

"마야, 너답지 않아."

"톰, 그만해." 아빠가 끼어들었다. "지금은 그럴 때가 아냐."

하지만 톰은 말을 이었다.

"아무리 봐도 정말 너답지 않다고. 너한테 말하고 싶은 게 또 있어. 그 오솔길에서 너 정말 이상했어. 밖에서 같이 걷고 있었을 때 말이야."

"무슨 말이야?"

"네가 말했잖아. 날 두고 달아나기 직전에."

"내가 뭐라고 했는데?"

"정말 기억 안 나?"

마야는 자신이 달아나기 직전의 그 오솔길을 떠올려보았다. 마음속에 길이 나타났다. 하지만 그다음으로 기억나는 건 숲속에서 발견한 여자의 시체였고 그사이에 일어났던 일은 온통 흐릿하기만 했다.

그 노란 눈만 빼고.

"우린 올빼미를 찾는 중이었어." 톰이 말했다.

마야는 입술을 깨물었다. 맞아, 그랬었지. 올빼미였지.

"날은 어두워지고 있었고." 톰이 말을 이었다. "그건 기억나?"

"응."

"정말 기억이 나는 거야, 아니면 그냥 대답만 하는 거야?"

"정말 기억나."

"그럼 무슨 일이 있었는지 말해봐. 우리가 뭘 하고 있었는지 말해보란 말이야." 톰이 말했다. "올빼미를 찾고 있었단 말은 하지 마. 그건 내가 벌써 말했으니까."

"톰." 엄마가 말했다. "이제 마음을 좀 풀어."

톰은 아무 말도 하지 않았다. 마야는 망설이다 말을 꺼냈다.

"우리는 로언트리에서 출발했어. 난 기억해. 오빠가 그랬잖아. 올빼미 사냥을 구경하기에 딱 좋은 때라고. 우리는… 들판이 끝나는 곳까지 갔어. 그리고… 한쪽에 나무들이 서 있는 오솔길을 따라 계속 걸어갔지. 우리가 방금 돌아왔던 그 길 말이야. 그러고 올빼미를 찾으면서 한동안 더 걸었어. 하지만 결국 한 마리도 보지 못했어. 그래서…"

마야는 기억을 떠올리며 말을 멈췄다.

"그래서 돌아서서 다시 집으로 향했어. 오빠가 말했잖아. 우리는 아직 이 근처 지리를 잘 모르니 어두워진 다음에 집 밖을 돌아다니면 위험하다고. 그리고… 그때, 내가 오빠를 남겨두고 혼자 숲으로 달려갔던 것 같아."

톰이 코웃음을 쳤다.

"그래, 잘 알고 있네."

"톰, 이제 그만 됐다." 아빠가 말했다. "그만 가자, 마야."

아빠는 마야를 로언트리 입구로 이끌었다. 하지만 톰이 다시 마야의 팔을 잡아 세웠다.

"그런데, 빠트린 게 있어." 톰이 말했다.

"톰." 아빠가 말했다. "마야를 그냥 좀 내버려 둬."

톰은 팔을 놓고 마야 앞에 섰다.

"분명 빠트린 게 있다니까."

"만약 그렇다면," 마야가 말했다. "그건 내가 기억을 못 하는 거겠지."

톰은 마야에게 악마 같은 표정을 지어 보였다.

"우리는 올빼미를 봤어." 톰이 말했다. "오솔길을 따라 늘어선 울타리 기둥 중 하나에 앉아 있었잖아. 그 계단 바로 위 말이야."

마야는 머릿속에 그 순간을 떠올리려고 애썼다. 오솔길, 계단, 울타리 기둥들, 그 너머의 나무들―자신이 그 사이로 뛰어 들어 갔던 나무들―이 보였다. 하지만 올빼미는 없었다.

"오빠 혼자만 봤는지도 모르잖아." 마야가 말했다.

"너도 봤어. 네가 먼저 올빼미를 가리켰거든."

마야는 옆에 있던 엄마와 아빠의 몸이 굳어지는 걸 느꼈다.

"분명히 네가 가리켰다고." 톰이 말했다. "우린 올빼미를 좀 더 자세히 보려고 그쪽으로 걸어갔지. 그런데 몇 발짝도 못 가서 네가 멈추자고 했어. 너무 가까이 가면 올빼미를 방해하게 될 거라고 하면서 말이야. 기억나? 잠깐 실랑이까지 벌였잖아. 난 좀 더 가까이 가자고 했고, 너는 여기서 멈추지 않으면 올빼미가 놀라서 달아나 버릴 거라고 우겼어."

마야는 기억이 나지 않아 고개를 저었다.

그때 갑자기 그 장면이 떠올랐다.

"기억나." 마야가 말했다. "맞아, 난 더 가까이 다가가고 싶지 않았어. 하지만 올빼미를 놀라게 하고 싶지 않다는 건 거짓말이었어. 그 올빼미는 우리를 보고도 조금도 놀라지 않았거든. 오히려 놀란 건 나였지. 그래서 가까이 가고 싶지 않았던 거야."

마야는 다시 기억을 더듬었다.

"내가 오빠 팔을 잡았어." 마야가 말했다. "방금 오빠가 내 팔을 잡았던 것처럼 말이야."

"그다음엔?"

"올빼미가 날아가 버렸어."

"맞아."

"톰." 엄마가 말했다. "그만하면 됐어."

톰은 고개를 저었다.

"아직 남았어요."

"아냐, 지금은 그거면 충분해."

"엄마," 톰이 말했다. "분명 뭔가 중요한 게 있다니까요. 마야, 엄마 아빠한테 얼른 말해."

마야는 톰을 빤히 쳐다보았다.

"하지만… 기억이 안 나…"

"방금 올빼미가 날아간 건 기억난다고 했잖아." 톰이 말했다.

"응."

"어느 쪽으로 갔지?"

"그, 그게…"

"어느 쪽으로 갔냐고?"

"나무들 속으로."

"나무들 속 어디로?"

"그 길…" 마야는 두려움에 몸을 떨었다. "그 시체들이 있던 길."

"그다음엔 무슨 일이 있었지?"

"기억이 안 나."

"잘 생각해 봐!"

"톰, 그만해." 아빠가 말했다.

"마야는 멀쩡해요." 톰은 마야를 매섭게 노려보았다. "마야, 아빠한테 괜찮다고 말해."

마야는 대답하지 않았다. 대신 다시 기억을 더듬고 있었다. 이제 올빼미의 모습이 또렷이 보였다. 마야는 올빼미가 나무들 사이로 들어가 잿빛 어스름에 완전히 덮이는 걸 볼 수 있었다. 그다음에는 아무것도 없었다.

"기억이 안 나, 오빠."

"그때 네가 이상한 말을 했잖아."

"무슨 말?"

"올빼미가 날아간 직후에 네가 말했다니까. 기억 안 나?"

마야는 고개를 저었다. 톰이 마야의 표정을 슬쩍 살폈다.

"넌 누군가가 죽을 거라고 했어."

톰이 잠시 말을 멈췄다.

"생각 안 나?"

"응, 생각 안 나."

"그 말을 듣고 깜짝 놀랐어. 게다가 그때 네 목소리가 얼마나 이상했는지 알아? 무슨, 아주 멀고 아득한 곳에서 들려오는 목소리 같았어. 난 당연히 올빼미가 저녁거리를 사냥하는 이야기라고 생각했지. 그런데 너는 그걸 말한 게 아니었어, 그렇지? 분명 너는 '누군가'라고 했거든. 넌 어떤 사람을 말한 거야. 어쩌면 한 사람이 아니었을 수도 있고."

톰은 엄마와 아빠를 힐끗 보더니 다시 마야를 보았다.

"세 명이었는지도."

마야는 눈을 내리깔았다.

"미안해." 마야가 말했다.

"미안해할 것 없어." 엄마가 마야를 위로했다.

"난⋯ 그런 말을 했던 기억이 안 나."

"괜찮아." 아빠가 말했다.

마야는 다시 그 길을 머릿속에 떠올렸다. 올빼미가 날아가는 모습이 보였다. 이제 기억은 머릿속에 아주 날카롭고 확실하게 새겨져 있었고, 좀 더 끈질기게 기다리면 곧 자신이 했던 말도 기억날 것 같았다. 그러나 지금은 어떤 말도 떠오르지 않았다. 떠오른 것은 또 다른 장면이었다. 자신을 그 나무들 속으로, 올빼미가 날아갔던 길로 이끌었던 노란 눈.

"들어가자." 아빠가 말했다.

아빠는 먼저 계단을 올라가 현관 앞에 섰다.

"벌써 경찰이 와 있나 보다." 아빠가 유리를 통해 문 안쪽을 들여다보며 말했다. "제복을 입고 있는 걸 보니 서에서 연락을 받고 온 모양이야."

아빠는 문을 열고 안으로 들어갔다. 마야는 뒤에 서 있었고 엄마와 톰이 마야를 앞질러 들어갔다. 마야는 알 수 없는 두려움을 느끼며 잠시 바깥에서 서성거렸다. 다른 사람들이 시야를 가려 로비는 보이지 않았다. 그러나 잠시 후 이들이 옆으로 비켜서자 열린 문을 통해 경찰 한 명이 맞은편 벽에 걸린 그림 중 하나를 살피고 있는 게 보였다.

"어떻게 오셨죠?" 아빠가 물었다.

경찰이 미소를 지으며 돌아섰다. 그 순간, 마야의 몸이 다시 떨려왔다.

숲에서 보았던 그 여자였다. 죽어 쓰러져 있던 바로 그 여자.

3

틀림없이 그 여자였다. 비록 파란 드레스를 입고 머리칼을 풀어헤친 건 아니었지만, 쌍둥이가 아닌 이상 경찰은 좀 전에 보았던 그 여자가 분명했다. 말굽 모양의 펜던트는 목에 걸고 있었다 해도 제복에 가려 보이지 않을 터였다.

"안녕하세요." 경찰이 아빠에게 인사했다. "쇼 순경입니다."

"필 먼로라고 합니다. 이쪽은 제 아내 폴라이고요."

두 여자는 고개를 끄덕이며 인사를 나눴다.

"얘는 제 아들 톰이고요." 아빠가 소개를 계속했다.

"안녕, 톰." 경찰이 물었다. "몇 살이니?"

톰이 퉁명스러운 목소리로 대답했다.

"열다섯 살이요."

"그리고 얘가 마야입니다." 아빠가 말했다.

"안녕, 마야."

마야는 아무 말도 못 한 채 경찰을 빤히 쳐다볼 수밖에 없었다. 쇼 순경은 마야를 휙 훑어보고 다시 아빠를 보았다.

"이 로언트리를 인수하셨다고요." 쇼 순경이 말했다.

"네, 그렇습니다. 바로 며칠 전에 여기로 이사 왔고요."

"오랫동안 비어 있었는데 이렇게 호텔이 다시 문을 연 걸 보니 무척 반갑네요. 벌써 손님이 꽤 많은 것 같던데요."

"네, 방이 거의 다 찼어요." 아빠가 대답했다. "직원이 없다 보니 당분간 모든 일을 저희가 맡아서 해야 하는 상황이지요. 하지만 잘되고 있습니다. 그건 그렇고…"

아빠가 슬며시 한쪽 팔을 마야에게 둘렀다.

"마야한테 물어보실 게 많을 줄은 압니다만, 우선 시간을 좀 주시겠어요? 너무 끔찍한 일을 겪어서 많이 놀란 상태거든요. 일단 안으로 데려가 따뜻한 음료와 함께 뭘 좀 먹여야겠어요."

"물론이죠." 경찰이 말했다. "저는 신문을 하려고 여기 온 게 아니에요. 지금 제 동료들이 숲을 조사하고 있는데, 그들이 조사를 마칠 때까지 여러분들 모두 밖으로 나가지 말고 집 안에 있어 달라는 말을 전하러 온 겁니다."

"알겠습니다. 그럼 저희는 주방으로 가볼게요." 아빠가 말했다.

"저는 여기서 기다리겠습니다."

"괜찮으시다면 라운지에 앉아 계세요."

"아뇨, 여기면 충분합니다."

"차 한잔하시겠어요?"

"아뇨, 신경 쓰지 마세요. 마야를 돌봐주셔야죠."

마야는 어떻게든 쇼 순경에게서 벗어나려고 급히 주방으로 들어갔다. 혼자 있고 싶은 마음이 간절했다. 마야에게는 지금 생각할 시간이 필요했다. 이 여자뿐 아니라 숲에서 보았던 나머지―빨간 머리의 남자, 세 번째 몸, 그리고 그 앞에 서 있던 인물―에 대해서도 차분히 생각할 필요가 있었다. 어쩌면 그들이 쇼 순경의 동료로 밝혀질지도 모르는 일 아닌가.

지금 당장은 그 어떤 일도 다 가능할 것 같았다.

그러나 얼마 후 나타난 경찰들은 마야가 숲에서 보았던 얼굴들과는 전혀 달랐다. 남자 둘과 여자 한 명이었고, 숲이 어두워 제대로 볼 수 없었다는 걸 감안하더라도 마야는 그 세 사람이 숲에서 본 이들과는 다른 사람임을 알 수 있었다. 그들은 주방 테이블 끝으로 가 앉았고 엄마는 그들 앞에 찻잔을 내려놓았다.

"고맙습니다, 먼로 부인." 나중에 온 여자 경찰이 말했다.

엄마는 톰과 아빠 사이에 앉았다. 마야는 손도 대지 않은 음식을 옆으로 치우고 기다렸다. 그나마 쇼 순경이 주방으로 들어오지 않은 걸 다행으로 여기며 자신 앞에 앉아 있는 세 명의 경찰을 경계의 눈초리로 바라보았다.

"저는 헨더슨 경위라고 합니다." 나이 든 남자가 말했다. "이쪽은 코커 경장, 또 이쪽은 베켓 순경입니다."

"이렇게 빨리 와주셔서 감사합니다." 엄마가 말했다.

"별말씀을요." 헨더슨 경위가 코커 경장에게 시선을 돌렸다. "애니는 이제 여기 더 있을 필요가 없으니 돌아가도 된다고 전하게."

코커 경장이 주방을 나갔다. 그리고 잠시 후 여러 목소리와 함께 딸각하는 현관문 소리가 들렸다. 마야는 반사적으로 창문 쪽을 힐끗 쳐다보았다. 쇼 순경이 도로를 따라 마을 광장 쪽으로 내려가고 있었다.

마야는 그 모습을 눈으로 좇았다.

애니 쇼.

죽은 채로 숲에 누워 있어야 할 그 여자의 이름이었다.

코커 경장이 다시 돌아왔다.

"이제 마야에게 직접 이야기를 들어야 할 것 같군요." 헨더슨 경위가 말했다.

마야는 헨더슨 경위 쪽으로 눈을 돌렸지만 생각은 여전히 애니 쇼에게 가 있었다. 이들에게 그 사실을 말한다면 다들 어떻게 생각할지 불 보듯 뻔했다. 자신이 아는 것이 정말 사실인지도 헷갈렸다. 마야는 이제 아무것도 확신할 수 없었다.

"서두르지 않아도 돼, 마야." 경위가 말했다.

마야는 천천히 숨을 들이켰다.

"숲에서 뭔가를 발견하셨나요?" 마야가 물었다.

"그건 이따 말해줄게." 경위가 말했다. "먼저 네 이야기를 다 들은 다음에."

"하지만 제가 뭘 봤는지는 아빠가 벌써 다 말했잖아요."

"우린 네 설명을 듣고 싶구나."

"제가 뭘 잘못했나요?"

"아, 아냐. 그렇진 않아." 헨더슨 경위가 대답했다. "단지 너한 테서 직접 이야기를 듣고 싶은 것뿐이야."

마야는 경위의 시선이 잠시도 자신에게서 떠나지 않는 걸 의식하고 그 눈을 자세히 들여다보았다. 다른 사람들도 이 광경을 지켜보고 있다는 것을 느낄 수 있었다. 경위는 미소를 지었다. 하지만 불안감은 사라지지 않았다. 오히려 그 미소가 함정처럼 느껴졌다.

"있었던 일을 그대로 말하면 돼, 마야."

마야는 입을 열었다. 오솔길과 올빼미, 자신이 톰에게 중얼거렸던 말들, 그러고 나서 어쩌다 숲으로 뛰어들게 된 일, 숲에서 본 시체들과 그 앞에 서 있던 또 다른 인물, 나무들을 헤치며 정신없이 달렸던 일, 그리고 아빠가 자신을 찾아낸 것까지. 마야는 기억할 수 있는 모든 것을 다 말해주었다.

여우 이야기만 빼고.

그리고 죽은 듯 누워 있던 그 여자의 정체도.

이유는 알 수 없었지만 입 밖에 내서는 안 된다는 것을 마야는 알고 있었다.

그러나 아무래도 상관없었다. 어차피 아무도 마야의 말을 믿지 않는다는 걸 알 수 있었으니까. 코커 경장은 뭔가를 열심히 적고 있었다. 그러나 마지막에 그가 고개를 들고 미소를 지었을 때, 마야는 경장의 생각을 읽을 수 있었다. '너 때문에 이 많은 사람들이 괜히 아까운 시간만 버렸잖아'라는 속마음을.

"그게 전부니, 마야?" 코커 경장이 물었다.

"네."

"더 할 말은 없어?"

"없어요."

마야는 톰과 눈이 마주쳤으나 톰은 고개를 돌려버렸다. 아빠는 식탁에 몸을 기댄 채 세 경찰을 빤히 쳐다보았다.

"마야가 설명한 장소를 찾는 데 별 어려움은 없었나요?"

"전혀 없었어요." 헨더슨 경위가 대답했다. "훼손된 너도밤나무 이야기를 하셔서, 거기가 어딘지 금방 알았거든요."

"그렇군요, 현장에선 뭐가 나왔죠?"

"아무것도요."

경위가 마야를 돌아보았다.

"정확히 말하자면 어떤 시체도 없었어요." 경위는 각 단어를

또박또박 강조하며 계속 말했다. "마야, 네가 봤다고 하니까 다시 묻는 건데," 경위가 잠시 말을 끊었다가 다시 이었다. "네 눈으로 똑똑히 봤니?"

마야는 눈을 내리깔았다.

"지금 너를 나무라는 게 아니란다." 경위가 말했다. "날이 어두워지는 때라 틀림없이 시야가 좋지 않았을 거야. 누구라도 실수할 수 있어. 게다가─"

"시체를 봤어요." 마야가 경위를 올려다보았다. "정말 봤다고요."

헨더슨 경위는 무표정한 얼굴로 마야를 바라보았다. 마야는 다른 두 경찰을 힐끔 쳐다보았다. 베킷 순경은 소매 끝에 붙은 머리카락을 떼어내고 있었고 코커 경장은 하품을 하고 있었다. 엄마와 아빠는 경장에게 어색한 미소를 지어 보였다. 갑자기 톰이 불쑥 나섰다.

"마야는 지금 사실대로 말하고 있어요."

아무도 대꾸하지 않았다.

"얘는," 톰이 계속 말했다. "얘는 거짓말 같은 건 절대 하지 않아요. 정말 정직한 아이예요. 얘보다 더 정직한 사람은 없다고요."

베킷 순경이 잠시 고개를 들고 톰을 보더니 다시 소매 끝에 붙은 머리카락으로 눈을 돌렸다.

"마야, 우린 네가 거짓말을 하고 있다고 나무라는 게 아냐." 헨더슨 경위가 말했다.

"아뇨, 그러고 있어요." 톰이 끼어들었다. "지금 마야를 마구 몰아붙이고 있잖아요. 마치—"

"톰." 엄마가 톰의 말을 가로막았다. "경위님이 말씀하고 계시잖아."

"하지만—"

"괜찮습니다. 말하게 두세요."

헨더슨 경위가 톰을 힐끗 쳐다보았다.

"난 네 동생을 몰아붙이는 게 아냐."

"아뇨, 그러고 있어요." 톰이 말했다. "마치 얘를 머리가 돈 사람처럼 취급하고 있잖아요."

"난 단지 모순처럼 들리는 이야기를 꿰어 맞추려는 것뿐이야." 경위가 말했다. "마야는 봤다고 했지. 세 구의 시체, 그리고—"

"또 다른 인물이요."

"그래, 또 다른 인물. 하지만 지금까지 우리는 어떤 것도 입증할 수 없었어."

"'입증'한다는 게 무슨 뜻이죠?" 톰이 물었다.

"마야가 보았다고 한 것들에 대해 어떤 증거도 찾지 못했다는 뜻이야."

마야는 다시 애니 쇼의 모습을 떠올렸다. 미소 짓고 있던 애니 쇼, 숲을 빠져나오는 동안 죽은 눈으로 자신을 뒤쫓았던 애니 쇼. 이어서 마야는 다른 눈—노란 두 눈—을 생각했고, 그것이 지금 어디에 있을지 궁금해졌다.

아주 가까이 있을 것만 같았다.

"그래, 마야." 헨더슨 경위가 말했다.

경위는 다시 마야를 보고 있었다.

"그러니까 네가 그 여자와 빨간 머리 남자 옆에 무릎을 꿇고 앉았다는 거지?"

"네."

"틀림없이 두 사람은 죽어 있었고."

"네."

"혹시 학교에서 의료 실습 같은 걸 해본 적 있니? 응급처치법 이라든가 아니면 그 비슷한 어떤 거라도."

마야는 입술을 깨물었다.

"없어요."

"그럼 전에 시체를 자세히 본 적은 있니?"

"없어요."

"맥박은 확인해 봤니?"

마야는 망설였다.

"마야?" 경위가 말했다.

"전혀 움직이지 않았어요." 마야가 답했다. "가슴도 배도—"

"그래서 맥박을 확인해 봤니, 마야?"

마야는 다시 경위를 빤히 쳐다보았다.

"아뇨." 마야가 차분히 대답했다.

헨더슨 경위가 손가락으로 식탁을 탁탁 두드렸다.

"하지만 분명 죽어 있었어요." 마야가 말했다. "여자도 그렇고 빨간 머리 남자도요."

"아마도 죽은 거였을 수도 있고."

"아마도가 아네요." 톰이 말했다. "확실해요. 마야가 죽었다고 하면—"

"그래, 그래." 헨더슨 경위가 톰을 힐끗 보았다. "네 동생이 거짓말을 하지 않는다는 건 알아. 그래서 방금 말했잖니. 아마도 죽은 거였을 수도 있다고."

마야는 엄마가 자신의 손을 잡는 걸 느꼈다. 헨더슨 경위의 눈빛이 약간 누그러졌다.

"마야, 우리가 찾으려는 건 두 가지 이야기 모두에 들어맞는 설명이야. 네가 본 것과 우리가 본 것이 딱 맞아떨어질 수 있는 그런 설명 말이지. 알겠니?"

"네."

"좋아, 그럼 말이지, 가령 그 사람들이 술에 취해 쓰러져 있었던 거라면 어땠을까? 넌 분명 그들이 파티장에서 나온 것처럼 정장 차림이었다고 했어. 그럼 추리를 한번 해보자꾸나. 그들은 취한 상태로 파티장을 빠져나와 비틀거리며 그 숲으로 들어갔어. 그런데 서로 떨어지게 된 거야. 여자가 먼저 쓰러졌고 빨간 머리 남자는 더듬거리며 여자를 찾다가 역시 쓰러지고 말았지."

"그럼 세 번째 시체는요?" 엄마가 물었다. "그리고 그 앞에 있던 인물은요?"

"앞의 두 사람과 마찬가지죠." 헨더슨 경위가 말했다. "그들은 모두 만취한 상태였고 비틀거리며 그 숲으로 들어갔어요. 그러다 제일 먼저 여자가 쓰러졌고 다음으로 빨간 머리 남자, 그다음엔 세 번째 인물이 쓰러진 거죠. 네 번째 사람은 쓰러진 동료가 괜찮은지를 살폈던 거고요. 마야는 그 광경을 목격하고 겁에 질려 달아났고요. 그리고 저희가 거기 도착했을 때는 그들 모두 다시 정신을 차리고 떠난 뒤였던 겁니다. 이러면 얘기가 딱 맞아떨어지지요."

"아뇨, 맞지 않아요." 마야가 말했다.

"왜지?"

"왜냐하면 그 여자는…"

마야는 멍하니 앞을 바라보며 말을 멈췄다. 마음속 어딘가에서 자신을 노려보는 듯한 애니 쇼의 얼굴이 나타났다. 처음에는 경찰의 모습으로, 다음에는 숲속에 누워 있던 시체의 모습으로.

"그 여자가 어땠는데?" 헨더슨 경위가 물었다.

"그 여자는 완전히…"

"완전히?"

마야는 눈을 감았다. 그러나 애니 쇼의 모습은 계속 남아 있었다.

"완전히 죽은 사람 같았어요." 마야가 말했다.

4

마야는 빨리 밤이 되어 혼자 남겨지기를 간절히 바랐다. 마지
막 손님들이 잠자리에 들었고 사람들의 목소리가 더 이상 들리
지 않았다. 텔레비전도 모두 꺼졌다. 로언트리는 이제 고요했다.
반면 마야의 마음은 비명을 지르고 있었다.

침대에 앉아 마음을 가라앉혀 보려고 애썼지만 소용이 없었
다. 마야는 곧 자리에서 일어나 시계를 힐끗 쳐다보았다. 새벽
한 시였다. 열한 시부터 이 방에 있었지만 마야는 옷도 갈아입지
않은 채 여전히 방 안을 서성이고 있었다.

"그만 침대에 눕자." 마야는 자신을 타일렀다. "일단 침대에 눕
긴 해야 할 거 아냐."

마야는 옷을 벗어 의자 위에 아무렇게나 던져놓고 거울에 비

친 자신의 모습을 응시했다. 파리하고 초췌한 얼굴이 꼭 외계인 같았다. 오싹한 전율이 온몸을 훑고 지나갔다. 마야는 이 새로운 집과 그 밖의 모든 것들을 경계하며 주위를 둘러보았다.

이 로언트리의 무엇이 자신을 이토록 불편하게 만드는지 알수 없었다. 마야는 자신이 이곳을 좋아해야만 여러모로 편해진다는 걸 알고 있었다. 엄마 아빠는 이곳을 사랑했고 오빠인 톰도 마찬가지였다. 그 이유는 충분히 이해할 수 있었다. 14세기에 지어진 낭만적인 시골 호텔. 누구나 탐낼 만한 모든 조건을 갖추고 있었다. 그러나 마야는 처음부터 이곳이 마음에 들지 않았다.

비록 아무 말도, 아무 내색도 하지 않았지만.

마야는 잠옷을 입은 채 창가로 다가가 커튼 틈으로 밖을 내다보았다. 창밖은 온통 캄캄했지만 눈이 어둠에 적응하면서 차츰 마을 광장을 향해 뻗어 있는 도로와 그 양쪽으로 늘어선 집들, 그 집들을 둘러싸고 있는 낮은 담과 앞마당, 심지어 걸어둔 화분까지 알아볼 수 있었다. 더 멀리 로즈앤드크라운과 초등학교, 오래된 헴베리 교회의 윤곽까지 보였다.

숲은 너무 어두워 보이지 않았다.

그때 누군가 마야의 방문을 쾅쾅 두드렸다. 마야는 귀를 바짝 기울이며 문 쪽을 뚫어져라 바라보았다. 쾅쾅거리는 소리가 다시 들렸다. 마야는 크게 심호흡을 한 다음 걸어가서 문을 열었다.

"마야." 목소리가 들렸다.

마야는 문 옆에 털썩 주저앉았다.

톰이었다. 톰이 잠옷을 입고 서 있었다.

"마야, 괜찮아?"

마야는 톰을 방 안으로 들이고 문을 닫았다.

"왜 여태 깨어 있어?" 마야가 물었다.

"그러는 넌?"

마야는 톰의 말에 대답하지 않았다.

"아까는 미안했어, 마구 몰아붙여서." 톰이 말했다.

마야는 어깨를 으쓱했다.

"아냐, 도망가서 미안해. 오빠를 놀라게 하려던 건 아니었어."

"오히려 네가 더 많이 놀랐잖아." 톰이 말했다. "난 네가 잘못될까 봐 정말 무서웠어. 지금도 그렇고."

"난 괜찮아."

"아니, 그렇지 않은 것 같은데. 계속 서성거렸잖아."

"어떻게 알았어?"

"소리를 들었거든. 실은 나도 잠이 안 와서 로언트리 주변을 걷고 있었어. 네가 경찰한테 말한 이런저런 이야기를 생각하면서. 그러다 네가 서성거리는 소리를 듣고 괜찮은지 살펴보러 온 거야."

"고마워." 마야가 눈길을 돌렸다. "오빠,"

"왜?"

"그 시체들에 대해 내가 한 이야기를 믿지 않는다는 거 알아. 오빠를 원망하진 않아. 엄마 아빠도 마찬가지고. 두 분도 날 믿지 않고 있거든."

"엄마 아빠는 그런 말 한 적 없잖아."

"어쨌든 믿지는 않잖아. 괜찮아. 충분히 이해할 수 있어. 분명 말도 안 되는 헛소리로 들렸을 거야. 게다가 경찰이 아무런 증거도 못 찾았다고 하니까 더 그랬겠지."

"마야."

마야가 톰을 돌아보았다.

"우리가 널 믿고 안 믿고는 중요하지 않아." 톰이 말했다. "중요한 건 우리가 하나로 똘똘 뭉쳐 있다는 거야, 알겠지?"

"응, 알아."

마야는 톰을 가까이 끌어당겼고 둘은 서로 손을 맞잡았다. 잠시 후 톰이 손을 빼며 말했다.

"너한테 말하려던 게 하나 있어."

"뭔데?"

"그 여자 경찰에 관한 거야. 쇼 순경이었지."

순간 마야는 온몸이 뻣뻣해졌다.

"그 여자가 어쨌는데?"

"난 그 여자를 못 믿겠어." 톰이 말했다. "숲에서 돌아왔을 때 기억나? 로비에서 우릴 기다리고 있었잖아."

"응, 그랬지."

"그 여자는 주절주절 말을 많이 했어. 아빠가 너한테 뭘 좀 먹여야겠다면서 라운지로 들어오라고 했는데도 괜찮다면서 계속 로비에 있었잖아. 너도 다 기억나지?"

"응."

"그래, 하나 말해줄게." 톰이 마야에게 바짝 다가가 몸을 붙였다. "우리 모두 주방에 앉아 있을 때 말이야, 열린 문틈으로 그 여자를 봤어."

"주방 문이 닫힌 줄 알았는데?"

"아냐. 조금 열려 있었어. 우리 중 가장 늦게 들어온 게 누구인지는 모르겠지만—"

"엄마야."

"그럼 엄마가 문을 꽉 닫지 않았나 봐. 어쨌든 내가 앉은 데선 그 틈 사이로 복도와 로비가 보였어. 너랑 같이 자리에 앉고 난 다음 조금 있다가 그 틈을 발견했고 나는 그 여자가 뭘 하는지 다 볼 수 있었어. 쇼 순경이 뭘 하고 있었는지 알아?"

톰은 마야의 대답을 기다리지 않았다.

"로비를 수색하고 있었어. 내 눈으로 똑똑히 봤어. 로비에 있는 물건들을 뒤집어 보고 꽃병 뒤쪽을 살피고 쿠션 아래까지 확인하더라니까."

"오빠가 지켜보는 걸 그 여자가 봤어?"

"그런 것 같진 않아."

"얼마 동안이나 그렇게 뒤졌는데?"

"잘 모르겠어. 말했다시피 주방 식탁에 앉아 있다가 조금 뒤에야 문이 살짝 열려 있다는 걸 알았으니까. 아마 내가 알아채기 전부터 계속 로비를 뒤지고 있었을 거야. 어쩌면 우리가 숲에서 돌아오기 전부터 그랬는지도 모르지. 기억나? 그 여자가 로비에서 우리를 기다리고 있었잖아."

"이거 엄마 아빠한테도 말했어?"

"아니, 말했어야 한다고 생각해?" 톰이 물었다.

"글쎄, 모르겠어."

톰이 하품을 했다.

"아마 별일은 아니었을 거야." 톰이 말했다. "그냥 경찰의 일상 업무였을 수도 있지. 수색하고 조사하고, 뭐 그런 거 말이야. 경찰은 자기들에게 당연히 그럴 권리가 있다고 생각하니까. 그 순경이 사기꾼이라고 생각하진 않아. 하지만 믿을 수는 없어."

톰이 다시 하품을 했다. 마야가 톰의 팔을 잡으며 말했다.

"오빠, 그만 가서 자. 난 이제 괜찮아."

"정말이야?"

"응. 신경 써줘서 고마워. 늘 그렇지만."

톰은 아무 말도 하지 않았다.

"그 오솔길에서 말이야." 마야는 망설이다 말을 꺼냈다. "오빠는 날 저버린 게 아냐."

"아니, 그랬어."

"절대 아냐. 내가 오빠를 버려두고 달아난 거지. 오늘 일어난 일은 오빠 잘못이 아냐. 모두 내 잘못이야."

마야는 톰의 뺨에 입을 맞추었다.

"잘 자, 마야." 톰이 인사했다.

마야는 문을 닫고 멀어져 가는 톰의 발소리에 귀를 기울였다. 여전히 잠자리에 들 수가 없었다. 그래 봤자 부질없는 짓이라는 것도 알았다. 마음이 한층 더 심란해진 참이었으니.

아무것도 이해할 수 없었고, 모든 일들이 사실이 아닌 것만 같았다. 어쩌면 마야를 믿지 않는 사람들이 옳을지도 모른다. 어쩌면 모든 것이 마야의 상상이었는지도 모른다. 주검이었다가 살아 돌아온 애니 쇼뿐 아니라 숲에서 보았던 다른 모든 것이.

마야는 실내복을 입었다. 자신이 지금 할 수 있는 일이 한 가지 생각났다. 어쩌면 시간 낭비일지도 모르고 또 방을 나가는 게 좀 불안하기도 했다. 그래도 해봐야만 했다. 마야는 다시 조심스레 방문을 열고 밖으로 나갔다.

복도는 캄캄했다. 마야는 더듬더듬 물건들을 짚으며 앞으로 나아갔다. 아직 이 로언트리의 전등 스위치가 어디에 있는지 다 파악하진 못했지만 왼쪽 끝에 하나가 있는 건 확실했다.

역시나 스위치 하나를 찾았다. 마야는 손을 뻗다 말고 마음을 바꿨다. 불을 켜서 일부러 사람들을 깨워봤자 무슨 소용이 있겠는가. 게다가 사람들의 관심을 끌고 싶지 않았다. 계단 끄트머리에 이르러 마야는 난간을 잡고 더듬거리며 일층으로 내려갔다.

아래층 복도도 캄캄하긴 마찬가지였다. 마야는 살금살금 로비로 향하다 프런트 옆에서 멈춰 섰다. 이상한 건 없었다. 모든 것이 제자리를 지키고 있었다. 펜과 연필은 머그컵에 꽂혀 있었고 연중 일정표도 아빠가 늘 놓아두는 자리에 그대로 있었다.

마야는 주위를 힐끗 둘러보았다. 모든 것이 평소와 다름없었다. 하지만 제대로 확인하려면 이번엔 전등을 켜야 할 것 같았다. 마야는 스위치를 켰다. 갑작스러운 빛이 잠시 눈을 무력하게 만들었지만 곧 적응하고 다시 주위를 살폈다.

애니 쇼는 분명 여기서 뭔가를 찾고 있었다.

그게 무엇이었을까?

단서가 될 만한 것은 전혀 보이지 않았다. 모든 것이 정확히 제자리에 있었다. 마야는 벽에 걸린 그림들 쪽으로 걸어갔다. 마야의 가족이 로언트리로 돌아왔던 그때, 순경은 이 그림들을 빤히 쳐다보고 있었다. 하지만 마야는 이 낡은 수채화들 속에서 도움이 될 만한 것은 아무것도 찾을 수 없었다.

어리석고 한심한 짓이었다. 아무런 소득도 없이 밤새 이렇게 서 있는 게 아닌가 싶었다. 마야는 다시 스위치를 껐다. 그리고 그와 동시에 어둠 속에서 반짝이는 게 보였다. 저쪽 바닥, 헴베리 교회 그림 바로 밑에서 작은 물체가 빛나고 있었다. 마야는 몸을 숙였다.

다시 스위치를 켤 필요도 없었다. 그것은 푹신한 카펫에 박혀 어둠 속에서 빛나고 있었다. 마야는 더 가까이 몸을 숙였다. 그 순간, 그것이 무엇인지 깨달았다.

말굽 모양의 펜던트였다.

마야는 한 손에 펜던트를 쥐고 일어섰다. 그사이 현관에서 찬 공기가 휙 들어오는 게 느껴졌다. 마야는 그쪽을 힐끗 쳐다보았다. 저 아래 도로에서부터 노란 섬광이 창문을 향해 비치는 게 보였다. 빛은 잠깐 머물다 사라졌다.

마야는 급히 방으로 돌아와 방문을 꼭 닫고 침대에 앉았다. 숨을 가쁘게 몰아쉬고 있었다. 그렇게 마음이 진정되기를 잠시 기다린 다음, 손가락을 펼쳐 손바닥에 놓여 있는 펜던트를 바라보았다.

"헛것이 아니었어." 마야가 중얼거렸다.

그러고는 펜던트의 굴곡을 따라가며 만져보았다.

"이건 진짜였구나."

마야는 숲에서 보았던 것들을 떠올렸다.

"모두 진짜였어. 내가 본 건 틀리지 않았어."

마야는 다시 한번 펜던트를 감싸 쥐었다.

"네가 바로 그 증거야."

마야는 펜던트를 쥔 손에 힘을 주었다. 비록 자신의 것은 아니었지만 잘 간직해야 했다. 자신 외에 그 누구도 알아서는 안 될 일이었다. 마야는 재빨리 주위를 둘러보았다. 베개 밑, 침대 매트리스 밑, 서랍 속, 어느 곳도 안전해 보이지 않았다. 자신의 옷 주머니도 위험하긴 마찬가지였다.

마야는 잠시 고민하다가 침대와 맞닿은 벽의 걸레받이 쪽으로 손을 뻗어 카펫 가장자리를 들어 올렸다. 다행히 쉽게 벗겨져 그 아래로 옹이 투성이의 마룻장이 드러났다. 마야는 마룻장이 느슨길 바라며 그 이음매를 만져보았다.

다행히 꽤 헐거웠다. 마야는 틈을 들여다볼 수 있을 만큼 충분히 판자를 들어 올렸다. 그 아래로 완벽한 은닉처가 보였다. 어둡고 건조하고 은밀한 공간이. 마야는 그 속에 펜던트를 넣고 판자와 카펫을 원래대로 돌려놓았다. 그런 다음 다시 숨을 몰아쉬며 침대에 누웠다. 그때 소리가 들렸다.

고요한 침묵의 한가운데서.

득, 득, 득.

가까운 곳에서 나는 소리였다. 마야는 두려움에 떨며 일어나 앉았다.

그러나 주위는 곧 다시 고요해졌다.

5

밝은 아침도 마야에게 안도감을 주지는 못했다.

"마야." 엄마가 스토브 위로 몸을 살짝 숙이며 말했다. "4번 테이블이야."

"4번 테이블은 일단 둬." 톰이 주방으로 들어오며 말했다. "6번 테이블부터 가봐. 조금만 더 오래 내버려 뒀다간 그 신경질적인 남자가 또 발끈할 테니까."

"알았어." 마야가 말했다.

"아가, 괜찮은 거지?" 엄마가 물었다.

"그럼요."

마야는 서둘러 식당으로 건너가 6번 테이블로 향했다. 네 사람이 마야를 빤히 쳐다보았다. 어렴풋이 이들이 기억났다. 이틀 전에 온 가족이었다. 모두들 핏기가 없는 게 꼭 유령 같아 보였다. 남자는 몹시 까다롭다고 했지만 얼굴에서는 전혀 그런 기미를 찾아볼 수 없었다.

그러나 말하는 걸 들으니 알 것 같았다.

"우리를 잊어버린 게 아닌가 의심하던 참이었는데." 그가 투덜거렸다.

"정말 죄송합니다." 마야가 답했다. "아직 일손이 부족해서요, 너그럽게 이해해 주세요."

마야는 식당을 빙 둘러보았다. 테이블은 거의 다 차 있었다. 그런데도 이상하리만큼 고요하게 느껴졌다. 틀림없이 이런저런 말소리, 식기 소리, 날붙이 소리가 나고 있을 텐데 웬일인지 자신의 귀에는 아무 소리도 들리지 않았다.

어젯밤의 고요함이 떠올랐다.

그리고 득득 긁어대는 소리도.

그리고 다시 이어진 고요한 침묵.

"나 참, 종일 이렇게 앉아 있어야 되나?" 남자가 낮은 목소리로 툴툴거렸다. "이봐요, 아침 식사 주문 좀 받아줄래요?"

"아, 죄송합니다." 마야가 급히 대답했다. "아직 메뉴를 고르고 계신 줄 알았어요."

"학생이 식당을 둘러보는 대신 우리를 보고 있었다면 그런 한심한 변명 따윈 못 할 거요." 남자가 말했다. "됐어요, 됐으니까

빨리 주문이나 받아요."

마야는 주문을 받아 적은 다음 서둘러 주방으로 돌아왔다. 엄마가 메모지를 슬쩍 보더니 고개를 가로저었다.

"이런! 마야." 엄마가 말했다. "미안하구나."

"무슨 말씀이세요?"

"지금 너한테 일을 시키지 말아야 했는데."

엄마가 주문지를 집어 들었다.

"이게 무슨 글씨인지 알겠니? 난 도무지 알아볼 수가 없구나."

마야는 주문지를 자세히 보았다. 도저히 읽을 수가 없었다. 늘 반듯하고 깔끔하던 자신의 글씨가 아니었다.

"엄마, 난…"

"괜찮아." 엄마가 말했다. "진심이야, 정말 괜찮아."

톰이 컵과 컵받침이 잔뜩 쌓인 쟁반을 들고 나타났다.

"톰." 엄마가 물었다. "6번 테이블로 가서 주문 좀 받아줄래?"

"마야가 방금 받아 오지 않았어요?"

"네가 다시 받아 와줘."

톰은 쟁반을 내려놓고 마야를 쳐다보았다.

"괜찮은 거야, 마야?"

"마야는 좀 쉬어야 할 것 같구나." 엄마가 말했다.

"하지만 저 안은 지금 난리예요." 톰이 말했다. "우리 가족이 모두 매달려도 부족할 지경이라고요."

"그래도 마야는 쉬어야 해."

"아빠는 뭘 하고 계세요?"

"통화 중이야."

"나중에 하시면 안 돼요?" 톰이 물었다.

"안 돼, 아주 중요한 일이거든."

"대출금 문제예요?"

"너는 신경 쓰지 않아도 돼." 엄마가 말했다. "6번 테이블에나 가보렴."

톰이 식당 쪽으로 사라졌다. 마야는 엄마의 재촉에 로비로 걸음을 옮겼다.

"죄송해요, 엄마." 마야가 말했다.

"미안해할 것 없어."

"모두에게 폐를 끼치고 있잖아요."

"아냐, 그렇지 않아."

엄마가 마야의 두 손을 꼭 잡았다.

"이건 엄마 잘못이지 네 잘못이 아냐." 엄마가 말을 이었다. "내가 미처 생각 못 했어. 어제 그토록 끔찍한 일을 겪었는데 네가 지금 무슨 정신이 있겠니? 일이 손에 잡히지 않는 게 당연하지. 내가 좀 더 신경을 썼어야 했는데. 그러고 보니 어젯밤에 잠은 잘 잤는지 물어보지도 않았구나."

그 말에 대답하기도 전에 귀에 거슬리는 벨소리가 울렸다. 마야는 깜짝 놀라 움찔했다.

"진정하렴." 엄마가 말했다. "그냥 초인종 소리야."

"소리가 너무 큰데요."

엄마가 마야에게 살짝 입을 맞추었다.

"올라가서 좀 쉬어, 어서. 여기 일은 우리가 알아서 할게. 가는 길에 현관에 누가 왔는지만 좀 봐줄래? 아빠가 지금 통화 중이라서 말이야."

"오빠 말처럼 정말 대출금 때문이에요?" 마야가 물었다.

"아마 그럴 거야."

"무슨 문제가 생긴 건가요?

"무슨 문제인지는 잘 모르겠어." 엄마가 대답했다. "하지만…"

"하지만 뭐요?"

엄마가 망설였다.

"엄마, 말해주세요." 마야가 재촉했다.

"말하자면 이런 거야." 엄마가 말을 이었다. "우리는 이 로언트리를 구입하려고 큰돈을 빌렸어. 그래서 이제 이 호텔에서 많은 수익을 내야 해. 그것도 최대한 빨리. 하지만 그건 지금 네가 걱정할 문제가 아냐. 현관에 누가 온 것 같은데 가서 문 좀 열어주렴. 그리고 넌 올라가서 쉬고."

마야는 복도를 따라 현관으로 걸어갔다. 아빠는 로비 뒤편의 작은 사무실에서 여전히 전화기 쪽으로 등을 구부리고 있었다.

아빠는 마야가 지나가는 걸 보더니 현관에 나가보라고 손짓을 했다. 마야는 현관문을 열었다. 열다섯 살쯤 되어 보이는 작고 호리호리한 여자애가 서 있었다. 부스스한 검은 머리에 파란 눈이 몹시 날카로웠다.

"일 때문에 왔어." 소녀가 말했다.

마야는 소녀를 빤히 쳐다보았다.

"무슨 일?"

"주방 일."

"우리가 구인 공고를 낸 줄은 몰랐는데."

"그럼 일손이 필요하지 않단 말이야?"

"아니, 그런 뜻이 아니라…"

마야는 아빠를 보았다. 아빠는 등을 돌린 채 여전히 전화기를 붙들고 있었다. 마야는 다시 고개를 돌려 소녀를 보았다.

"공고를 어디서 봤어?"

소녀는 어깨를 으쓱했다.

"공고를 본 게 아냐. 그냥 여기서 주방 일을 도와줄 사람을 찾을 것 같아서 온 거야. 내키지 않으면 그냥 돌아갈게."

마야는 애써 생각을 가다듬었다. 엄마 아빠가 구인 공고를 낼 계획이었다는 건 알고 있었다. 하지만 이 아이는 너무 거칠고 불손해 보였다. 게다가 또 다른 문제가 있었다. 소녀는 혼자가 아닌 것 같았다. 여자애의 뒤편 저 아래 길 한복판에 역시 열다섯 살쯤 되어 보이는 덩치 크고 볼품없는 한 남자애가 서 있었다. 그의 눈은 여자애에게 고정되어 있었고, 인상은 마찬가지로 거칠어 보였다.

"저 아이라면 염려하지 않아도 돼." 여자애가 말했다. "문제될 건 아무것도 없으니까."

"쟤는 누구야?"

"난 보니라고 해." 마야의 질문에 여자애가 다른 답을 했다.

마야는 무슨 말을 해야 할지 몰라 보니라는 여자애의 얼굴을 빤히 쳐다보았다. 보니는 잠시 마야를 지켜보더니 실망스러운 표정으로 눈을 굴렸다.

"난 가볼게." 보니가 말했다. "정말 일손이 필요 없나 보구나."

"잠깐만." 마야가 말했다.

도로에 있는 남자애는 계속 보니의 등을 응시하고 있었다. 마야는 그를 바라보았다. 체격으로 봐서는 큰 짐승 같았고 보니의 눈처럼 날카롭지는 않지만 어둡고 강렬한, 아주 이상한 눈빛을 지니고 있었다.

"말했잖아." 보니가 말했다. "그만 가보겠다고."

그러고는 홱 돌아 남자애 쪽으로 걸음을 내디뎠다.

"저기 잠깐만!" 마야가 보니를 불러 세웠다. "사실 지금 주방에서 일할 사람이 필요하긴 해. 하지만 먼저 우리 아빠를 만나야 해."

보니는 걸음을 멈추고 돌아보았다. 남자애는 보니를 향해 한 걸음 내디뎠다가 다시 뒤로 물러섰다. 보니는 그를 무시한 채 다시 문 쪽으로 걸어왔다.

"지금 통화 중인 저 사람이 너희 아빠야?" 보니가 안을 들여다보며 말했다.

"응."

"그럼 통화가 끝날 때까지 기다릴게."

마야는 또다시 도로에 있는 남자애를 의식하며 망설였다. 그는 이제 조금 전보다 더 강렬한 눈빛으로 보니를 응시하고 있었다.

"아까 말했잖아." 보니가 다시 입을 열었다. "저 애에 대해서는 신경 쓸 것 없다고."

그러고는 어깨 너머로 남자애에게 소리쳤다.

"교회 근처에서 기다려!"

소년의 몸이 굳어졌다.

"교회 옆에서 기다리라고!" 보니가 돌아서서 그를 보았다. "교회 출입문 밖에 있는 벤치에 앉아서 열시 반까지 기다려."

소년이 고개를 숙여 손목시계를 보았다.

"열시 반까지 기다려." 보니가 다시 말했다. "만일 그때까지 내가 오지 않으면 여기로 다시 돌아와서 거기 서 있으면 돼. 지금 서 있는 바로 그 자리 말이야. 그럼 네가 다음에 할 일을 말해줄게. 자, 이제 가봐."

소년은 여전히 시계를 보고 있었다.

"열시 반까지야." 보니가 말했다.

그는 고개를 들어 보니를 보았고 보니는 턱으로 광장 쪽을 가리켰다.

"열시 반까지야."

남자애는 다시 한번 시계를 확인한 뒤 커다란 몸을 돌려 도로를 따라 쿵쿵 걸어갔다. 보니는 잠시 그를 지켜보더니 다시 마야에게로 돌아섰다.

"네가 마야구나?" 보니가 물었다.

"날 어떻게 알아?"

"별로 어려운 일도 아냐. 계속 거기 서 있을 거야?"

마야가 옆으로 비켜서자 보니가 안으로 들어왔다. 마침 아빠가 수화기를 내려놓고 사무실에서 나왔다. 보니는 아빠를 보고는 프런트로 걸어갔다.

"안녕하세요." 보니가 인사했다.

"그래, 안녕."

"보니라고 해요."

"난 필 먼로라고 한단다."

"알고 있어요."

"그래?"

"아저씨의 부인은 폴라이고 톰이라는 아들이 있죠. 마야는 방금 만났고요."

"조사를 아주 많이 했구나." 아빠가 말했다.

"작은 마을이잖아요." 보니가 대꾸했다. "소문이 금방 돌거든요."

"하지만 우리는 겨우 며칠 전에 이곳에 이사 왔는걸."

"그래서요?"

보니는 날카로운 눈빛으로 잠시 주위를 획 둘러보더니 다시 아빠를 보았다.

"주방에서 일할 사람을 찾고 계시죠?" 보니가 물었다.

"거침이 없는 편이구나."

"그게 문제가 되나요?"

"꼭 그렇진 않지." 아빠가 접수대에 팔을 기댔다. "어떤 종류의 일을 생각하고 왔니?"

"뭐든지요."

"뭐든지라면?"

"말 그대로예요. 여기서 원하는 것이면 뭐든 다 하겠다는 뜻이죠. 서빙, 설거지, 음식 준비, 요리라든지―"

"요리까지?" 아빠가 되물었다.

"네."

"요리를 잘하니?"

"그냥 잘하는 정도가 아니에요."

마야는 얼굴을 찌푸렸다. 엄마가 한창 주방에서 시간에 쫓겨 힘들어하고 있을 게 분명했지만, 아무리 그래도 보니는 너무 거침없고 자유분방해 보였다. 게다가 도로에 있던 남자애도 마음에 걸렸다. 마야는 아빠의 얼굴을 살폈다. 이 여자애를 고용할지 고민하는 것인지 아니면 그저 소녀의 맹랑함을 상대하며 즐기는 것인지 좀처럼 분간하기 어려웠다.

"몇 살이니?" 아빠가 물었다.

"열다섯 살이요."

"어느 학교에 다니고 있지?"

"지금 여름방학이에요."

"그건 알고 있어." 아빠가 말했다. "학기 중에 어느 학교를 다니는지가 궁금한 거지."

"학교 따위에는 별로 관심 없는데요."

"그렇구나." 아빠가 보니를 유심히 살폈다. "지금 사는 곳은 어디니?"

"근처예요."

"근처가 어디지?"

"그냥 근처라는 뜻이에요." 보니가 대답했다.

"형제나 자매는 있어?"

"없어요."

마야는 좀 전에 보았던 그 이상한 남자애를 다시 떠올렸다. 그 순간 보니가 마야를 쳐다보며 재빨리 말했다.

"그 애는 내 가족이 아냐." 보니가 말했다.

"그 애라니, 누굴 말하는 거지?" 아빠가 물었다.

보니는 다시 아빠를 보았다.

"좀 전에 저와 같이 있던 남자애요."

"어떤 남자애?"

보니는 대답하지 않았다.

"그 애는 누군데?" 마야가 물었다.

보니는 여전히 대답이 없었다.

마야는 아빠를 쳐다보았다. 이제는 표정을 읽기가 한결 쉬워
졌다. 아빠는 곧 보니를 돌려보내리라. 아마 누구라도 그랬을 것
이다. 보니를 받아들이는 건 위험 부담이 있는 일이다.

"아무튼, 이렇게 와줘서 고맙구나." 아빠가 말을 꺼냈다. "우리
가 곧 종업원을 뽑을 예정이긴 해. 하지만 지금 당장은—"

그때 와장창 뭔가가 부서지는 소리가 아빠의 말을 잘랐다. 주
방 쪽에서 난 소리였다. 상황은 뻔했다. 누군가가—아마도 톰
이—그릇 더미를 떨어뜨린 게 분명했다. 엄마가 급히 이쪽으로
달려왔다.

"마야." 엄마가 숨을 헐떡이며 말했다. "아까 올라가서 쉬라고
했던 말 취소야. 빨리 와줘. 네 도움이 필요해."

"제가 가서 정리할게요." 보니가 나섰다.

엄마가 보니를 빤히 쳐다보았다.

"넌 누구니?"

"일하러 왔어요." 보니가 마야를 힐끗 보았다. "교회 밖에 있는 벤치로 가서 내 말 좀 전해줄래? 모한테—"

"모라니?"

"아까 네가 본 그 덩치 큰 남자애 말이야. 걔 이름이 모야. 그 애한테 가서 내가 열한 시까지 기다리라고 했다고 전해줘. 그렇게만 전하면 돼, 알겠지? 아주 확실하게 일러줘야 돼. 바뀐 시간을 적어도 두 번은 말해줘야 할 거야. 걔가 널 빤히 쳐다보더라도 신경 쓰지 마. 무섭거나 겁이 나면 늘 그러니까."

"나를 무서워한다고?"

"그 애는 사람을 무서워하거든." 보니가 말했다. "특히 어른들을 무서워하지. 사람들이 괴롭히기라도 하면 도망치거나 숨어버려. 그때는 내가 걔를 찾아 나서야 하고. 그렇지만 너라면 괜찮을 거야. 걔한테 괜히 말을 시키려고 애쓰지 마. 그냥 내 말만 전해주면 돼. 여러 번 반복해서. 그러고 돌아오면 돼."

말을 마친 보니는 어깨를 펴고 아빠에게로 갔다.

"우선 삼십 분은 공짜로 일을 해드릴게요." 보니가 말했다. "그후에도 여전히 아저씨가 제 마음에 들면, 아저씨가 주는 돈을 받도록 하죠."

그러고는 아빠가 대답하기도 전에 쏜살같이 주방으로 사라져 버렸다.

"내가 상대해 볼게요." 엄마가 급히 보니를 쫓아가며 말했다.

"그럼 난 모를 상대해야겠군." 아빠가 말했다.

"하지만 그 애는 아빠를 보면 무서워할 텐데요." 마야가 말했다.

"상관없어." 아빠가 대답했다. "그렇다고 너더러 가라고 할 순
없잖니."

"아뇨, 갈 수 있어요." 마야가 말했다.

마야는 모의 얼굴을 떠올렸다. 그 이상하고 강렬한 눈빛이 생
각났다. 어쩌면 보니의 말대로 정말 겁이 많은 아이라 그렇게 무
섭게 보인 것일 수도 있다.

"제가 갈게요." 마야가 이어서 말했다. "무섭지 않아요."

그때 마침 전화벨이 울렸다. 아빠가 그쪽을 힐끗 돌아보았다.

"전화부터 받아야겠다." 아빠가 말했다. "또 은행에서 온 전화
일 거야."

"그럼 저는 모한테 보니의 말을 전하러 갈게요." 마야가 말했다.

"하지만—"

"괜찮을 거예요." 마야가 아빠의 말을 가로막았다. "그냥 말만
전하고 돌아올 건데요, 뭐."

마야는 밖으로 나와 길을 따라 내려갔다. 아빠는 더 이상 마야
를 부르지 않았고 그래서 오히려 다행이었다. 마야는 이 로언트
리를 벗어날 필요가 있었다. 그러나 안도감은 그리 오래가지 않

았다. 마을 광장에 들어서는 순간, 왠지 모를 불안감이 밀려왔다.

모와 마주해야 한다는 부담감 때문이 아니었다. 그리 멀지 않은 곳에 있는 그 숲이 눈에 들어왔기 때문이다. 마야는 로즈앤드크라운 밖에서 걸음을 멈추고 집들 사이로 보이는 나무들을 응시했다.

곧 이 나무들을 다시 마주하게 되리라는 걸 마야는 알고 있었다. 자신이 잘못 본 것이 아니라는 사실을 입증해야 할 것이다. 그러나 아직은 아니었다. 일에는 순서가 있는 법, 급한 일부터 처리해야 했다. 우선 모를 찾아 보니의 말을 전하는 게 급선무였다. 숲에 관해선 그다음에 생각해도 늦지 않을 것이다. 마야는 교회를 향해 뻗어 있는 도로 위를 빠르게 걸어갔고, 시선은 그보다 빨리 교회 출입문 밖 벤치를 향해 달렸다.

그러나 그곳에는 아무도 없었다.

마야는 벤치로 다가가 주위를 둘러보았다. 길에는 아무도 없었다. 단 한 사람도 보이지 않았다. 마야는 보니가 모에 관해 했던 말, 누군가 겁을 주면 달아나 숨어버린다는 말을 떠올렸다. 마야는 살며시 교회 출입문을 열고 들어가 입구 안을 살펴보았다.

눈에 띄는 것은 별로 없었다. 잔디로 덮인 작은 공간에 교회 입구로 통하는 오솔길 하나가 있을 뿐이었다. 마야는 교회 건물 쪽으로 올라가 문을 열어보았다. 문은 꽉 잠겨 있었다. 다시 건물 옆으로 돌아간 마야는 교회 묘지를 자세히 살폈다.

어디에도 모의 흔적은 보이지 않았다. 대충 깎은 잔디 위로 비석들만 비죽 솟아 있고, 외벽 너머로 숲의 끝까지 수풀이 우거진 땅이 뻗어 있었다. 교회 주변을 좀 더 걸어가 보니 왼쪽으로 더 많은 비석들이 보였다. 이곳에는 부패의 기운이 감돌고 있었다. 그때, 어떤 목소리가 들렸다.

"이봐 아가씨, 또 다른 시체들을 찾나 보지?"

6

마야는 몸을 돌려 주위를 살폈으나 아무것도 보이지 않았다.
목소리가 다시 들려왔다.

"시체라면 여기에 수도 없이 널려 있어. 하나같이 말끔하게 죽
은 몸들이지."

키 큰 묘비들 사이에서 건장한 근육질의 남자가 불쑥 튀어나
왔다. 머리를 박박 밀었고 열아홉 살쯤 되어 보였다. 팔과 목과
가슴에는 문신이 잔뜩 새겨져 있었고, 뭉툭 잘려나간 짧은 바지
외에는 아무것도 걸치지 않았다. 비웃음을 띤 눈빛이 아주 매서
웠다.

마야는 경계를 늦추지 않고 그를 유심히 살폈다. 모는 이 남자
를 보고 놀라 달아난 것이 틀림없었다. 마야는 재빨리 주위를 둘

러보았다. 지금 뛰면 출입문까지 달아날 수 있을지도 모른다. 남
자가 소리 내어 웃었다.

"그래, 어쩌면 달아날 수 있을지도 모르지."

마야는 뒤를 돌아보았다. 그가 자신을 향해 천천히 다가오고
있었다.

"하지만 아닐 수도 있어." 그가 눈을 찡긋해 보였다. "가봐. 어
서 가보라니까. 난 도전을 아주 좋아하거든."

마야는 섣불리 움직이지 않았다. 뛰어봤자 소용없다는 걸 알
았다. 이미 그가 너무 가까이 다가와 있었다. 마야는 두 주먹을
꽉 쥐고 그를 마주 보았다. 남자는 마야 앞에서 걸음을 멈추더니
크게 웃었다.

"어때, 이 몸이 맘에 드나, 아가씨?"

"별로야."

"오오." 그가 말했다. "재치가 넘치는군."

그의 몸에 새겨진 문신이 꿈틀꿈틀 춤을 추는 것 같았다.

"이래 봬도 모두 사냥새들이지." 그가 문신을 내려다보며 말했
다. "등에도 있는데, 더 자세히 보고 싶으면 가까이 오든지."

문신은 이미 충분히 잘 보였다. 가장 놀라운 건 가슴 한가운데
에 새겨진 올빼미였다. 남자가 다시 마야를 향해 다가왔다. 마야
는 한 걸음 뒤로 물러섰다. 그가 씨익 웃었다.

"겁나는구나, 그렇지?"

마야는 마지못해 멈춰 섰다. 그도 멈췄다. 그러고는 더 가까이 몸을 숙였다.

"로언트리에 이사 온 계집애지?" 남자가 물었다. "이름은 마야 일 테고."

"어떻게 알았지?"

"여기 헴베리 사람들이 전부 네 이야기를 하고 있는데 모를 리가 있나. 깜찍한 얼굴로 숲에서 시체들을 봤다고 헛소리를 해대는 계집애라고 말이야."

"난 헛소리한 적 없어."

"시치미 떼지 않아도 돼. 누구나 자기만의 환상을 갖고 사는 거니까. 나 역시 그렇고."

마야는 남자의 얼굴에서 음흉한 웃음을 보았다.

"어떻게 모든 사람이 시체들에 대해 알고 있는 거지?" 마야가 물었다.

남자는 대답하지 않았다. 그의 눈은 마야를 훑어보고 있었다.

"어떻게 이야기가 퍼지게 된 건지 말해줘." 마야가 말했다.

"무슨 상관이야?"

"난 상관 있어."

그가 어깨를 으쓱했다.

"아마 구급대원 중 한 명이겠지."

"어째서?"

"마을 사람 중 누군가한테 발설했을 거야. 또 장난질에 속아 불려 나갔으니 얼마나 열받고 분통이 터졌겠어."

"장난이 아니었어."

"아, 그러셔?"

남자가 더 가까이 몸을 숙였다.

"충고 하나 하지." 그가 속삭였다. "그 숲엔 가까이 가지 않는 게 좋아. 시체가 있든 없든 거긴 아주 위험하거든. 나무들 사이에서 뭐가 튀어나올지 아무도 모른다니까."

마야는 그에게서 고개를 돌렸다. 남자가 허리를 펴고 몸을 일으키며 다시 웃음을 터뜨렸다.

"자, 날 따라와 봐." 그가 말했다.

놀랍게도 남자는 마야가 처음 그를 발견했던 묘비 쪽으로 다시 걸음을 옮겼다. 마야는 도로 근방을 훑어보았다. 지금 있는 힘껏 달리면 빠져나갈 수 있을지도 모른다. 남자는 여전히 성큼성큼 앞서 가고 있었다. 그가 어깨 너머로 소리쳤다.

"내가 여기서는 널 못 따라잡을 것 같아?"

마야는 그의 목소리에 담긴 비웃음을 알아차리고 묵묵히 그를 따라갔다. 그는 묘비에 이르렀고 이제 마야가 알아볼 수 없는 무언가 위로 몸을 숙이고 있었다.

"여길 좀 봐." 그가 말했다.

마야가 가까이 다가갔다.

"너한테 그럴 배짱이 있다면 말이야." 그가 덧붙였다.

"대체 나한테 뭘 보여주려는 건데?" 마야는 대담한 척 말했다.

하지만 이제 볼 수 있었다. 잔디 위에 죽은 채 누워 있는 여우, 아니 죽은 여우의 일부가 누워 있는 것을. 틀림없이 거기 있어야 할 머리가 없었다. 배는 찢겨서 열려 있었고 그 주위로 내장이 흩어져 있었다. 지독한 악취를 풍기는 사체였다. 속이 메스꺼워 도저히 참을 수가 없었다. 마야는 고개를 돌렸다.

"머리는 사라지고 심장은 도려내졌어." 남자가 무덤덤하게 말했다. "다른 것들과 똑같이."

"다른 것들이라니?"

마야는 마지못해 돌아보았다. 남자는 그토록 끔찍한 시체 옆에서도 태연해 보였다. 여우의 시체를 빤히 쳐다보면서도 별로 개의치 않는 것 같았다.

"다른 것들이 뭔데?" 마야가 다시 물었다.

"아, 그런 게 있어." 남자가 중얼거렸다. "이 녀석하고 아주 똑같은 것들이지. 그런데 정말 이상한 게 뭔지 알아?"

남자가 마야를 돌아보았다.

"너랑 너희 가족이 이 마을로 이사 온 뒤부터 이런 일이 벌어지기 시작했다는 거야."

"우린 이 일과 전혀 상관없어." 마야가 말했다.

남자는 마야의 말에 아무런 대꾸도 하지 않고 다시 여우 시체를 살폈다.

"이 다리를 좀 봐." 잠시 뜸을 들이다가 그가 말을 이었다. "덫에 걸렸던 게 분명해. 다리가 완전히 짓이겨졌잖아. 덫에서 빠져나오려고 발버둥치다가 이리 된 거야. 하지만 정작 녀석을 죽인 건 덫이 아니었어. 덫에서 빠져나왔을 땐 아직 살아 있었거든."

남자는 자리에서 일어나더니 바로 옆 묘비로 건너가 마야가 미처 의식하지 못했던 커다란 천 가방을 집어 들었다. 그러고는 다시 돌아와 죽은 여우를 덥석 움켜쥐더니 피범벅인 사체를 가방 안에 쑤셔 넣었다.

"그 여우를 가져갈 셈이야?" 마야가 물었다.

"왜? 갖고 싶어?"

마야는 가방을 쳐다보았다. 잠그지 않고 열어놓아 그 안에 담긴 훼손된 여우의 형체가 또렷이 보였다. 죽은 얼굴로 마야를 빤히 내다보는 듯한 자세로 비틀려 있었다. 머리만 붙어 있었다면 분명히 그랬을 것이다.

마야는 자신이 보았던 노란 눈을 떠올렸다. 이 여우가 그것과 같은 종인지 궁금했다. 가방 안에 있는 다른 것이 눈에 들어왔다. 반쯤 먹다 만 사과, 비니 모자, 비어 있는 칼집. 마야는 재빨리 남자를 쳐다보았다.

"나한텐 없어." 남자가 마야를 보며 말했다.

"뭐가 없단 말이야?"

"네가 지금 나한테 있는 줄 알고 있는 그거 말이야."

남자의 눈이 다시 마야를 비웃고 있었다.

"볼래?" 그가 말했다. "내 주머니 속엔 아무것도 없어."

그가 주머니를 전부 꺼내 보였다. 모두 텅 비어 있었다.

"하지만 어쩌면…." 그가 말했다. "흠, 생각 좀 해보자. 어쩌면 내가 어디다 빠트렸는지도 모르겠네."

남자는 주위를 유심히 살폈다.

"아, 저기 있다."

그러더니 손을 뻗어 여태 마야가 발견하지 못하고 있던 물건을 집어 들려고 했다.

잔디 위에 박혀 있는 칼.

"틀림없이 내 손에서 떨어졌을 거야." 그가 중얼거렸다. "그러고는 저절로 땅에 박혔나 봐. 어떻게 이렇게 됐지? 신기하지 않아?"

마야는 당장이라도 달아나고 싶었으나 소용없다는 걸 알고 있었다. 그래 봤자 순식간에 붙잡히고 말 것이다. 남자는 손에 쥔 칼날을 뒤집으며 몸을 곧게 폈다. 그러고는 마야를 보았다.

"세상이란 원래 이런 거야, 아가씨."

냉담한 목소리였다. 마야는 꼼짝도 하지 않았다.

"너희는 참 안됐어." 그가 계속 말했다. "그거 알아? 너희는 외지에서 왔지? 도시 출신인가? 뭐든 상관없어. 다 똑같은 족속들이니까. 죽은 동물이라도 보면 자제심을 잃고 호들갑을 떨지. 하지만 세상은 원래 다 그런 거야. 이게 정글의 법칙이지. 죽든가 죽이든가 둘 중 하나야. 자비 같은 건 기대하지 마. 정글에서는 인정사정 봐주는 게 없으니까. 그리고 말이야."

남자가 마야를 향해 한 걸음 더 다가왔다 .

"이 여우 녀석은 딱히 억울해하지도 않을 거야. 녀석은 세상이 어떤 곳인지 잘 알고 있거든. 운이 좋을 때가 있으면 운이 나빠 붙잡힐 때도 있는 거야. 이 여우라고 해서 먹이한테 조금이라도 인정을 베풀 것 같아? 천만에. 녀석은 단지 먹기 위해 죽이는 게 아냐. 자기 영역을 침범했을 때 죽이는 거지. 또 자기 짝이나 새끼를 노려도 죽이고. 그리고 가끔은 그냥 죽이고 싶을 때 죽이기도 하지."

마야는 곁눈으로 그림자를 보았다. 도로에서 누군가가 움직이고 있었다. 혹시 모가 아닐까 하는 생각이 들었지만 마야는 그림자의 주인이 아빠이기를 간절히 바랐다. 남자는 그쪽을 흘깃 쳐다보더니 칼을 보고 다시 마야를 보았다.

"이게 바로 자연의 법칙이야." 남자가 말했다. "모든 동물은 그걸 인정하고 있지. 인간들만 빼고."

그러고는 가방을 집어 어깨에 둘러메더니 묘지 저쪽 끝에 있는 낮은 벽을 향해 걸음을 옮겼다. 마야는 두려움에 떨며 그 모습을 지켜보았으나 남자는 돌아보지 않았다. 그는 벽을 넘고 수

풀이 우거진 땅을 지나 성큼성큼 숲 쪽으로 걸어갔다.

마야는 어떻게든 로언트리로 돌아가야 한다는 생각에 휘청거리면서도 필사적으로 교회 앞에 도달했다. 조금 전 마야가 본 그림자는 엄마와 비슷한 나이로 보이는 여자의 것이었다. 출입문 쪽으로 걸어가던 여자가 마야를 보더니 소리쳤다.

"괜찮니?"

조금 고압적으로 들리는 목소리였다. 마야는 멈춰 섰다.

"괜찮아?" 여자가 다시 소리쳤다.

마야가 여자를 보았다. 우아하면서도 조금은 도도해 보이는 얼굴, 어딘가 모르게 불편함을 느끼게 하는 그런 얼굴이었다.

"네, 괜찮아요." 마야가 대답했다.

마야는 출입문을 나와 도로로 들어섰다.

"무슨 일 있니?" 여자가 물었다.

마야는 묘지 쪽을 힐끗 쳐다보았다.

"모를 찾으러 왔어요." 마야가 답했다. "보니 친구 말이에요."

여자는 아무 말도 하지 않았다.

"그런데 거기에 어떤 남자가 있었어요." 마야가 말을 이었다. "박박 민 머리에―"

"문신을 잔뜩 새겼고?" 여자가 물었다.

"네, 누군지 아세요?"

"지금 어디 있지?" 여자가 뒤를 힐끗 돌아보며 말했다.

"숲으로 가버렸어요."

여자는 잠시 그쪽을 쳐다보더니 다시 마야를 보았다.

"내가 너라면 그 애와는 가까이하지 않을 거야." 여자가 말했다.

"대체 누구예요?"

"젭이라는 녀석이야."

"여기 사는 사람이에요?"

"온 세상이 다 걔의 집이지. 이 마을, 저 마을, 또 다른 마을도. 어디 사는지는 아무도 몰라. 나타났다 사라지고 또다시 불쑥 나타나곤 하니까. 자신이 곧 법인 녀석이야."

여자가 다시 숲 쪽을 힐끗 보더니 고개를 돌렸다.

"내가 로언트리까지 같이 가줄게." 여자가 말했다.

"제가 거기 사는 건 어떻게 아셨어요?" 마야가 물었다.

그러나 어떤 대답이 돌아올지는 이미 알고 있었다.

"네가 마야 먼로지?" 여자가 말했다. "바로 그—"

"시체들에 관한 헛소리를 지어낸 아이요?" 마야가 되물었다.

여자가 마야를 유심히 보았다.

"정말 지어낸 거니?"

"아니에요." 마야가 대답했다.

둘은 도로를 따라 걷기 시작했다. 이윽고 또다시 누군가가 나타났다. 보니였다. 광장에서부터 이쪽을 향해 냅다 달려왔다. 보니는 여자를 본체만체하고 곧장 마야 앞에 섰다.

"모는 어디 있지?" 보니가 물었다.

"못 봤어."

"그럼 빨리 날 데리러 왔어야지, 왜 여태 그냥 있었어?"

"그 애를 찾느라 그랬지." 마야가 대답했다. "묘지에 갔었어. 그런데—"

"그래? 그런데 뭐?"

"얘가 지금 좀 놀랐을 거야." 마야 옆에 있던 여자가 끼어들었다.

"누가 당신한테 물었어요?" 보니가 받아쳤다.

"방금 얘는 젭과 마주쳤어."

"젭이 거기 있었다고요?"

"그래." 여자가 대답했다.

"맙소사!" 보니가 마야를 노려보았다. "한참이 지나도 돌아오지 않아서 뭔가 잘못된 줄은 알았는데. 빌어먹을, 바로 날 데리러 왔어야지!"

보니는 그렇게 쏘아붙이고는 마야가 대답하기도 전에 출입문을 박차고 쏜살같이 교회 안으로 달려갔다. 그러고는 곧 시야에서 사라져 버렸다. 마야는 그 모습을 물끄러미 바라보았다.

"보니 말은 신경 쓰지 마." 여자가 말했다. "늘 저렇게 무례하니까."

"보니가 아주머니를 별로 좋아하지 않나 봐요." 마야가 말했다.

"나도 마찬가지야. 나도 쟤가 별로 맘에 들지 않거든." 여자가 말했다. "덩치만 크고 덜떨어진 재 친구도 그렇고."

"어디 사는 애들이에요?"

"마을 끝에 있는 작은 농가에 살아. 그래니라고 불리는, 평판이 별로 좋지 않은 노파의 집인데, 부랑자나 별 볼 일 없는 사람들에게 항상 문을 활짝 열어놓고 있지. 보니와 모는 일 년 전쯤 이 마을에 나타났어. 그 후로 죽 그래니의 별채에서 지냈을 거야. 사회복지사들이 몇 번 도와주려고 한 것 같은데 별 소용이 없었지."

"그 전엔 어디서 살았는데요?"

"모르겠어. 관심도 없고." 여자가 말했다.

마야와 여자는 광장으로 들어섰다. 로즈앤드크라운을 지나 로언트리로 향하는 오르막길로 접어들었다. 여자는 심각한 표정으로 침묵을 지키고 있었다. 그러다 불쑥 말을 꺼냈다.

"마야, 조심하는 게 좋아."

"뭘 조심해요?"

두 사람은 로언트리 문 앞에 이르러 걸음을 멈췄다.

"뭐가 됐건." 여자가 말했다. "아무튼 조심해, 알겠지?"

여자가 손을 내밀었다.

"난 리베카 플린트야."

마야가 손을 잡았다.

"데려다주셔서 감사합니다." 마야가 말했다. "저어… 잠깐 들어가서 커피라도 한잔하시겠어요?"

다행히 리베카는 고개를 저었다.

"난 지난 몇 달 동안 로언트리에 들어간 적이 없어." 리베카가
말했다. "지금도 그러고 싶지 않고. 아니, 저기에는 다신 들어가
지 않을 거야."

마야는 리베카를 빤히 쳐다보았다.

"왜요?"

리베카는 대답하지 않고 돌아섰다.

"만나서 반가웠어." 리베카가 인사했다.

7

마야는 현관을 지나 호텔 안으로 들어갔다. 엄마와 아빠는 사무실에 있었다. 엄마는 통화 중이었고 그 옆에 아빠가 있었다. 둘 다 마야가 들어온 걸 보지 못한 것 같았다. 톰이 급히 달려 나왔다.

"마야, 왜 이렇게 늦었어? 괜찮아?"

"좀 나아졌어." 마야가 대답했다.

마야는 턱을 들어 사무실 쪽을 가리켰다.

"무슨 일 있어?"

"돈 때문이지 뭐."

"아직도 은행이랑 얘기 중이야?"

"그건 아니고." 톰이 답했다. "어쨌든 돈 문제야."

톰은 마야를 로비로 데려갔다. 5호실 손님인 초로의 부부가 앉아서 뭔가를 읽고 있었다. 남자가 이쪽을 쳐다보았다.

"애덤스 씨, 뭘 좀 가져다드릴까요?" 톰이 물었다.

"아니, 됐어요. 고마워요."

"부인은요?"

"저도 괜찮아요. 신경 써줘서 고마워요." 부인이 미소를 지었다.

톰은 다시 마야를 천천히 복도로 이끌었다.

"주방으로 갈래?" 톰이 물었다.

"응."

두 사람은 주방으로 들어가 식탁에 앉았다.

"대체 무슨 일이야?" 마야가 물었다.

"은행 쪽에서 까다롭게 나오나 봐."

"왜?"

"아빠도 엄마도 말을 안 해줘. 로언트리에서 수익이 나면 모든 게 다 잘될 거라고만 하고. 하지만 내 생각엔 대출금을 갚느라 애를 좀 먹고 있는 것 같아."

"그럼 엄마는 지금 누구하고 통화하는 거야?"

"캐럴라인 아줌마라고, 엄마 친구야. 기억나?" 톰이 물었다.

"아니."

"잘 생각해 봐. 예전에 런던에서 만났잖아."

"아, 그 음악 사업 하시던 분?" 마야가 말했다.

"그래, 맞아. 대단한 재력가잖아. 엄마가 지금 그분한테 도움을 청하고 있는 것 같아. 어떻게든 이 고비를 넘겨보려고."

"세상에."

"그러니까 지금은 엄마 아빠가 좀 예민하거나 화를 내더라도 이해해야 돼." 톰이 당부했다. "이런저런 일로 마음이 심란해서 그런 거니까, 알았지?"

마야는 그 말을 듣고 눈을 내리깔았다.

"그래, 알아." 톰이 말했다. "너도 많이 심란하겠지."

톰이 잠깐 말을 멈추었다.

"근데 너, 안색이 별로 안 좋아 보이네?"

"아냐, 괜찮아."

"또 무슨 일을 겪은 얼굴인데?"

"응, 좀 놀라긴 했나 봐."

"모는 찾았어?"

"아니."

"무슨 일이 있었는데?"

마야는 젭과 그 애가 들고 있던 칼과 심하게 훼손된 여우의 사체에 관해 말해주었다.

"맙소사!" 톰이 말했다. "곧장 달려와 나한테 알렸어야지. 지금이라도 경찰을 부를까?"

"그 사람들은 내 말을 조금도 믿지 않을 거야, 안 그래?"

"그러긴 하겠지만."

"뭐, 상관없어." 마야가 말했다. "어쨌든 난 다친 데도 없고 아무런 해코지도 안 당했으니까. 게다가 경찰은 이미 젭에 관해 알고 있을 거야. 그런데 말이야, 이상한 일이 또 있었어. 거기서 어떤 부인을 만났거든."

마야는 리베카 플린트를 만나 집까지 함께 걸어온 이야기도 자세히 들려주었다.

"때마침 그 아주머니가 나타나서 다행이었네." 톰이 말했다. "그런데 보니가 정말 아주머니한테 그렇게 무례하게 굴었어?"

"응." 마야가 답했다. "나한테도 그랬고."

"엄마 아빠는 그 애를 고용하지 않을 거야."

"보니가 여기서는 어땠는데?" 마야가 물었다.

"아주 대단했지."

"농담하지 말고."

"농담이 아냐." 톰이 말했다. "정말 대단했다니까."

"무슨 초인적인 힘이라도 가진 애 같았어. 모든 일을 혼자 척척 해내더라고. 내가 깨트린 접시들을 치우고, 주방에선 엄마 일을 도와주고, 식당에선 쌩쌩 날아다니며 손님들과 수다까지 떨더라. 심지어 6번 테이블의 그 까다로운 아저씨까지 웃게끔 했다니까. 하지만 그러고 나서는 꼭 신데렐라 같았어."

"무슨 뜻이야?" 마야가 물었다.

"갑자기 무슨 약속이 떠올랐는지, 2번 테이블을 치우다 말고 불쑥 자기 시계를 보더라고. 그러고는 네가 돌아왔냐고 묻길래 아직 안 왔다고 했지. 그랬더니 곧바로 뛰쳐나갔어. 단 한마디도 없이. 아마도 그 애가 사는 세상은 모라는 아이를 중심으로 돌아가나 봐."

마야는 의자에 등을 기대고 앉아 마음을 가라앉히고 차분히 생각을 정리하려 했다. 바깥의 도로에서 말발굽 소리가 들리더니 다시 고요해졌다. 로언트리에 있는 그 어떤 것도 이 정적을 깨트리지 못하는 듯했다.

"마야, 난 네가 좀 행복하게 지내면 좋겠어." 톰이 말했다.

마야는 톰을 쳐다보았다.

"무슨 문제라도 있어?" 톰이 물었다. "내 말은, 단지 젭이나 보니 이야기가 아냐. 네가 진짜 고민하는 문제가 뭔지 묻는 거야."

"문제라면 여기겠지." 마야가 대답했다. "이 로언트리가."

"꽤 아름답고 운치 있는 곳 아냐?" 톰이 물었다. "난 여기가 좋아. 엄마 아빠도 마찬가지고."

"분명 여기엔 뭔가가 있어." 마야가 말했다. "그 아주머니도 알고 있는 눈치였어."

"리베카 플린트 부인 말하는 거야?"

"응." 마야가 말했다. "내가 아주머니한테 안으로 들어가 커피라도 마시고 가겠느냐고 권했거든. 근데 아주머니는 지난 몇 달

동안 로언트리에 들어간 적도 없고 앞으로도 전혀 그럴 생각이 없다는 거야. 이유는 말해주지 않았지만."

톰이 웃었다.

"언제 여기로 식사하러 왔다가 마침 주방장 일진이 나쁜 날이라 음식이 형편없었나 보지, 뭐."

"그렇게 단순한 일이 아냐. 분명 뭔가가 있어." 마야는 잠시 망설이다가 다시 입을 열었다. "어젯밤에 내 방에서 뭔가 긁어대는 소리를 들었어. 사방이 온통 고요한데… 아주 잠깐 동안이지만 득득 긁는 소리가 났어. 그러고는 고요해졌고."

톰은 아무 말도 하지 않았다.

마야는 톰의 침묵이 무엇을 뜻하는지 알고 있었다.

마야는 자리에서 일어나 창가로 걸어갔다. 창문 너머로 애덤스 부부가 도로를 따라 광장 쪽으로 걸어가고 있는 게 보였다. 부부는 손을 잡고 있었다. 마야는 그들이 로즈앤드크라운 안으로 사라질 때까지 그 모습을 눈으로 좇았다.

"마야?" 톰이 불렀다.

마야가 톰을 향해 돌아보았다.

"진짜 문제는 이 로언트리가 아냐. 바로 숲이야." 톰이 말했다. "널 정말 두렵게 하는 건 그 숲이라고. 그곳에 다시 가봐야 해. 무슨 뜻인지 알겠어? 너 혼자 가라는 건 아냐. 내가 함께 갈게. 다시 가서 그 숲을 똑바로 봐야만 해. 너만 원한다면 그 공터에 가봐도 괜찮아. 왜, 거기 있지, 네가 그 끔찍한 일을 겪었던 곳 말이야."

"내가 봤다고 우기는 시체가 있던 곳 말이지?"

"어느 쪽이든 상관없어." 톰이 말했다. "하지만 일단 거기로 돌아가야 해. 가서 그 현장을 다시 보고 나면 한결 나아질 거야. 원한다면 지금 당장이라도 갈 수 있어. 엄마 아빠가 나한테 좀 쉬라고 한 참이거든."

마야는 다시 창밖을 내다보았다. 톰의 말이 옳다는 것을 자신도 알고 있었다. 그 숲을 한 번은 제대로 마주할 필요가 있었다. 심지어 그러고 싶다는 마음까지 있었다. 하지만 지금은 아니었다. 그 숲보다 먼저 마주해야 할 게 있었다. 그리고 그것은 훨씬 더 가까이 와 있었다.

"아냐, 됐어. 신경 써줘서 고마워, 오빠."

마야는 주방 문을 향해 돌아섰다.

"마야, 너 정말 이상해 보여."

"뭐가?"

"꼭 그 오솔길에 있었을 때 같아. 갑자기 달아나기 전에 그랬던 것처럼."

마야는 톰의 목소리에 배어 있는 두려움을 느꼈다.

"이번엔 안 달아날 테니 걱정 마." 마야가 말했다.

애써 미소까지 지어 보였다.

"그냥 내 방으로 올라갈 거야."

마야는 문으로 걸어갔다. 무엇보다 숨겨둔 펜던트가 잘 있는지 살펴보고, 그래서 자신이 겪은 일들이 그저 상상이 아니었음을 스스로 상기해야 했다. 동시에 자신의 방을 무서워하지 않는다는 것을 겉으로 보여주어야 했다.

"나중에 봐, 오빠." 마야가 말했다.

"그 순경이 다시 왔었어." 톰이 말했다.

마야가 걸음을 멈췄다.

"쇼 순경 말이야." 톰이 말했다.

"왜 왔는데?"

"아주 잠깐 들렀다 갔어." 톰이 답했다. "말굽 모양 펜던트를 잃어버렸는데 여기에 떨어트렸을지도 모른대. 우리한테 잘 찾아봐 달라고 부탁하더라고. 로비에서 이것저것 뒤졌던 게 아마 그 펜던트를 찾고 있었던 건가 봐." 톰이 콧방귀를 뀌었다. "그래도 난 여전히 그 여자가 맘에 들지 않아."

마야는 급히 주방에서 나와 복도를 따라 계단으로 향했다. 엄마와 아빠는 여전히 사무실에서 통화하느라 마야가 지나가는데도 쳐다보지 않았다. 마야는 이층에 있는 자신의 방으로 걸어갔다.

그러고는 방문을 마주하고 섰다.

그 너머에 숨겨둔 말굽 모양 펜던트를 생각하며 문을 뚫어져라 쳐다보았다. 그리고 그 펜던트가 숲에서 애니 쇼의 목에 걸려 반짝거리던 모습을 떠올렸다. 펜던트는 지금 마룻장 밑에서 반짝이고 있을 것이다. 마야는 문을 열기 위해 손을 뻗었다. 그러고는 충동적으로 나무를 손톱으로 긁어보았다.

득.

한번 더 긁어보았다.

득, 득.

마야는 문을 밀고 안으로 들어선 다음 다시 문을 닫았다. 달라진 건 아무것도 없었다. 모든 것들이 떠날 때와 똑같았다. 하지만 무거운 침묵이 드리워져 있었다. 마야는 침대로 가서 귀를 기울이며 주위를 둘러보았다. 그러고는 손을 뻗어 카펫을 걷고 손이 들어갈 수 있을 만큼 마룻장을 들어 올렸다. 펜던트가 어디 있는지 잘 알고 있었으니 전체를 다 들어 올릴 필요는 없었다. 마야는 손을 집어넣고 더듬거리며 그것을 찾았다.

아무것도 없었다.

마룻장 아래 어두운 공간 속에 손을 집어넣은 채 마야는 움직임을 멈췄다. 이럴 리가 없는데. 분명 여기에 펜던트를 숨겨놓았는데. 마야는 다시 주위를 더듬기 시작했다. 역시 아무것도 없었다.

점점 불안해지기 시작했다. 몸을 뻗어 판자 아래 다른 쪽으로 손을 밀어넣고 좀 더 먼 곳까지 더듬어보았다. 여전히 아무것도 잡히지 않았다. 마야는 천천히 틈새 쪽으로 팔을 다시 끌어당겼다. 이때 뭔가가 손을 스치는 게 느껴졌다.

그게 무엇인지는 알 수 없었다.

다만 펜던트가 아닌 것만은 확실했다.

마야는 손가락으로 그 물체를 더듬어보았다. 작고, 딱딱하고, 그리고─

"아얏!"

날카로운 무언가가 엄지손가락을 찔렀다. 마야는 정체를 모르는 그 물건을 놓친 채 손을 빼냈다. 숨을 가쁘게 몰아쉬며 틈새를 자세히 들여다보았다. 이제 방법은 하나뿐이었다.

먼저 카펫을 잡아당겼다. 그러고는 판자 아래의 공간이 훤히 드러날 때까지 마룻장을 천천히 들어 올렸다. 그 아래 들보 사이에 무언가가 하나 놓여 있었다. 그것은 애니 쇼의 펜던트가 아니었다.

길이가 10센티미터쯤 되는 나무로 만든 인형이었다. 남자인지 여자인지는 구분할 수 없었다. 확실한 건 두 다리와 두 팔은 있지만 머리가 없다는 사실이었다. 머리가 있어야 할 자리에는 기다란 손톱의 뾰족한 끝부분이 붙어 있었는데, 이 손톱은 두 다리 사이에서부터 몸통 전체를 꿰뚫듯 박혀 있었다.

"이런, 세상에." 마야가 작게 소곤거렸다.

마룻장이 마야의 손에서 빠져나가 쾅하며 다시 닫혔다. 그러자 별안간 공포가 몰려왔다. 마야는 허둥지둥 주위를 둘러보았다. 카펫은 천천히 굴러 원상태로 돌아가고 있었다. 마야는 손을 뻗어 카펫을 확 낚아채고 다시 마룻장을 홱 들어 올린 뒤 그 인형을 빤히 쳐다보았다. 그러고는 인형을 집어 들어 카펫 위에 떨구었다.

"끔찍해. 너무 끔찍해." 마야가 웅얼거렸다.

얼굴도 없는 인형이 자신을 빤히 쳐다보는 것 같았다.

"이걸 내 방에 둘 수는 없어."

마야는 인형을 들고 창가로 달려가 창문을 열었다. 그러고는 최대한 멀리 던져버리려 했다가 문득 멈췄다. 마야의 방 아래로는 로언트리 옆으로 뻗어 있는 오솔길, 차고, 쓰레기통, 연료 탱크가 있었고 경계벽 너머로 이웃집 앞뜰이 있었다. 이 흉측한 물건을 여기서 저 밖으로 던질 수는 없었다.

누구에게도 발견되지 않을 만한 장소로 가야 했다.

마야는 숲 쪽을 빤히 쳐다보았다. 누가 봐도 저 숲이 가장 확실한 장소였다. 숲속으로 깊이 들어갈 필요도 없었다. 묘지 바로 위에 나무들이 빼곡히 우거져 있었고 잡목과 덤불도 무성했다. 마야는 나무들 사이에서 움직이는 한 사람을 보았다. 분명 젭일 거라고 생각했다.

그러나 젭이 아니었다.

빨간 머리의 남자였다.

마야는 잔뜩 긴장한 채 남자를 지켜보았다. 이렇게 멀리 떨어진 곳에서도 단번에 그를 알아볼 수 있었다. 마야는 마음을 단단히 먹고 호주머니에 인형을 찔러 넣은 다음 재빨리 아래층으로 내려갔다. 엄마와 아빠는 사무실에 없었다. 라운지에서 두 사람의 목소리가 들렸다. 마야가 모르는 사람들과 이야기를 나누고 있는 모양이었다. 마야는 잽싸게 그곳을 지나쳐 주방으로 뛰어들었다.

톰이 식탁에 앉아 샌드위치를 만들고 있었다.

"지금은 안 돼, 오빠. 먹을 때가 아냐." 마야가 말했다.

"아니, 왜—"

"그럼 가지고 가자."

마야가 톰의 손을 잡았다.

"우린 숲에 갈 거니까."

8

"난 네가 그 공터에 가려는 줄 알았는데." 톰이 말했다.

마야는 주위를 둘러보았다. 앞에는 작은 습지와 두 사람이 줄곧 따라 걸어왔던 오솔길이 있었다. 이 길은 이제 왼쪽과 오른쪽으로 갈릴 참이었다.

"왼쪽으로 가야 할 거야." 톰이 말했다. "거기로 가면 아빠가 널 발견한 곳이 근처에 있거든."

마야는 오른쪽으로 돌았다. 빨간 머리 남자는 분명 이쪽으로 걸어가고 있었다.

"마야." 톰이 말했다. "공터는 이쪽이 아니라니까."

마야는 계속 걸어갔다.

"마야!"

마야는 걸음을 멈추고 톰을 보았다.

"왜 그래?" 톰이 물었다. "왜 이렇게 이상하게 구는 거야? 아까부터 계속 딴 세상 사람 같은 얼굴을 하고 말이야."

"내가?"

"그래, 게다가 아무 말도 안 하고 있잖아."

"미안."

"대체 무슨 일이야?" 톰이 재차 물었다. "처음에는 숲에 가기 싫다고 하더니 갑자기 다시 가겠다고 하질 않나. 그러더니 지금은 공터를 찾을 생각은 안 하고 자꾸 다른 방향으로 가고 있잖아. 계속 주위를 두리번거리면서 말이야. 뭔가 찾는 거라도 있어?"

마야는 또 참지 못하고 주위를 힐끗 돌아보았다. 톰에게는 정말 미안한 일이지만 빨간 머리의 남자나 주머니 속에 든 인형에 관해서는 도저히 말할 수가 없었다. 설령 말한다 해도 첫 번째 얘기는 믿지 않을 것이고, 두 번째 얘기는 들으면 기겁을 할 것이다.

빨간 머리 남자의 흔적은 어디에도 없었다.

다만 그나마 희망적인 점이 하나 있긴 했다. 오솔길 앞으로 저 멀리에 잡목 숲이 우거져 있었는데, 여기라면 자신 앞에 놓인 과제 하나를 해결하는 데 더없이 완벽한 장소 같았다. 문제는 어떻게 톰의 주의를 딴 데로 돌리느냐였다. 고맙게도 톰은 스스로 그 문제를 해결해 주었다.

"저건 어치 소리인데, 들려?" 톰이 말했다. "저쪽이야. 저 습지 어딘가에 있는 게 분명해."

톰은 어치를 찾느라 습지를 여기저기 훑었다. 그사이, 마야는 주머니에서 인형을 꺼내 잡목 숲 속으로 홱 내던져 버렸다. 그러고는 다시 톰 쪽으로 재빨리 돌아섰다. 톰은 여전히 작은 습지를 유심히 살피고 있었다.

"왜 안 보이지?" 톰이 말했다. "분명 어치 소리를 들었는데."

톰은 약간 침울해 보이는 얼굴로 마야에게 돌아왔다.

"저 사람은 대체 누구지?" 톰이 말했다.

마야의 어깨 너머를 빤히 보고 하는 말이었다. 마야는 홱 돌아섰다. 오싹하게도 방금 인형을 내던졌던 잡목 숲 사이에서 젭이 올라오는 게 보였다. 묘지에서 봤을 때보다 한층 더 거칠고 야만스러워 보였다. 온몸은 흙과 나뭇잎으로 뒤덮여 있었고 이번에는 잘려나간 짧은 바지마저 보이지 않았다. 그야말로 완전한 알몸이었다.

인형의 흔적은 눈에 띄지 않았다.

마야는 톰이 가까이 다가오는 걸 느꼈다.

"저 녀석이 젭인가 보지?" 톰이 소곤거렸다.

"맞아."

마야는 젭을 계속 노려보았다. 그런데 그때 또 다른 사람의 형체가 잡목 숲 사이로 아른거렸다. 열다섯 살쯤 되어 보이는 검은 머리의 여자였다. 여자는 길고 헐렁한 셔츠 하나만 달랑 걸치고 있었고 단추는 아무렇게나 채워져 있었다.

"보니야." 톰이 속삭였다.

여자가 똑바로 일어나 머리를 흔들었다.

"아냐, 보니가 아냐." 마야가 말했다.

"그렇네."

여자는 젭 옆에 서더니 잠시 동안 조용히 마야와 톰을 지켜보았다. 그러고는 여전히 무심한 태도로 손을 뻗어 바지를 끌어다 입고서 마야와 톰, 젭 어느 쪽에도 눈길 한번 주지 않고 슬그머니 나무들 사이로 사라져 버렸다.

젭은 여자가 옆에서 사라지든 말든 조금도 신경 쓰지 않았다.

젭의 시선은 줄곧 마야를 향해 있었다.

"널 쳐다보는 눈빛이 영 맘에 안 들어." 톰이 말했다. "제길, 녀석이 이리로 오고 있잖아."

저 멀리서 젭이 성큼성큼 걸어오고 있었다. 여전히 알몸으로.

"가까이 오지 마!" 톰이 소리쳤다. "가서 옷이나 입어!"

하지만 젭은 톰의 말을 무시하고 계속 다가왔다. 건들건들한 근육의 움직임에 따라 몸에 새겨진 문신들도 같이 꿈틀거렸다. 입가에는 낯익은 음흉한 미소가 맴돌았다. 톰이 마야를 자기 뒤로 잡아끌었다.

"오지 말라고!" 톰이 말했다.

"아니, 이건 피그미야 뭐야?"

"오빠, 그만 가자." 마야가 말했다. "오빠가 싸울 만한 상대가 아냐."

톰은 못 들은 척 무시했다.

"오빠, 그만 가자니까!" 마야가 톰을 재촉했다.

"오빠." 젭이 마야의 말을 똑같이 따라 했다. "그만 가자니까!"

"입 닥쳐!" 톰이 말했다.

"입 닥쳐!" 젭이 다시 따라 했다.

젭이 두 사람 앞에서 멈춰 섰다. 톰은 어깨를 펴고 호기롭게 젭에게 맞섰다.

"오빠." 마야가 말했다.

"넌 물러서 있어."

그러나 마야는 톰의 앞으로 나가 젭을 매섭게 노려보았다.

"우리를 그냥 내버려 둬, 젭." 마야가 말했다.

젭은 눈썹을 치켜올렸다.

"내 이름을 알아내다니, 제법인데? 나한테 관심이라도 있다는 뜻인가?" 젭이 마야를 향해 눈을 찡긋해 보였다. "이봐, 귀여운 아가씨, 계속 그렇게 내 얼굴에서 눈을 떼지 않는 게 좋아. 절대 눈을 내리깔아선 안 돼, 알았어? 안 그러면 무시무시한 걸 보게 될 테니까. 내 말 무슨 뜻인지 알지? 정말… 보고 싶지 않은 거라면 말이지."

젭이 더 가까이 다가오려 했다.

"여우들을 죽인 게 누구지?" 마야가 다급히 물었다.

젭이 걸음을 멈췄다. 여전히 마야를 쳐다보면서.

"여우들을 죽이고 사체를 훼손한 사람이 누구냐고!" 마야가 다시 물었다.

딱히 대답을 듣고 싶어 물은 건 아니었다. 젭이 계속 지껄이는 걸 막아줄지도 모른다는 기대 때문이었다.

"대체 누가 그런 짓을 하는 거야?"

젭은 이제 바짝 다가와 마야를 위에서 내려다보았다.

"대체 누가 그런 짓을 하는 거야?" 젭이 소곤거리듯 마야를 따라했다. "정말 알고 싶어?"

그러고는 싱글싱글 웃으며 말을 이었다.

"그렇다면 이 젭 삼촌께서 우리 어린이들에게 이야기를 들려줘야겠군."

마야는 톰이 뒤에서 두 팔로 자신을 꽉 껴안는 것을 느꼈다. 젭이 천천히 이를 드러내며 웃었다.

"너희들 그거 알아?" 젭이 말했다. "이 지구상의 어느 곳에는, 동물의 뇌를 먹으면 그 동물의 교활함을 얻게 되고, 심장을 먹으면 그 힘을 얻게 된다고 믿는 사람들이 있지." 젭이 잠시 말을 멈췄다. "그건 인간들한테도 똑같이 적용되거든."

"무슨 말을 하려는 거야?" 톰이 물었다.

"여기서 그런 불길한 마법이 벌어지고 있다는 말이야, 피그미 족아. 그래서 우리 작고 귀여운 마야한테 숲을 멀리하라고 경고한 거고. 그런데 보아하니 이 아가씨는 그렇게는 못 할 것 같군." 젭은 마야를 내려다보며 입 맞추는 시늉을 했다. "그렇지, 귀여운 아가씨?"

"그럼 대체 누가 이런 일을 벌이는 거지?" 마야가 물었다.

"따라 와."

젭은 그러고는 조금 전 톰이 어치 소리를 들었던 작은 습지 쪽으로 걸어갔다.

"얼른 도망가자." 톰이 소곤거렸다.

젭이 어깨 너머로 소리쳤다.

"어서 오지 그래, 작고 귀여운 마야?"

"가자니까." 톰이 말했다.

"이봐, 아가씨." 젭이 불렀다. "지난번에 내가 보여준 것도 은근히 좋아하지 않았나?"

마야는 젭을 따라나섰다. 톰이 마야의 팔을 붙잡았다.

"뭐 하는 거야?" 톰이 투덜거렸다.

"우리가 무서워하지 않는다는 걸 보여주려는 거야."

"또 머리 잘린 여우가 있을지도 몰라."

"상관없어." 마야가 말했다. "피하기만 할 수는 없는걸."

"이건 바보 같은 짓이야."

마야는 습지로 들어섰다. 젭은 벌써 저 끝에 있는 빽빽한 나무 사이로 들어가고 있었다. 젭은 주위를 둘러싼 잎들에도 아랑곳하지 않고 거침없이 나아갔다. 그리고 사라져 버렸다.

"마야." 톰이 말했다. "그냥 가자."

"기다려 봐."

저 앞의 나뭇잎 사이에서 뭔가가 움직이고 있었다. 젭은 아니었다. 마야는 그곳을 응시했다. 순간적으로 다시 사방이 고요해졌다가 잠시 뒤에 다시 움직임이 눈에 들어왔다. 이번에는 좀 더 또렷하게 보였다. 마야는 빨간 머리 남자일 거라고 생각했다. 그런데 뜻밖에도 노란 빛이 번쩍였다.

다시 순식간에 고요해졌다.

마야는 눈을 크게 뜨고 그쪽을 유심히 살폈다. 처음에는 아무것도 없는 것 같았다. 나뭇가지와 잎들만 보였다. 그때 다시 나타났다. 자신을 노려보는 노란빛의 두 눈이. 조금 전보다 더 멀리, 나무들 사이로 깊이 들어가 거의 눈에 띄지 않았다. 그러나 그 눈이 마야를 지켜보고 있는 것만은 확실했다.

마야는 그것이 어제 보았던 그 여우라고 확신했다.

"마야." 톰이 물었다. "대체 뭘 보고 있는 거야?"

"오빠 눈엔 안 보여?"

"뭐가?"

마야는 그 눈을 향해 걸음을 내디뎠다.

"마야." 톰이 불렀다. "그쪽으로 가지 마."

"가야 해."

"그렇지만 젭은 이쪽으로 갔다고."

"내가 말했잖아. 우리가 무서워하지 않는다는 걸 보여줘야 한다고."

마야는 나무들을 지나 노란 눈이 있었던 지점을 향해 나아갔다. 또다시 눈은 사라지고 없었다. 대신 그 자리에 젭이 있었다. 젭은 거대한 마로니에 나무 옆에 서서 그 나무를 빤히 지켜보고 있었다. 그들 모두를 마주 보는 쪽의 나무껍질은 무자비하게 깎여 있었다. 젭의 키만큼이나 크고 넓적한 나무 몸통 안에 어떤 형상이 새겨져 있었다.

머리 없는 그 인형과 똑같은 모습으로.

마야는 젭이 자신을 발견하고 능글맞게 웃는 걸 보았다. 톰이 손목을 끌어당겼지만 마야는 아랑곳하지 않았다.

"잘했어." 젭이 말했다. "그렇게 쉽게 끌려가면 안 되지."

"입 닥쳐!" 톰이 크게 소리를 질렀다.

"깜짝이야!"

"이 빌어먹을 자식!"

톰이 앞으로 나아갔다. 마야가 톰의 팔을 잡았다.

"그러지 마, 오빠."

젭은 소리 내어 웃었다. 그러고는 알몸으로 두 사람을 향해 홱 돌아서더니 크게 외쳤다.

"어서 오라고, 어린 친구들! 그렇게 당황할 것 없어. 젭 삼촌의 에덴동산에는 흥미진진한 것들이 아주 많다구."

젭은 마야와 톰을 마주 보며 나무에 새겨진 형상 속으로 뒷걸음질을 치며 갔다. 젭의 몸과 완벽할 정도로 크기가 비슷한 형상이었다. 누가 봐도 명백한 차이 하나만 빼고.

"머리가 없으니까 좀 민망하군." 젭이 마야를 보며 말했다. "내 머리라도 잘라내야 할까 봐. 그런 다음에 이렇게 나란히 서 있으면 얼마나 보기가 좋겠어. 이봐, 귀여운 아가씨, 네 생각은 어때?"

마야는 대답하지 않았다. 젭이 다시 능글맞게 웃었다. 그러다 갑자기 고개를 홱 돌려 뒤를 빤히 노려보았다. 마야도 같은 곳을 보았지만 거기엔 나무들밖에 보이지 않았다. 젭은 다시 고개를 돌리더니 마야의 눈을 바라보았다.

"할 일이 생겼군." 젭이 말했다.

그러더니 두 사람을 향해 곧장 달려왔다.

"마야." 톰이 말했다. "내 뒤로 와."

마야는 톰의 팔을 잡은 채 꼼짝하지 않았다. 톰이 마야의 손을 뿌리치고 앞으로 나왔다. 젭은 잔뜩 흥분한 표정으로 다가오며 크게 소리를 질렀다.

"어이!"

톰이 두 주먹을 들어 올렸다.

"덤벼 봐, 톰!" 젭이 소리쳤다.

톰이 앞으로 한 걸음 나섰다. 그러나 싸움은 벌어지지 않았다. 젭은 미친 듯이 웃으며 둘을 지나쳐 그들 뒤의 나무 속으로 뛰어 들었고 곧 사라져 버렸다. 톰은 젭을 쫓아 달려갔다.

"오빠!" 마야가 불렀다.

"그냥 확인하려는 거야." 톰이 대답하고 젭을 따라 사라졌다.

마야는 톰이 사라진 자리를 초조하게 지켜보았다. 하지만 톰은 곧 돌아왔다.

"괜찮아?" 마야가 물었다.

"응."

"어떻게 됐어?"

"잡목 숲 쪽으로 갔어." 톰이 말했다. "아까 녀석이 어떤 여자 애랑 같이 있었던 곳 말이야."

"그다음에는?"

"자기 옷을 집어 들고 그냥 가버리던걸."

"오빠가 지켜보고 있는 걸 젭이 봤어?"

"그건 모르겠어. 아무튼 그렇게 가버렸어." 톰이 뒤를 돌아보았다. "그런데 아까는 왜 그렇게 뛰었을까 궁금하네."

마야는 이미 그 답을 눈으로 확인했다. 마로니에 나무 너머에서 두 남자가 둘을 향해 걸어오고 있었다. 한 명은 쉰 살쯤 되었고 강인한 얼굴에 무슨 짓이든 서슴지 않을 것 같아 보이는 남자였다. 하지만 마야의 관심은 오직 그 옆에 있는 사람에게만 쏠려 있었다. 서른다섯 살쯤 되어 보이는 남자였다. 절대로 잘못 보거나 혼동할 수 없는 얼굴.

틀림없이 빨간 머리의 그 남자였다.

9

마야는 그를 계속 지켜보았다. 숲에 쓰러져 있던 남자, 죽은 듯 누워 있던 그 남자라는 데에 의심의 여지가 없었다. 그가 움직이는 것을 보니 갑자기 역한 두려움이 몰려왔다. 그렇게 멀쩡히 걸어다니다니, 있을 수 없고 있어서도 안 되는 일이었다. 그건 애니 쇼가 살아 있는 것만큼이나 부자연스럽고 괴이한 일이었다.

그러나 마야를 향해 다가오고 있는 그 형체는 아주 건장하고 강인해 보이기만 했다. 앞을 가로막는 잎들을 양손으로 조심스레 헤치며 경쾌한 걸음으로 걸어왔다. 마치 제 몸을 되찾은 유령 같다고나 할까.

두 남자가 가까이 다가와 멈춰 섰다. 둘 다 웃음기라고는 찾아볼 수 없는 얼굴이었다.

"안녕하세요." 마야가 먼저 말을 건넸다.

나이 든 남자가 못마땅한 표정으로 마야를 훑어보았다.

"네가 마야 먼로구나." 남자가 으르렁거리듯 말했다.

"네." 마야가 답했다. "이쪽은 제 오빠 톰이에요."

"알고 있어."

"어떻게요?" 톰이 말했다.

남자가 불평하듯 끙 앓는 소리를 냈다.

"이 헴베리에는 비밀이란 게 별로 없거든." 남자가 답했다. "마을 한쪽 구석에 가서 코라도 한번 후벼봐라. 5분 안에 반대편까지 소문이 퍼질 테니까. 너희가 누군지는 정확히 알고 있어. 그리고 솔직히 말하면, 너희 둘 중 하나, 특히 네 동생 마야와 마주치는 일만 없었으면 참 속 편하게 지냈을 텐데 말이지."

"참 친절하게도 말씀하시네요." 톰이 말했다.

"있지도 않은 시체 얘기를 지어내 다른 사람들 시간을 내다 버리게 하는 여자애한테는 내가 워낙 호의적이지 않아서 말이야."

"마야는 그런 짓 한 적이—"

"야, 정신 좀 차리지 그러냐." 남자가 말했다. "네 동생을 편들어주고 싶은가 본데, 그야 물론 좋은 일이지. 하지만 그 전에 사실부터 좀 똑바로 알라고. 아마 네 동생은 너한테도 사실을 말해주지 않았을걸."

남자가 마야를 향해 고개를 돌렸다.

"네가 시간 낭비하게 만든 사람이 한둘이 아닌 건 알고 있냐? 경찰이랑 구급대원은 일부에 불과하다고. 덕분에 우리도 길바닥에 시간을 내다 버렸고." 남자가 자신의 동료를 힐끗 쳐다보았다. "그것도 아주 많이."

"아저씨는 누구시죠?" 마야가 물었다.

"맥머도라고 한다." 남자가 대답했다. "이 숲을 책임지고 있는 관리인이지. 이쪽은 내 조수 브린이고."

마야는 빨간 머리 남자를 경계의 눈초리로 바라보았다.

"그렇게까지 심하게 말할 필요는 없잖아요." 톰이 말했다.

"난 느낀 대로 솔직하게 말하는 사람이라서 말이야." 맥머도가 말했다. "네 녀석이 좋아하든 말든 관심 없어. 여긴 우리 구역이니까. 그리고 보다시피…"

그의 시선이 훼손된 마로니에 나무로 향했다.

"네 동생이 말썽을 일으키지 않아도 우린 이미 충분히 고생하고 있다고."

마야는 브린을 다시 보지 않으려고 애썼다. 그는 시종일관 근엄한 얼굴로 마야를 지켜보고 있었다. 다만 맥머도처럼 마야에 대해 노골적인 반감을 품고 있는지 아닌지는 분간할 수 없었다.

"누가 저 나무들을 망가뜨리는 거예요?" 마야가 물었다.

두 사람 중 어느 쪽도 질문에 대답하지 않았다.

"여우들은 또 누가 죽이는 거예요?"

맥머도가 다시 마야를 보았다.

"용케 그걸 알고 있구나."

"대체 누가 그런 짓을 하는 거냐고요?" 마야가 재차 물었다. "아저씨는 분명히 알고 있어요. 방금 그랬잖아요. 헴베리에는 어떤 비밀도 없다고."

"비밀이 별로 없다고 했지." 맥머도가 답했다. "전혀 없다고 하진 않았어."

"어쨌든 누가 그런 끔찍한 짓을 하는지 알고 있는 거죠?"

맥머도는 아무 말도 하지 않았다.

"젭인가요?" 마야가 물었다.

그러고는 다시 브린을 보았다. 그는 여전히 말이 없었다. 그러나 그가 뭔가 말하고 싶어 한다는 걸 마야는 알아차렸다. 그 이유는 알 수 없었다. 이때 맥머도가 다시 끼어들었다.

"젭을 만난 거냐?"

"오늘 아침에 묘지에서 만났어요. 죽은 여우를 보고 있었고요."

마야는 두 남자에게 아침에 있었던 일을 말해주었다.

"놈이 그걸 가지고 갔단 말이지?" 맥머도가 말했다.

"네, 또 죽은 여우들이 많이 발견된다고도 했어요. 사실인가요?"

"그럴지도."

"조금 전에도 젭을 봤어요." 톰이 말했다.

"어디서?" 맥머도가 물었다.

"이 숲에서요. 잡목 숲에서 어떤 여자애와 함께 있는 걸 봤어요."

"그 자식은 늘 여자를 끼고 살거든." 맥머도가 말했다. "여자들은 놈을 멀리하질 못한다니까. 이유는 묻지 마라."

"그 여자애는 유유히 가버렸어요."

"약삭빠른 애였군."

"젭은 잠깐 어슬렁거리다 갔고요. 실오라기 하나 걸치지 않은 알몸으로요."

"이런, 빌어먹을." 맥머도가 브린을 힐끗 보았다. "또 시작이군."

"우리를 위협했다고요." 톰이 말했다. "두 분이 오는 걸 보고는 쏜살같이 달아나 버렸지만요."

"당연히 그랬겠지."

"제 질문에는 아직 대답하시지 않았잖아요." 마야가 말했다.

"아, 그랬나?" 맥머도가 되물었다.

왠지 그의 눈빛이 굳어진 것 같았다.

"그래, 질문이 뭐였지?"

"여우를 죽이고 나무를 훼손한 게 젭이냐고 물었어요." 마야가 말했다.

　마야는 브린의 대답을 듣고 싶었으나 이번에도 역시 맥머도가 나섰다.

　"누가 이런 일을 벌이고 있는지는 우리도 아직 몰라."

　"그럼 젭일 수도 있다는 거예요?" 톰이 말했다.

　"그럴 수도 있지." 맥머도가 대답했다. "녀석은 무엇이든 해치울 만큼 무모하고 난폭한 놈이니까. 그렇지만 다른 사람일 수도 있어. 이 근처를 배회하는 미치광이가 젭 말고도 더 있거든. 누가 됐든 심보가 배배 꼬인 놈일 거야."

　맥머도의 눈이 좌우로 번갈아 움직였다. 마야는 다시 브린을 보았다. 이번에는 드디어 그가 입을 뗐다.

　"경찰이 날 찾아왔더구나."

　"그게 우리와 무슨 상관이죠?" 톰이 말했다.

　"난 지금 마야한테 말하는 거야."

　"그게 마야와 무슨 상관이냐고요?"

　브린이 톰을 힐끗 쳐다보았다.

　"동생 대신에 모든 말을 네가 다 하려고?"

　"마야가 원한다면 언제든지요."

　"네 말은, 마야가 지금 네가 나서서 말해주길 원한단 말이지?"

　"네." 톰이 말했다.

　"마야한텐 물어봤니?"

"그럴 필요 없어요. 그냥 알아요."

"오빠." 마야가 말했다. "난 괜찮아."

브린이 마야를 보았다.

"경찰이 날 찾아왔어." 브린이 다시 입을 열었다.

"로언트리에 새로 이사 온 여자애가 숲에서 길을 잃었는데, 거기서 시체들을 봤다고 신고했다더구나. 그 시체들 중에는 서른다섯 살쯤 되었고 빨간 머리를 가진 남자가 있었다고 했고."

"그래서요?" 톰이 다시 나섰다.

"빌어먹을, 또야?" 브린이 짜증을 냈다. "정말 끈질긴 녀석이군. 나한테도 너처럼 까칠한 형 하나만 있으면 참 좋겠다 싶을 정도야. 난 그냥 네 동생한테 뭐 좀 물어보려는 것뿐이라고."

"오빠, 됐어." 마야가 톰을 가로막았다. "괜찮아."

그러고는 브린을 보았다.

"나한테 묻고 싶은 게 뭔데요?" 마야가 물었다.

그러나 무슨 이야기가 나올지는 이미 알고 있었다.

"경찰이 날 찾아온 건," 브린이 말했다. "이 일대에 서른다섯 살쯤이면서 빨간 머리인 남자가 흔치 않아서였겠지. 더구나 이 헴베리에는 나 말고는 그런 사람이 아무도 없을 테니까."

브린이 잠시 말을 멈추었다.

"하지만 나는 분명히 말할 수 있었어. 네가 본 건 절대 내가 아니라고 말이야. 보다시피, 이렇게 죽지 않고 멀쩡히 살아 있잖아.

게다가 네가 숲에 있었던 걸로 추정되는 시간에 난 로즈앤드크라운에 있었거든."

"추정된다고요?" 톰이 따졌다.

"좋아, 정정하지." 브린이 말했다. "네 여동생이 숲에 있었던 그 시간에 난 로즈앤드크라운에 있었어. 이제 됐냐? 이봐, 마야. 이제 그 빨간 머리 남자가 어떻게 생겼는지 말해줄 수 있겠니?"

"아저씨하고 똑같이 생겼어요." 마야가 대답했다.

브린은 발을 옮겨 자세를 바꾸었다.

"나랑 똑같이 생겼다고?"

"네."

"나와 어떻게 똑같다는 거지?"

마야는 잠시 망설였다.

"아주 많이요." 마야가 말했다.

맥머도가 코웃음을 쳤다.

"이봐, 꼬마 아가씨, 계속 그렇게 이야기를 지어낼 거야?"

"지어내는 게 아니에요." 마야가 대꾸했다.

"어이, 브린." 맥머도가 말했다. "그만 가지."

"잠시만요." 브린이 답했다. "마야, 그 남자의 옷차림이 어땠지? 그 빨간 머리 남자가 어떤 옷을 입고 있었냐고."

마야는 눈을 내리깔았다.

"슈트에 타이, 흰 셔츠, 그리고…"

"그리고?"

"은색 시계를 차고 있었어요."

"나한텐 은색 시계 같은 건 없어." 브린이 말했다.

마야는 그의 목소리에서 안도감을 느꼈다.

"아저씨는 정말 로즈앤드크라운에 있었나 보네요." 마야가 조용히 말했다.

그때 아주 가까운 곳에서 날갯짓 소리가 들리더니 덤불 속에서 요란한 소리가 났다. 마야는 다시 고개를 들었다. 두 남자는 주위를 유심히 살폈고 톰도 마찬가지였다. 마야는 좌우에 있는 나무들을 살폈다. 수상한 것은 아무것도 없었다.

덤불 속에서 또다시 소리가 났다. 요란하게 충돌하는 소리, 헐떡거리는 숨소리, 발소리.

누군가 왼편으로 달아나고 있었다.

"저기야!" 맥머도가 소리쳤다.

"네!" 브린이 답했다.

그러나 잡을 새도 없이 순식간에 나무들 사이로 사라져 버렸다.

"누군지 봤어?" 맥머도가 물었다.

"네."

"나도 봤네. 가세."

맥머도는 마야와 톰을 노려보았다.

"너희는 빨리 로언트리로 돌아가. 이 일이 해결될 때까지 숲엔

얼씬도 하지 마. 그리고 꼬마 아가씨, 이제 공상소설은 그만 쓰라고."

맥머도는 곧장 뒤쫓아 뛰어갔다. 브린은 자리에 남았다.

"너희들, 집으로 돌아가는 길은 아니?"

"그럼요." 톰이 말했다.

브린이 손가락으로 방향을 가리켰다.

"저 나무들을 가로질러 곧장 앞으로 가면 돼. 그럼 묘지 꼭대기로 이어지는 길이 나올 거다."

그러고는 맥머도를 따라 달려갔다.

"오빠, 아까 누구였는지 봤어?" 마야가 물었다.

"난 그림자도 보지 못했는걸."

"보니였어. 똑똑히 봤어."

"그렇다는 건, 모가 그쪽 어딘가에 있었다는 말이네. 보니는 틀림없이 그 애한테 달려갔을 테니까."

마야는 두 남자를 눈으로 좇았다. 그러나 둘은 이미 시야에서 사라져 버린 뒤였고 숲은 다시 정적에 싸였다. 이번에는 반대쪽을 보았다. 브린이 방금 일러준 길을 따라 돌아갈 시간이었다. 그렇지만 뭔가가 크게 잘못된 것처럼 느껴졌다. 보니와 관련된 무언가가.

"보니는 모한테 달려간 게 아냐." 마야가 중얼거렸다.

"마야, 그게 무슨 말이야?"

마야는 브린이 가리킨 쪽으로 나아갔다. 톰이 마야를 붙잡았다.

"그게 무슨 말이냐고?" 톰이 다시 물었다.

"모르겠어. 그냥 그래."

마야는 어린 자작나무들을 지나쳐 작은 습지 안으로 들어갔다. 그런 다음 걸음을 멈췄다.

"이번엔 또 뭐야?" 톰이 물었다.

"보니는 모한테 달려간 게 아냐. 그 애는 반대 방향으로 갔어."

"걔가 왜?"

"그 두 남자를 모한테서 떨어트려 놓으려고."

"대체 무슨 말을 하는 거야?"

마야는 턱을 들어 습지 저쪽을 가리켰다.

"맙소사!" 톰이 외쳤다.

세 그루의 나무 각각에 머리 없는 형상들이 새겨져 있었고, 한 나무 밑에는 또 다른 여우 사체가 놓여 있었다. 이번에도 머리는 사라지고 배는 찢겨진 채였다. 그리고 모가 두 사람을 등진 채 여우의 사체 위로 몸을 숙이고 있었다.

"맙소사." 톰이 탄식했다.

모가 홱 돌아서 두 사람을 보더니 벌떡 일어섰다. 셔츠와 바지, 팔이 온통 피로 물들어 있었다.

"진정해, 모." 마야가 소리쳤다. "우린 네 편이야."

"아냐, 그럴 리가." 톰이 낮게 투덜거렸다.

소년은 사나운 눈초리로 남매를 쏘아보았다.

"저 애 몸에 묻은 건 여우의 피야." 톰이 말했다. "녀석이 저 여우를 죽인 거라고. 틀림없어."

"진정해, 모." 마야가 말했다. "괜찮아."

마야는 뒤에서 누군가 달려오는 소리를 들었다. 뒤이어 맥머도의 목소리가 들렸다.

"그 여우를 가만둬라, 모. 그 자리에 그냥 내버려 두라고."

모는 몸을 숙여 여우의 사체를 꽉 움켜쥐었다.

"마야." 톰이 말했다. "방금 봤어?"

여우의 잘린 머리가 창자 사이로 떨어지는 장면을 마야도 놓치지 않았다. 모는 여우의 머리를 집어 들더니 나머지 사체와 함께 제 가슴 쪽으로 와락 끌어안았다.

"그냥 두라니까!" 맥머도가 고함을 질렀다.

그러나 모는 이미 달아나고 있었다. 그는 여우의 사체를 단단히 움켜쥔 채 순식간에 나무들 사이로 사라졌다. 맥머도와 브린이 재빨리 그 뒤를 추격했다. 마야는 그들의 뒷모습을 좇았다. 그런 다음 돌아서서 주위를 둘러보았다.

보니의 흔적은 어디에도 없었다.

10

　다시 밤이 찾아왔고 또다시 기다림의 시간이 이어졌다. 마야
는 무엇을 해야 할지 알 수 없어 천장을 뚫어져라 쳐다보고 있었
다. 지난번처럼 방 안을 서성거리지는 않았지만, 그렇다고 잠을
잘 수도 없었다. 마야는 전보다 더 큰 두려움에 휩싸여 외출복을
입은 채 침대에 누워 있을 뿐이었다.

　마야는 고개를 돌려 카펫을 가만히 내려다보며 마룻장 아래
에 있는 공간을 떠올려보았다. 그런 다음 그 끔찍한 인형과 나무
에 새겨진 형상들과 여우의 사체를 떠올렸다. 그리고 달아나던
모의 얼굴까지.

　밤 열두 시 반.

　한 시.

한 시 반.

마야는 지금껏 일어난 일들을 곰곰이 되새겨 보았다. 아빠가 경찰을 부른 것이 큰 영향을 끼쳤을 거라고는 생각되지 않았다. 경찰은 이미 젭을 요주의 인물로 주시하고 있었을 것이고 모의 일에 관해서는 맥머도나 브린이 알아서 보고했을 것이다.

아빠는 애써 전화할 필요도 없었다.

어차피 로언트리에 사는 어린 여자애의 말 따위에는 아무도 귀를 기울이지 않았을 테니까.

마야는 일어나 앉아 전등 스위치를 켰다.

어둠은 곧 흩어졌으나 뭔가가 대기 중에 남아 있는 기분이 들었다. 방 안을 유심히 둘러보았다. 꼭 무덤처럼 느껴졌다. 마야는 자신의 숨소리에 귀를 기울였으나 그럴 만한 몸 상태가 아님을 깨달았다. 마야는 자리에서 일어나 외출복을 벗고 잠옷으로 갈아입은 뒤 침대 속으로 들어갔다.

기분이 조금도 나아지지 않았다. 이불을 턱까지 끌어올리고 주위를 응시했다. 눈에 보이는 모든 것들이 위협적으로만 보였다. 물론 그건 어리석은 생각이었다. 이 방에 있는 침대와 책상, 옷장, 작은 가구들과 자신의 소지품은 대부분 런던에서 이사 오며 가져온 것들이었으니까.

그런데 이 이상하고 새로운 집에서, 자신의 물건들이 제 특성을 바꿔버렸는지 마치 자신이 아닌 다른 누군가의 물건처럼 보였다. 이 방도 마찬가지였다. 마야는 다시 마룻장 밑의 공간을 생각했다.

두 시.

"그만 자자." 마야가 중얼거리며 전등을 껐다.

그 순간 뭔가가 침묵을 깨트렸다.

마야는 벌떡 몸을 일으켰다. 가까운 데서 틀림없이 삐걱거리는 소리를 들었다. 다시 귀를 기울였으나 이번에는 아무 소리도 들리지 않았다. 마야는 얼굴을 찌푸렸다. 어쩌면 지극히 자연스러운 소음이었는지도 모른다. 그러나 지금은 모든 소리가 적대적으로만 들렸다. 그리고 고요함은 그보다 더했다.

또다시 삐걱거리는 소리가 났고 이어 새로운 소음이 일었다. 하지만 소리의 정체가 무엇인지는 종잡을 수 없었다. 저 위, 오른쪽 어디쯤이었다. 마야는 침대에서 나와 어둠 속에서 그 지점에 우뚝 섰다. 그러나 소리는 이미 그친 뒤였다.

마야는 골똘히 생각했다. 객실은 대부분 일층과 이층에 있었다. 그러나 삼층에도 하나가 있었고 마틴 씨 부부가 그곳에 묵고 있었다. 둘 중 한 사람이 서성거렸는지도 모른다. 아니면 건물 꼭대기의 다락방에서 난 소리였는지도 모른다.

하지만 그 위엔 아무도 없을 것이다. 소음이 다시 들렸다. 더 가까이, 더 약하게. 그러다가 다시 조용해졌다. 이번에는 긴 정적이 이어졌다. 마야는 귀를 기울인 채 의자에 털썩 주저앉았다.

주위는 여전히 고요했다.

두 시 반.

두 시 사십오 분.

저 아래 도로에서 발자국 소리가 들렸다.

마야는 급히 창가로 달려가 천천히 커튼을 젖히고 아래를 내려다보았다. 도로에는 아무런 움직임이 없었다. 혹시 집들 사이로 그림자가 드리워져 있지는 않을까 싶어 눈여겨보았지만 사람의 흔적은 어디에도 보이지 않았다.

왼편 어딘가에서 다시 발소리가 들렸다. 마치 누군가가 이 로언트리 옆을 빙 돌아 터벅터벅 걸어오는 것 같았다. 마야는 맞은편 창가로 건너가 살며시 커튼을 젖히고 밖을 살펴보았다. 역시 아무도 없었다.

어둠 속에 정적만 감돌 뿐이었다.

마야는 두려움에 떨며 다시 의자에 앉았다.

세 시.

다시 삼십 분 경과.

복도에서 소리가 났다.

질질 끄는 발소리.

마야는 의자 양옆을 꽉 움켜잡았다. 그러나 소리는 이내 멈추었다. 문득 톰이 생각났다. 어젯밤에도 자신을 만나러 여기 올라오지 않았던가. 어쩌면 톰인지도 모른다. 그때 마야의 방문에서 소리가 들렸다. 마야가 몹시 두려워하는 그 소리.

득, 득, 득.

마야는 두 손으로 귀를 막고 비명을 질렀다.

그다음 벌어진 일들은 머리에서 지워진 듯 흐릿했다. 마야가 기억하는 건 자신이 계속 비명을 질렀다는 것, 그런 다음 침대에서 몸을 잔뜩 웅크린 자신을 엄마가 안아주었다는 것, 톰이 곁에서 지켜보았다는 것, 자신이 흐느껴 울고 있었다는 것 정도였다. 복도에서 아빠가 손님들을 안심시키는 소리가 들렸다.

"악몽을 꿨나 봅니다." 아빠가 말하고 있었다. "우리 애가 가끔 악몽을 꾸는데, 이번에도 그런 것뿐이에요."

"악몽이라고?" 마야가 중얼거렸다.

마야는 엄마의 얼굴을 빤히 쳐다보았다. 그러나 마야에게 말을 건넨 사람은 톰이었다.

"마야, 무슨 일이야? 정말 악몽을 꾼 거야?"

복도의 손님들이 흩어지는지 목소리가 점점 멀어지는 게 느껴졌다. 잠시 후 아빠가 방으로 들어와 문을 닫고 급히 마야에게로 왔다.

"아가." 아빠가 말했다.

마야는 다시 톰을 보았다.

"악몽이 아니었어." 마야가 말했다. "이상한 소리를 들었다고. 삐걱거리는 소리, 질질 끄는 발소리, 그러고는… 문을 긁는 소리가 났어. 어젯밤처럼."

"어제 나한테 그 얘길 했었지." 톰이 말했다. "주방에 있을 때 말이야."

"맞아. 오빠는 내 말을 믿지 않았고."

"그런 말을 한 적은 없어."

"어쨌든 믿지 않았어. 아마 지금도 그럴 테고."

마야는 엄마와 아빠가 서로 눈빛을 주고받는 걸 보았다.

"우리한테 이상한 소리 얘기는 한 적 없잖아." 아빠가 말했다.

"두 분도 제 말을 믿지 않았을 테니까요."

"마야—"

"난 분명 들었어요." 마야가 말했다. "그 소리가 내 방문 바깥쪽에서 났다고요. 저 바깥 도로에서 났는데 이 건물 옆을 돌아 뒤뜰로 가는 것 같았어요."

"알았다, 내가 확인해 보마." 아빠가 말하고 마야의 얼굴을 어루만졌다. "별일 아닐 거야. 걱정할 것 없어. 내 생각에는 새벽에 누군가가 주위를 돌아다니지 않았나 싶구나. 그렇다고 꼭 위험한 사람은 아닐 거야."

그러고는 마야에게 입을 맞추었다.

"죄송해요." 마야가 말했다.

"괜찮아. 죄송할 일이 아냐."

"제가 약해지고 있나 봐요."

"아냐, 그렇지 않아." 아빠가 말했다.

"마야." 엄마가 위로했다. "넌 놀라서 겁을 먹은 거야. 단지 그 것뿐이야. 우린 널 충분히 이해해. 어제 숲에서 끔찍한 일을 겪었잖니. 누구라도 그런 일을 당했다면 자제력을 잃었을 거야. 그 다음에도 묘지에서 젭을 만나 그 일을 겪고, 설상가상 모와 그 여우 일까지 있었잖아. 그러니 작은 소리에도 놀라는 게 당연해."

엄마가 마야의 손을 잡았다.

"다 이해한단다." 그러고는 계속 말했다. "오래된 집들은 원래 좀 으스스한 법이지. 이상할 것 하나 없어. 이런 집에선 온갖 종류의 소음이 나기 마련이거든. 뮤리얼 숙모님도 서쪽에 있는 한 고택에 살았는데 내가 어렸을 때 잠깐 거기 머문 적이 있어. 그때 나도 얼마나 무서웠는지 한숨도 못 자고 뜬눈으로 밤을 지새웠다니까. 발소리, 탁탁 두드리는 소리는 기본이고 정체를 알 수 없는 온갖 소리들이 계속 들리는 거야. 그 집에는 나와 숙모님 말고는 아무도 없었는데 말이야. 하지만 집 전체가 온통 돌아다니는 사람들로 득실거리는 것만 같았지."

마야는 아무 말도 하지 않았다. 톰이 하품을 했다.

"톰, 너는 이제 가서 자렴." 아빠가 말했다. "아니다, 우리 다 같이 가자."

"가자, 마야." 엄마가 말했다.

"저는 왜요?" 마야가 물었다.

"가서 엄마랑 같이 자자고. 우리 방에서."

"그럼 아빠는요?"

"내 걱정은 안 해도 돼." 아빠가 답했다. "빈 객실에 들어가서 자면 되니까."

"죄송해요, 아빠." 마야가 말했다.

"그런 말 하지 말래도." 아빠가 말했다. "난 괜찮으니까. 하지만 먼저 바깥을 좀 살펴봐야겠구나. 혹시 주위를 돌아다니는 사람이 있는지 확인해 봐야지."

"지금 밖에 나가시려고요?" 마야가 물었다.

"괜찮아." 아빠가 말했다.

아빠가 다시 마야의 이마에 입을 맞추었다.

"가서 눈 좀 붙이렴. 괜한 걱정 하지 말고, 알겠지? 다 잘될 테니."

그러고는 다른 말 없이 돌아서 방을 나갔다.

"가자, 마야." 엄마가 말했다. "고집 피우지 말고 어서 일어나."

마야는 고집 피울 생각 따위는 전혀 없었다. 빨리 커다란 침대에 누워 엄마와 꼭 껴안고 자고 싶었다. 톰은 제 방으로 들어갔고 마야와 엄마는 안방으로 향했다.

"자, 그럼." 엄마가 방문을 닫으며 말했다. "이제 다시 자볼까?"

그때 로언트리 바깥에서 다시 발자국 소리가 들렸다.

"마야." 엄마가 말했다. "어서 침대로 올라와."

마야는 귀를 기울이며 그대로 서 있었다. 발소리가 계속 들렸다. 도로를 따라 걷다 쪽문을 통과하고 오솔길을 빙 돌아 뒤뜰로 들어서는 소리였다. 발걸음은 이어서 맞은편 출입문을 지나 건물 모서리를 돌아서 저쪽 끝으로 갔다.

"아빠야." 엄마가 말했다.

마야는 돌아섰다. 그리고 엄마가 침대의 이불을 걷고 있는 모습을 보았다.

"어서 올라와." 엄마가 말했다. "저건 아빠 발소리지 다른 사람 소리가 아냐."

마야는 쏜살같이 침대로 달려가 엄마의 팔에 안겼다.

"많이 힘들지, 아가." 엄마가 소곤거렸다.

모녀는 서로 손을 꼭 잡았다. 마야는 길게 숨을 내쉰 뒤 침대의 온기와 엄마의 체취에 푹 빠져들었다. 엄마는 마야에게 입을 맞추고 머리를 쓰다듬어 주었다. 그리고 작게 노래를 부르기 시작했다.

"내 여인이 정원을 내려가며 노래하는 소리를 듣지 못하셨나요?"

마야는 눈을 감았다.

"기억나니?" 엄마가 물었다. "네가 아주 어렸을 때 불러주던

노랜데."

"네, 기억나요." 마야가 답했다. "제가 잠을 못 잘 때마다 엄마가 불러주곤 했잖아요."

엄마는 마야를 꼭 껴안고 계속해서 노래를 불렀다.

"찌르레기와 지빠귀도 조용히 그 길에 울려 퍼지는 소리를 들었답
니다…"

발소리가 다시 들렸다. 이번에는 건물의 다른 쪽 끝에서 났다.

"오, 내 여인이 저 바깥 정원에 있는 모습을 보지 못하셨나요?"

엄마가 목소리를 낮추었다.

"장미와 백합도, 갑절로 아름다운 그녀 앞에 고개를 떨구었답니다."

이때 또 다른 목소리가 튀어나왔다. 창문 아래서 들리는 아빠의 목소리였다.

"거기 누구요?"

마야는 재빨리 일어나 앉았다. 엄마도 따라 일어났다. 밑에서 움직이는 소리가 들려왔다.

"거기 누구요?" 아빠가 다시 말했다.

"여기 가만있어." 엄마가 말했다. 그러고는 침대에서 벌떡 일어났다.

"엄마―"

"넌 여기 가만있어. 방문을 닫고 나갈게. 아무 일 없을 거야."

엄마는 방을 나갔다. 엄마가 쿵쿵거리며 급히 복도를 지나 계단을 내려가는 소리가 들렸다. 이어 도로를 따라 빙 돌아 건물 옆으로 가는 소리까지. 그리고 더 이상 아무 소리도 들리지 않았다. 목소리도, 멀어지는 발소리도, 뭔가가 움직이는 소리도 없었다.

로언트리도 침묵했다.

마야는 침대에서 나왔다. 정말 그러고 싶지 않았다. 엄마 아빠의 방인 이곳에서 그저 머리끝까지 이불을 끌어당겨 뒤집어쓴 채 가만히 있고 싶을 뿐이었다. 하지만 아무 소용이 없었다. 무슨 일이 일어난 것인지 알아야 했다. 마야는 가장 가까운 창문으로 걸어가 밖을 살펴보았다.

텅 빈 도로 외에는 아무것도 보이지 않았다. 마야는 다음 창문으로 걸어가 또다시 주위를 훑었다. 그 아래에는 로언트리 옆을 돌아 뒤뜰로 이어지는 오솔길만 있었다. 역시 사람의 흔적은 없었다.

그러나 저 너머 초원에는…

마야는 밖을 응시하며 벽 건너편에 있는 덤불을 유심히 살펴보았다. 확신할 수는 없지만 두 사람이 몸을 낮춘 자세로 움직이고 있는 것 같았다. 그때 갑자기 그것이 들이닥쳤다. 마야가 세상에서 가장 두려워하는 것. 하지만 창문 너머가 아니라 바로 마야의 뒤, 안방 문밖에서 찾아왔다.

득, 득, 득.

마야는 또다시 비명을 질렀다.

11

햇빛이 창문을 통해 온실 안으로 서서히 비쳐들고 있었다. 마야는 안락의자에 쓰러지듯 앉아 있었다. 엄마 아빠가 곁에 서 있었고, 톰은 바로 옆의 스툴에 앉아 있었다. 웨이드 박사가 의자를 끌어당긴 뒤 몸을 앞으로 숙였다. 마야는 의사를 마주 보면서 그 고상하고 친절한 태도 뒤에 어떤 생각이 숨어 있을지 궁금해졌다.

"너희 아빠 말씀으로는 어제 그건 동물이었다더구나." 웨이드 박사가 말했다.

"알아요." 마야가 답했다. "저한테도 그렇게 말씀하셨어요."

웨이드 박사가 아빠를 힐끗 쳐다보았다.

"어떤 동물이었는지는 보지 못하셨어요?"

"네." 아빠가 답했다. "덤불 속에서 뭔가가 재빨리 움직이는 걸 봤을 뿐이에요."

"정확히 어디였죠?"

"호텔 경계벽 바로 건너편에 있는 목초지였어요."

"긴 풀로 덮여 있는 그곳 말인가요?"

"네. 호텔 방 창문에서도 그 덤불이 보이지요. 아무튼, 처음에는 사람이 숨어 있는 줄 알았어요. 그래서 누구냐고 크게 소리를 질렀던 거죠. 또 다른 소리도 들었지만 어두워서 잘 볼 수가 없었어요. 그때 아내가 밖으로 나와 저와 같이 있었지요."

"저는 아무것도 보지 못했어요." 엄마가 말했다. "덤불밖에는 보이지 않더군요. 그래서 더 가까이 다가갔더니 뭔가가 슥슥 움직이는 소리가 나긴 했지만, 여전히 아무것도 안 보였어요. 그런데 남편은 뭔가가 잽싸게 달아나는 걸 봤다고 하더군요."

"분명히 동물이었어요." 아빠가 말했다.

"완벽히 확신하시는 걸까요?" 웨이드 박사가 물었다.

"무슨 말씀이죠?" 아빠가 따졌다. "지금 저를 신문하시는 건가요?"

"천만에요, 그럴 리가요." 웨이드 박사가 해명했다. "저는 단지 거기에 어떤 불길한 것도 없었다는 걸 확인해서 마야를 안심시키고 싶은 거예요."

"그건 제가 이미 충분히 했어요." 아빠가 투덜거렸다. "제 아내

도 그랬고요. 우리는 딸을 보살피느라 거의 밤을 새웠어요. 덕분
에 지금 쓰러지기 직전이고요."

아빠가 무겁게 한숨을 내쉬었다. 마야는 방 너머의 식당을 쳐
다보았다. 테이블은 모두 차려져 있으나 손님이 차 있는 것은
세 테이블뿐이었다. 전에 보지 못한 남자애와 여자애가 아침 식
사를 내고 있었다.

"저 아이들은 누구예요?" 마야가 힘없이 물었다.

"제이크와 록시야." 엄마가 대답했다. "어제 새로 고용한 아이
들인데 꽤 상냥한 애들 같더구나. 둘 다 열여섯 살이래. 한 사람
이 더 있는데."

식당 저쪽 문에서 무섭게 생긴 한 여자가 나타났다.

"저 사람이야." 엄마가 말했다. "이름은 밀리야."

"인상은 좀 험해도 보기보다 상냥한 것 같더구나." 아빠가 작
은 목소리로 소곤거렸다.

"제게는 일하러 올 사람이 있다고 말해주지 않았잖아요." 마야
가 말했다.

"이런 것까지 일일이 말해주기에는 네가 겨를이 없었잖니." 엄
마가 대꾸했다.

마야는 초면인 세 사람을 빤히 쳐다보았다.

"너와 톰이 숲에 가 있는 동안에 저 사람들이 일자리를 구한다
고 찾아왔었어." 엄마가 말을 이었다. "전에도 여기서 일을 했었

고, 덕분에 여기 일을 훤히 꿰고 있다더구나. 물론 어떻게 일하는지 좀 더 지켜볼 생각이지만. 셋 다 이 마을에 살고 있대."

"오, 이런." 마야가 탄식했다.

"이 마을 주민이라는 게 무슨 문제라도 되니?" 아빠가 물었다.

"이미 나에 대해 훤히 알고 있을 테니까요." 마야가 말했다. "제멋대로 이야기를 지어내는 로언트리 여자애라고요."

마야는 제이크가 5번 테이블에서 고개를 드는 걸 보았다. 자신과 눈이 마주치자 얼른 고개를 돌리는 것도. 밀리는 록시한테서 쟁반 하나를 받아 들고 주방으로 사라졌다. 록시는 7번 테이블로 향했다.

"바보 같은 소리 말아." 엄마가 말했다. "아무도 널 그렇게 생각하지 않아."

"마야, 그 긁는 소리에 대해 말해주겠니?" 웨이드 박사가 물었다.

"그건 엄마 아빠가 벌써 말씀드렸을 텐데요."

"네가 직접 말해줄래?"

마야는 자신을 바라보는 제이크의 눈과 다시 마주쳤다.

"어서, 응?" 웨이드 박사가 재촉했다.

"처음에는 제 방문에서 들렸어요."

"문 바깥쪽에서?"

"네." 마야가 답했다.

"소리가 얼마나 오래 지속됐지?"

"모르겠어요. 계속 비명을 질러댔으니."

"그래서 우리가 급히 달려갔고요." 엄마가 끼어들었다.

어젯밤 장면들이 머릿속에 떠올라 마야는 고개를 떨구었다.

"계속해 보렴." 웨이드 박사가 말했다. "힘들다는 건 알아. 하지만 조금만 더 노력해 보겠니? 그래야 내가 상황을 더 잘 이해할 수 있으니까."

마야는 그래 봤자 이해할 수 없을 거라고 생각했다. 하지만 이야기를 계속했다.

"엄마가 저를 안방으로 데려갔어요."

"엄마 아빠가 쓰는 방 말이지?"

"네. 아빠는 밖을 살펴보러 나갔고요. 전 침대에 누워 엄마와 꼭 부둥켜안았어요. 그때 거기 누구냐고 소리치는 아빠 목소리가 들렸어요. 그걸 듣고 엄마는 뛰어나갔고요."

"엄마가 나가면서 방문을 닫았니?"

"네. 방문을 닫고 나서 아빠를 도우러 나갔어요."

"좋아." 웨이드 박사가 말했다. "그리고 두 분이 덤불을 뒤지는 동안에 넌 다시 긁는 소리를 들었단 말이지?"

"네."

"안방 문 바깥쪽에서?"

"네."

"그다음엔 무슨 일이 있었지?"

"목이 터져라 비명을 질러 댔어요." 마야가 말했다. "정신없이 마구 질렀죠. 비명을 멈췄을 땐 엄마 아빠가 안방에 돌아와 있었고 오빠도 옆에 있었어요. 그리고 손님들이 이것저것 물어보며 방 안을 들여다보고 있었고요. 그들 중 몇 명은 아침 일찍 체크아웃했어요."

마야는 아빠를 쳐다보았다.

"그랬죠?"

아빠는 대답하지 않고 식당을 응시했다. 마야도 그쪽으로 시선을 돌렸다. 밀리, 제이크, 록시가 저쪽 문 주위에 모여 있었고, 누군가 이들을 밀치고 들어오려 하고 있었다.

"보니예요." 마야가 소곤거렸다.

그 말이 끝나기 무섭게 보니가 식당 안으로 밀고 들어왔다. 보니는 여러 테이블을 성큼성큼 지나 온실로 불쑥 들어서더니 곧장 아빠에게로 향했다.

"대체 뭐 때문에 절 해고한 거예요?" 보니가 물었다.

"보니." 아빠가 말을 꺼냈다.

"방금 밀리가 그러는데, 아저씨가 날 쓰고 싶지 않다고 하셨다던데요?"

그때 밀리가 숨을 거칠게 몰아쉬며 나타났다.

"정말 죄송합니다, 먼로 씨."

"괜찮아요, 밀리." 아빠가 말했다. "내가 보니와 얘기할게요."

"저는 단지—"

"신경 쓰지 마요, 밀리. 가보셔도 괜찮아요."

밀리는 돌아서서 식당으로 향했다.

"제가 왜 해고된 거냐고요?" 보니가 따지듯 재차 물었다.

아빠는 보니에게 몸짓으로 문 쪽을 가리켰다.

"어디 다른 데로 가서 얘기하자."

"아뇨, 여기서 얘기해요." 보니가 말했다.

아빠는 못마땅한 표정을 지었으나 보니는 아빠를 노려볼 뿐이었다. 마야는 식당에서 손님들이 이쪽을 지켜보고 있는 걸 보았다.

"넌 해고당한 게 아냐." 아빠가 입을 열었다. "우리는 애초에 널 뽑은 적이 없으니까. 우린 너한테 한 번의 교대근무 기회를 주었고, 그게 전부였어. 그 이상의 일을 맡기겠다는 약속 같은 건 한 적이 없었고."

"그럼 제가 일을 잘하지 못했다는 건가요?"

"아니, 넌 아주 훌륭히 잘해줬어." 아빠가 답했다. "그 점에 대해서는 고맙게 생각해. 하지만 넌 우리한테 말할 겨를도 주지 않고 제멋대로 불쑥 뛰쳐나가 버렸잖아."

"그땐 그럴 수밖에 없었어요." 보니가 말했다.

"그래, 그건 알겠어." 아빠가 말했다. "하지만 보다시피, 우리는 이미 새 종업원들을 뽑았단다."

"제가 쟤들보다 더 나아요. 제이크와 록시, 둘을 합친 것보다 더 낫다고요. 밀리도 마찬가지고요."

그러고는 갑자기, 등 뒤의 뭔가를 알아챈 것처럼 보니가 휙 돌아섰다. 마야도 따라서 시선을 돌렸고 두 경찰관이 식당 입구에 있는 것을 보았다.

마야는 곧 이들을 알아보았다. 헨더슨 경위와 코커 경장이었다. 다행히 애니 쇼의 모습은 보이지 않았다. 두 경관은 밀리와 짧게 몇 마디를 주고받은 뒤 식당을 가로질러 온실로 들어왔다.

"안녕하십니까." 헨더슨 경위가 주위를 둘러보며 인사했다.

그러고는 곧 시선을 보니에게 고정시켰다. 보니는 팔짱을 끼고 있었다.

"거물께서 행차하셨네. 날 찾고 있었나 보죠?"

"그걸 알아내다니, 대단한걸?" 그가 말했다.

"운이 좋았나 보죠."

헨더슨 경위가 미소를 지었다.

"그럼 우리가 너한테 무슨 얘기를 하려는지도 알겠구나."

"모의 행방에 관해서라면 말하지 않을 거예요." 보니가 대답했다. "당신들뿐 아니라 그 누구한테도요. 그 애는 지금 정상이 아니에요. 겁에 질려 반쯤 넋이 나갔다고요. 숲은 점점 오싹해지고 죽은 여우들이 불쑥불쑥 나타나는 것만으로도 미칠 지경인데 그 애는 또 뭔가를 발견한 것 같아요. 그것 때문에 더 무서워하고 있고요."

"모를 무섭게 하는 게 뭐지?" 헨더슨 경위가 물었다.

"뭐든지요." 보니가 말했다. "또 사람들은 어떻고요. 특히 그 애가 말을 못 하는 걸 알면서 일부러 말을 걸거나 억지로 말하게 하는 사람들이 제일 문제죠. 여기에는 당신들도 포함돼요."

"우린 그 애를 본 적도 없어." 헨더슨 경위가 말했다.

"바로 그게 문제야. 우리가 여기에 온 것도 그것 때문이고. 이번에는 죽은 여우에 관해서도 보고가 들어왔더군."

"누구한테요?"

"프랭크 맥머도. 브린과 함께 모를 잡으려고 했는데 순식간에 달아나 버렸다고 하던데."

"안됐네요."

"모가 어디에 있는지 네가 좀 알려주었으면 해." 헨더슨 경위가 얼굴을 찌푸렸다. "물론 너도 찾기가 쉽지는 않겠지만."

"그건 당신들 문제지 내 문제가 아니에요." 보니가 말했다.

"그야 그렇지." 헨더슨 경위가 인정했다. "하지만 모처럼 이렇게 만났으니, 우리와 잠깐 얘기를 나눴으면 좋겠는데."

"지금은 좀 바빠서요."

"모를 위해서야. 다른 이유가 아니라고."

"아, 그래요?" 보니가 빈정거렸다. "정말 그렇게 믿고 싶네요."

"이봐, 보니." 코커 경장이 말했다. "모한테 무슨 일이 있었지?

그 여우와 관련해서 말이야."

"몰라요."

"녀석은 지금 어디에 있어?"

"그만 가봐야겠어요."

헨더슨 경위가 길을 막았다.

"지금 날 체포하려는 건가요?" 보니가 말했다.

"그런 게 아냐, 단지 —"

"그럼 이만 가볼게요."

보니는 문을 향해 걸어갔다. 코커 경장이 보니 앞으로 걸어나왔다. 보니가 그를 올려다보며 으르렁거렸다.

"지금 날 체포할 건가요, 아닌가요?"

코커 경장은 제 상관을 흘깃 쳐다보더니 다시 보니를 보았다.

"체포하지는 않을 거야."

"그럼 저리 꺼져요!" 보니가 말했다. 그리고 아빠에게 눈을 돌렸다. "그리고 아저씨와 아저씨 가족들도 같이 꺼지지 그래요!"

보니는 문을 지나 식당으로 들어갔다. 그리고는 제이콥스 부부가 아침 식사를 거의 마쳐가고 있는 첫 번째 테이블에서 걸음을 멈추더니 몸을 숙여 식탁 위에 놓여 있는 컵과 접시, 찻주전자 등을 단번에 홱 쓸어버렸다. 식기들은 요란한 소음을 내며 바닥에 떨어져 산산이 부서졌다.

"이리 돌아와!" 아빠가 고함을 지르며 보니를 뒤쫓으려고 했다.

헨더슨 경위가 아빠의 팔을 잡았다.

"그냥 두세요. 우리가 알아서 처리하죠."

두 경찰은 급히 온실을 나갔으나 보니는 이미 사라지고 없었다. 그러나 마야는 아직 보니의 괴성을 들을 수 있었다. 보니는 고래고래 악을 쓰며 홀에 있는 꽃병들과 로언트리 밖에 있는 화분들을 깨부순 뒤 저 아래 도로로 달아나 버렸다.

"빌어먹을!" 톰이 말했다.

아빠가 모두를 돌아보며 말했다.

"난 얼른 일하러 가보는 게 좋겠어."

그때 밀리가 문 앞에 나타났다. 그 뒤로 식당에서 제이크와 록시가 바닥에 흩어져 있는 식기를 치우는 게 보였다. 손님들은 모두 떠나고 없었다.

"곧 갈게요, 밀리." 아빠가 말했다.

"지금 제이콥스 씨 부부가 체크아웃하신대요." 밀리가 말했다. "다른 손님들도 그럴 것 같고요."

"그럴 만하죠." 아빠가 마야를 돌아보았다.

"마야, 어젯밤 일에 관해서는 나중에 얘기하자, 알겠지? 아무 걱정 말고 쉬어. 톰이 돌봐줄 테니. 이 로언트리가 왜 그렇게 널 괴롭히는지 모르겠지만 우리 같이 뭐가 문제인지 찾아보면 좋겠구나."

"먼로 씨?" 밀리가 불렀다.

아빠가 밀리를 돌아보았다.

"로언트리에 대해 알고 싶다면 제이크와 한번 얘기를 나눠보세요." 밀리가 말했다. "걔네 가족이 예전에 이 집을 소유했었거든요. 아주 오래전이지만요. 게다가 걔는 여기서 어릴 적부터 일하기도 했어요. 방학 때마다 용돈벌이 삼아서요. 그러니 로언트리에 관해서는 누구보다 잘 알고 있을 거예요."

"기억해 둘게요." 아빠가 말했다. "일단 지금 당장은 제이크가 일하는 걸 방해하진 않아야겠죠. 마야도 웨이드 박사님과 더 얘기를 나눠야 할 테고."

아빠는 마야에게 입을 맞추었다.

"모든 게 다 잘될 거야. 보니에 관해선 걱정하지 말거라. 그 애는 큰소리만 탕탕 치는 허풍쟁이니까."

그러고는 밀리와 함께 나갔다. 마야는 갑자기 몰려오는 피로를 느끼며 몸을 젖혀 의자에 등을 기댔다. 웨이드 박사가 그런 자신을 유심히 지켜보는 걸 의식하면서.

"웨이드 박사님?"

"그래, 마야?"

"전 어디 아픈 게 아니에요."

"나도 알아." 웨이드 박사가 말했다. "넌 겁에 질려 있어."

"겁먹은 사람한테 주는 약도 있나요?"

"글쎄, 지금으로서는 너한테 정말 약이 필요한지 모르겠구나.

하지만 한 가지 제안할 게 있어. 좀 전에 그 부인이 한 조언을 들어보는 건 어떻겠니? 이 집에 관해 잘 알고 있는 사람이 있다던데, 이름이 뭐였더라?"

"제이크예요." 엄마가 대답했다.

"아, 그랬죠." 웨이드 박사가 말했다. "제이크한테 마야를 데리고 로언트리 주변을 돌아보면서 이곳에 관한 얘기를 들려달라고 부탁하면 어떨까요?"

"하지만 마야는 이미 로언트리에 대해 잘 알고 있는걸요." 엄마가 말했다. "우리도 그렇고요."

"아주 잘 알지는 못할 것 같은데, 아닌가요?" 웨이드 박사가 물었다. "더구나 이렇게 오래된 호텔인걸요. 여기 이사 오신 지 얼마나 되셨죠?"

"뭐, 며칠밖에 안 되긴 했죠." 엄마가 말했다. "하지만 이 호텔을 구입하는 중요한 결정을 내리면서, 설마 우리가 이곳을 철저히 살펴보지 않았을까 봐요?"

"당연히 살피셨겠죠." 웨이드 박사가 말했다. "하지만 여기서 자란 아이라면 이 집 구석구석을 자세히 알고 있지 않겠어요? 또 로언트리에 대해 마을에 떠도는 온갖 소문들도 알고 있을 거예요. 이건 그냥 제 생각인데, 마야는 지금 이 집을 무서워하고 있어요. 제이크가 마야의 의문들을 덜어준다면 마음이 조금이나마 편해질지도 몰라요."

"그 반대일 수도 있고요." 톰이 대꾸했다.

"어째서지?" 엄마가 톰에게 물었다.

"오히려 마야를 더 무섭게 할 수도 있잖아요. 만약 으스스하고 섬뜩한 얘기라도 들려준다면요."

마야가 톰을 쳐다보았다.

"오빠."

"왜?"

"난 로언트리에 대해 더 알고 싶어."

"그럼 알았어." 톰이 말했다. "하지만 내가 붙어 있을 거야. 너 혼자서 제이크랑 다니도록 내버려 둘 순 없어. 그리고 말이야…"

톰이 더 가까이 몸을 기울이며 말했다.

"만약 그 녀석이 조금이라도 널 곤란하게 하면 내가 가만두지 않을 거야."

12

로언트리 전체를 둘러보는 데는 오랜 시간이 걸리지 않았다. 마야가 보기에 제이크는 자신이 왜 이런 일을 부탁받았는지도 전혀 알지 못하는 것 같았다. 그 와중에 톰의 관심은 오직 하나, 이 처음 보는 남자애가 제 동생에게 가까이 다가오지는 않는지 감시하는 것뿐이었다. 한편 마야로서는 그 상황이 너무 어색해서 정작 묻고 싶은 말들을 꺼낼 수가 없었다.

"저 위에도 올라가 보고 싶니?" 제이크가 물었다.

다락으로 향하는 계단 밑을 지나는 참이었다.

"저 다락은 옛날에 내 방이었어." 제이크가 말했다. "그렇다고 들었어."

"그렇다고 들었다니, 무슨 뜻이야?" 톰이 물었다.

제이크는 마야에게서 눈을 떼지 않고 말을 이었다.

"비밀 구역도 딸려 있어."

마야는 그곳에 별로 가보고 싶지 않았다. 그 다락은 이미 본 적 있었다. 거기에는 런던에서 가져왔으나 정리할 시간이 없어 되는대로 마구 처박아둔 잡동사니 외에는 아무것도 없었다. 마야는 제이크가 자신을 어떻게 생각할지 궁금해하며 그를 빤히 쳐다보았다.

"그런데 지금 이런 걸 왜 하는 거야?" 제이크가 불쑥 물었다.

마야는 제이크가 믿을 만한 사람인지 확신할 수 없어 입술을 꽉 깨물었다.

"말해줘." 제이크가 말했다.

"마을에서 사람들이 나를 두고 수군거리니?" 마야가 물었다.

"응, 꽤 많이."

"다들 날 허풍쟁이라고 생각하지?"

"사람들이 어떻게 생각하든 난 딱히 관심 없어." 제이크가 말했다. "네가 말해봐. 너 정말 허풍쟁이니?"

"아냐."

"그럼 됐어."

제이크가 계단을 힐끗 올려다보았다.

"그러니까 저 다락은 보고 싶지 않단 말이지?"

"내 질문에는 아직 대답하지 않았잖아." 톰이 끼어들었다.

제이크는 계단에 주저앉아 톰을 보았다.

"무슨 질문이었는지 잊어버렸어."

"아니, 잊었을 리가 없지."

두 소년은 서로를 노려보았다.

"질문이 뭐였는데?" 제이크가 말했다.

"넌 저 다락이 옛날에 네 방이었다고 했어. 그러고는 '그렇다고 들었다'라고 했지. 말이 안 되잖아. 자기 방이었다면서 그게 자기 방이었는지 아닌지 어떻게 기억을 못 할 수가 있냐고."

"아기 때 거기서 잠만 잤으면 그럴 수도 있지." 제이크가 답했다.

톰은 아무 말도 하지 않았다.

"난 로언트리에서 태어났어." 제이크가 말을 이었다. "예전에 이 집이 우리 부모님 소유였거든. 나중엔 이혼했지만 말이야. 난 이 집에 대한 기억이 전혀 없어. 부모님에 관해서도 그렇고. 엄마는 내가 두 살 때 집을 나갔고 아빠는 그로부터 몇 주 후에 돌아가셨지."

"너무 안됐다." 마야가 말했다.

"그렇게 생각할 필요 없어." 제이크가 말했다. "난 그분들을 전혀 알지 못해. 그러니 그리울 것도 없거든. 정말 아무렇지도 않아. 아무튼 저기 저 다락은…"

제이크가 턱으로 그곳을 가리켰다.

"우리 부모님의 침실이었어. 그리고 난 그 방에 있는 아기용 침대에 누워 있었지." 제이크가 톰을 힐끗 쳐다보고는 말했다.
"그렇게 들었어."

"너희 아빠는 어떻게 돌아가셨는데?" 톰이 물었다.

"오빠." 마야가 급히 끼어들었다. "그런 걸 물으면—"

"아냐, 괜찮아." 제이크가 말했다. "궁금하면 뭐든 물어봐. 아빠
는 로즈앤드크라운 밖에서 쓰러져 돌아가셨어. 술에 잔뜩 취해
비틀거리다 커다란 돌 수조에 머리를 부딪혀 의식을 잃었대. 그
러고는 영영 깨어나지 못했나 봐. 프랭크 삼촌이 말해줬어."

"프랭크 삼촌?"

"프랭크 맥머도, 숲지기 말이야. 너희도 만났다며? 삼촌이 그
러던걸."

"그래, 만났지." 톰이 말했다. "엄청 무례한 사람이었고."

"삼촌은 원래 누구한테나 다 그래." 제이크가 말했다. "그런데
너무 마음 쓰지 마. 겉으로는 그래도 나름 괜찮은 사람이야. 난
삼촌하고 같이 살아. 그래서 이런 얘기들을 잘 아는 거야."

"삼촌이랑 살고 있다고?" 톰이 물었다.

"응."

"그 사람이 네 삼촌이라니, 믿기지가 않네." 마야가 말했다.

"어쨌든 사실인걸." 제이크가 대꾸했다. "우리 아빠와 형제니
까."

"그럼 네 성도 맥머도야?"

"그럼. 돌아가신 아빠도, 지금 어디 있는지 아무도 모르는 우리 엄마도 맥머도인 것처럼. 난 두 살 때부터 프랭크 삼촌하고 같이 살았어. 나한테 아주 잘해주셨지. 아마 우리 아빠보다 더 잘해줬을걸. 삼촌이 그러는데 아빠는 악몽 같은 존재였다더라. 특히 술에 취하면 더 심했대."

"그것 때문에 엄마가 집을 나간 거야?" 톰이 물었다.

"오빠." 마야가 다시 끼어들었다.

"괜찮다니까." 제이크가 말했다. "방금 말했잖아, 뭐든 편하게 물어보라고."

"정말 그것 때문이었어?" 톰이 다시 물었다.

"그랬을 수도 있지. 그렇지만 엄마한테 문제가 있었는지도 몰라. 프랭크 삼촌 말로는 웬만한 사람들은 엄마를 좋아하지 않았대. 사실 나도 엄마를 그리 좋게 생각하지는 않아."

"아니, 왜?" 톰이 물었다.

"내 생각을 눈곱만큼도 하지 않았으니까." 제이크가 말했다. "아빠가 돌아가신 뒤로 엄마는 한 번도 나를 찾지 않았어. 내가 잘 있는지, 아픈 데는 없는지 알아보려고도 하지 않았지. 그래서 나도 엄마에 대해서는 별로 관심이 없어. 죽었든 말든 내가 알게 뭐야. 그건 그렇고…"

제이크가 마야를 보았다.

"대체 이런 건 왜 하는 거야? 아직 이유를 말해주지 않았잖아."

"난 로언트리가 무서워." 마야가 말했다.

"왜?"

"이곳에는 뭔가 잘못된 게 있어."

마야는 제이크가 비웃는 건 아닐까 두려워하며 그의 얼굴을 살폈다.

"바보 같은 소리지?" 마야가 말했다.

"아니."

제이크는 마야를 쳐다보며 계단에 등을 기댔다.

"이 로언트리에서 잘못된 게 뭔지는 나도 몰라." 제이크가 말했다. "하지만 한 가지는 확실히 말할 수 있어. 여기가 결코 행복한 장소는 아니었으리라는 점이지. 적어도 나한테는 그래. 우리 부모님도 이곳에서 조금도 행복하지 않았어. 그다음에 이 집을 인수했던 사람들도 그랬고."

"그동안 주인이 몇 번 바뀌었는데?" 톰이 물었다.

"플린트 부부가 전부야."

"플린트?" 마야가 물었다.

"응."

"나 어제 리베카 플린트라는 사람을 만났는데."

"그 사람이 플린트 부인이야."

"아주머니는 이 로언트리 안으로는 절대 들어가고 싶지 않다고 했어."

"아직도 그 일을 마음에 담아두고 계신 모양이네." 제이크가 말했다. "아주머니의 남편이 크리스마스 직전에 딴 여자와 눈이 맞아 나가버렸거든. 어디로 갔는지는 나도 몰라. 그러고는 1월에 로언트리를 팔려고 내놓았고. 그래도 플린트 부인은 계속 헴베리에 살고 있어."

"헴베리 어디?"

"마을 외곽에. 약간의 땅이 딸려 있는 집인데 암탉이랑 이것저 것을 키우고 있지. 사람들은 아주머니를 잘난 척하는 속물이라고 비난하지만 난 그분이 좋아. 내가 여기서 일할 때 나한테 정말 잘해주셨거든. 그분 남편은 한마디로 게으른 놈팡이였어. 플린트 부부에 관해서는 너희도 이미 알고 있겠지. 그분들에게 이 로언트리를 인수했을 테니까."

톰이 고개를 저었다.

"우리 부모님은 중개인을 통해 로언트리를 구입했어. 모든 절차가 일사천리로 진행됐지. 계약이 성사된 건 불과 몇 주 전이야. 플린트 부부가 크리스마스 즈음에 이 집에서 나갔으니, 우리가 그 사람들 이야기를 전혀 못 들었어도 이상할 게 없네, 뭐."

제이크가 자리를 털고 일어났다.

"정말 내 옛날 방에 가보고 싶지 않아?"

"비밀 구역이 딸려 있다고 했지?" 톰이 물었다.

"응, 그렇게 엄청난 건 아니지만." 제이크가 대답했다. "가자,

어쨌든 보여줄게."

그들은 계단을 올라 다락으로 들어갔다.

"난 아무런 힌트도 주지 않을 거야." 제이크가 말했다.

마야는 아무 말도 하지 않았다. 꺼림칙한 뭔가가 느껴졌다. 전에도 겪었던 느낌이었다. 마야는 주위에 널려 있는 상자와 궤짝들을 힐끗 둘러보았다.

"너희가 내 도움 없이 찾을 수 있는지 한번 볼까?" 제이크가 시험하듯 말했다.

톰은 벽을 두드려댔다.

"이 벽들 중 하나인가." 톰이 말했다.

마야는 창가로 다가가 바깥을 보았다. 아래로 마을 광장을 향해 뻗어 있는 도로가 보였다. 마야는 도로를 따라 집들을 지나고, 로즈앤드크라운을 지나고, 교회를 지나고, 숲이 시작되는 지점까지 계속 바라보았다.

뒤에서 톰의 목소리가 들렸다.

"분명 이 안에 있을 거야."

마야는 계속 밖을 보고 있었다. 광장 주위로 걸어가는 사람들이 보이고, 맥머도와 브린이 맥주 잔을 손에 들고 술집에서 나오는 것도 보였다. 마야는 몸을 돌려 톰을 보았다. 톰은 허리를 숙인 채 굽도리 주위를 이리저리 더듬고 있었다.

제이크는 마야를 지켜보고 있었다.

"다들 날 천재라고 불러줘." 톰이 말했다.

마야와 제이크가 동시에 톰을 보았다. 톰은 두 사람의 시선을 느끼며 판자가 들린 곳을 가리켰다. 그 안쪽으로 작은 공간이 하나 있었는데 그 속엔 먼지만 가득할 뿐 아무것도 없었다.

"내가 엄청난 건 아니라고 했잖아." 제이크가 말했다. "고양이 정도는 안에 숨길 수 있을 거야. 하지만 그 밖에 다른 것은 어려울걸. 이층의 청소 도구를 넣는 벽장에도 비밀 장소가 또 하나 있어. 하지만 거기도 이거랑 크게 다르진 않아."

톰은 판자를 다시 밀어 닫으려 했다.

"마야?" 제이크가 마야를 불렀다.

마야가 제이크를 쳐다보았다.

"뭔가 두려운 게 있는 거지, 그렇지?" 제이크가 물었다.

톰이 몸을 일으켰다.

"마야, 괜찮아?"

"네가 두려워하는 그게 이 방에 있어?" 제이크가 물었다.

두 소년은 마야를 바라보며 가만히 서 있었다.

"둘 다 좀 그만두면 안 돼?" 마야가 말했다.

"뭘 말이야?" 톰이 물었다.

"그렇게 날 빤히 쳐다보는 거 말이야." 마야가 반쯤 돌아섰다. "난 그냥, 좀 혼자 있을 시간이 필요한 거야."

"하지만 난 너를 지켜보고 있긴 해야 해." 톰이 말했다.

"난 괜찮아."

"엄마가 나한테 그랬어. 네 옆에 꼭 붙어 있으라고. 네가 이 로언트리 밖으로 나가지 않도록 잘 지키라고 말이야."

"안 나갈 거야."

"만에 하나라도 나가면 엄마가 날 죽이려고 할걸. 진짜 그렇게 말했어."

"알았어, 안 나갈게. 약속해."

마야는 계단 아래로 향했다. 톰이 뒤따라 내려와 계단 밑에서 마야를 붙잡았다.

"가서 좀 쉴까?" 톰이 말했다.

"난 괜찮아, 오빠."

"어젯밤에도 잘 못 잤잖아. 네 방에 가서 좀 쉬어."

"알았어, 그렇게 할게. 고마워, 오빠."

마야는 복도를 따라 걸어갔다.

방에 가서 좀 쉬라고?

마야는 얼굴을 찌푸렸다. 어젯밤에 엄마와 함께 나온 뒤로는 방에 들어간 일이 없었다. 마야는 방 앞에 다가가 잠시 문을 뚫어지게 쳐다보았다. 그러고는 고개를 돌렸다. 다시 느껴졌다. 위험하면서도 익숙한, 그리고 가까이 있는 무언가가.

마야는 다시 복도로 물러났다. 로언트리의 모든 것이 고요하고 적막했다. 손님들이 모두 떠나버린 터라 더욱 그랬다. 다락에서 톰과 제이크의 웃음소리만 간간이 들려왔다. 마야는 복도를 따라 계속 나아갔다.

방금 문 앞에서 겪은 그 느낌은 건물 뒤쪽으로 갈수록 더 강해졌다. 마야는 7호실 바깥에서 귀를 바짝 기울인 채 걸음을 멈췄다. 다락에서는 더 이상 웃음소리가 들리지 않았고 다른 어떤 목소리도 들리지 않았다. 마야는 7호실 문을 밀고 안으로 들어간 다음 문을 닫았다. 그리고 창문으로 걸어갔다.

정원에 수상한 것은 아무것도 없었다. 잔디와 오솔길, 텅 빈 테이블뿐이었다. 뒤에서 방문이 열리는 소리가 났다. 마야가 확 돌아섰다. 밀리가 거기 서 있었다.

"어, 마야." 밀리가 말했다. "네가 안에 있는 줄은 몰랐어."

"전 그냥…"

"침대를 정돈하려고 왔어."

"죄송해요."

"죄송해할 게 뭐가 있어." 밀리가 말했다. "여긴 너희 집이잖아."

"네. 그렇지만—"

"원한다면 여기 있어도 돼." 밀리가 미소를 지었다. "난 괜찮으니까."

"아니에요. 저는 그냥…"

마야는 다시 창밖을 응시했다. 그리고 거기에 있었다. 창문 바로 아래 정원에, 자신을 올려다보고 있는 여우가.

밀리가 방문 부근에서 말했다.

"뭘 보고 있는 거니?"

여우는 쏜살같이 뒷문 쪽으로 가버렸다. 그리고 거기서 잠시 뒤를 돌아보며 머뭇거리더니 다시 건물 옆을 돌아 사라졌다. 마야는 눈으로 여우를 좇았다. 녀석이 자신을 기다린다는 걸 알고 있었다. 마야는 문을 향해 돌아섰다.

"마야, 정말 괜찮은 거야?" 밀리가 물었다.

"네, 괜찮아요." 마야가 대답했다.

그러고는 급히 방을 나와 계단을 내려갔다.

13

여우는 어디에도 보이지 않았다. 마야는 뒷문 밖에 서서 눈을 크게 뜨고 정원을 바라보았다. 사방이 쥐 죽은 듯 조용했다. 꽃들도, 관목들도, 나무들도 모두. 태양이 눈부시게 빛나고 있었다. 마야는 건물 옆으로 나아가 좀 전에 그 짐승이 걷던 오솔길을 살펴보았다.

여우는 이제 그곳에 없었다. 마야는 다시 정원으로 돌아와 잔디를 확인했다. 그 여우가 자신을 지켜보고 있음을 감지할 수 있었다. 마야는 자신이 여우를 의식하는 만큼, 아니 그 이상으로 여우도 자신을 의식하고 있음을 느꼈다. 그리고 그 밖에도 또 다른 어떤 것, 한층 더 마음을 불안하게 만드는 뭔가가 있었다.

"내가 왜 따라가고 있지?" 마야가 중얼거렸다.

그래서는 안 된다는 걸 알고 있었다. 이건 미친 짓이었다. 처음 숲을 내달리다 바닥에 쓰러져 있는 시체들을 발견했던 그때와 마찬가지로. 그때도 마야는 오솔길에서 여우를 보고 톰에게 한마디 말도 없이 녀석을 따라갔다. 지금 또다시 같은 짓을 하고 있지 않은가.

"이번엔 널 따라가지 않을 거야." 마야가 웅얼거렸다.

바로 그 순간 마야는 보았다.

중앙 테이블 너머, 관목숲 근처였다.

발로 땅을 파고 있는 그 모습.

마야는 그 짐승을 유심히 지켜보았지만 여우는 이쪽을 쳐다보지도 않고 계속 땅만 파헤치고 있었다. 마야는 여우를 향해 걸음을 내디뎠다. 마음 한편은 다가가기를 거부하고 있었지만 무시하고 계속 나아갔다. 가까이 가진 않겠다고, 속으로 다짐하면서 그저 냉정을 유지한 채 겁을 주어 녀석을 쫓아버릴 생각이었다.

마야가 중앙 테이블에 다다랐다.

여우는 얼어붙은 채 노란 눈으로 마야를 뚫어지게 쳐다보았다. 마야도 멈춰선 채로 노려보았다. 녀석은 꽤 길게 느껴질 만큼 오랫동안 마야를 탐색했다. 그러고는 다시 땅을 파헤치기 시작했다.

"왜 그렇게 땅을 파고 있어?" 마야가 물었다.

이상해 보이는 건 아무것도 없었다. 뿌리와 잔가지들뿐이었다. 여우는 다시 고개를 쳐들고 두 눈을 마야에게 고정시켰다. 그다음에는 머리를 흔들더니 돌아서서 출입문 쪽으로 천천히 달려갔고 그러다 다시 멈췄다.

마야는 얼굴을 찌푸렸다. 녀석은 저 너머 습지로 달려나가지는 않았지만 마음만 먹으면 쉽게 그럴 수 있었다. 출입문도 반쯤 열려 있었고 키 큰 풀밭도 바로 지척에 있었다. 그러나 여우는 조금 전처럼 마야를 뚫어지게 쳐다보며 계속 그 자리에 머물렀다.

"이번엔 너를 따라가지 않을 거야." 마야가 말했다.

여우는 여전히 몸을 웅크린 채 마야를 쳐다보았다.

"말했잖아." 마야가 말했다. "난 가지 않을 거라고."

여우는 다시 땅을 파기 시작했다. 이번에는 파헤칠 만한 뿌리도 없었고 단지 출입문으로 이어지는 오솔길의 가장자리를 두르고 있는 잔디뿐이었다. 마야가 보기에 뭔가가 나올 만한 건 아무것도 없었다. 마야는 두려움을 무릅쓰고 다시 앞으로 걸어나갔다. 여우는 도망가지 않고 그 자리에서 계속 잔디를 파헤치고 있었다.

"난 절대 가지 않아, 여우야." 마야가 말했다. "나 대신 아빠가 널 뒤쫓을 거야."

둘은 이제 아주 가까이 있었다. 마야는 걸음을 멈췄다. 그러자 즉시 여우가 움직였다. 녀석은 오솔길을 따라 내려가 출입문을 지나 목초지로 들어갔다. 여전히 달아나려고 하지는 않았다. 마야는 열린 문 사이로, 키 큰 풀밭 경계에서 자신을 응시하는 여우를 보았다.

"젠장, 따라가지 않겠다고 했잖아." 마야가 말했다.

하지만 마야의 발은 이미 움직이고 있었다. 마야는 두려움에 떨며 자신의 의지와 상관없이 움직이려는 발을 내려다보았다.

"멈춰." 마야가 자신의 두 발에 명령했다.

마야의 두 발은 주인의 말을 무시하고 계속 나아갔다.

"멈추라니까!"

겨우 걸음을 멈췄다. 마야는 그 자리에 서서 발을 움직여보았다. 두 발은 멈추었으나 겨우 버티고 있는 것뿐이었다. 마야는 자신의 몸 전체가 여우 쪽으로 끌어당겨지고 있음을 느꼈다. 마야는 다시 고개를 들었다. 여우는 여전히 그 자리에서 땅을 파고 있었다. 순간 녀석이 마야를 똑바로 쳐다보더니 잽싸게 오른쪽으로 튀어올라 정원을 둘러싸고 있는 경계벽 뒤로 사라져 버렸다. 마야는 출입문 쪽으로 달려가 문을 활짝 열어젖힌 뒤 주위를 살폈다.

아무것도 없었다.

태양은 구름 뒤로 사라져 버렸다.

"어디 간 거야?" 마야가 말했다.

"아직 가까이 있다는 거 알아. 아직 어디 안 갔다는 걸 안다고."

마야는 재빨리 목초지를 훑어보았다. 움직이는 건 아무것도 없었고 심지어 풀들조차 흔들리지 않았다.

"가까이 있어." 마야가 말했다. "분명 가까이 있어."

그 순간 마야는 발견했다. 엄마 아빠의 침실 창문 아래로 자란 덤불 근처였다. 어젯밤 아빠가 뭔가를 봤다고 했던 바로 그곳이었다. 여우는 조금 전과 같이 땅을 파고 있었다. 다만 이번에는 뭔가에 쫓기듯 서두르는 것처럼 보였다. 흙이며 가지들이 마구 튀어올랐다. 그런 다음 또다시 멈추고 마야를 똑바로 쳐다보았다.

"안 돼." 마야가 중얼거렸다.

마야는 자신의 발이 꿈틀거리는 걸 느꼈다.

"안 돼."

오른발이 앞으로 나갔다. 그러자 이내 왼발이 따라가고 또다시 오른발이 나아갔다.

"안 돼!" 마야가 고함을 질렀다.

두 발이 겨우 움직임을 멈췄다.

"마야?" 어떤 목소리가 들려왔다.

마야는 뒤를 돌아보았다. 출입문 옆에 있는 록시가 보였다.

"대체 누구한테 말하는 거야?" 록시가 말했다.

마야는 다시 덤불 쪽을 돌아보았다. 예상대로 여우는 사라지고 없었다. 마야의 발을 밀어내던 압박감도 사라졌다. 마야는 천천히 숨을 내쉬었다. 그러고는 다시 정원으로 들어와 출입문을 닫았다.

"너희 부모님이 널 찾아보라고 해서 왔어." 록시가 말했다.

"날 걱정하고 계신가 보네." 마야가 대답했다.

그러고는 출입문에 등을 기댔다.

"나 때문에 손님들이 겁먹고 다 나가버린 거지?"

"뭐, 보니도 한몫하긴 했지." 록시가 말했다.

마야는 고개를 저었다.

"보니가 나타나기 전부터 이미 모두들 나 때문에 무서워하고 있었을 거야. 손님들이 떠나버린 건 순전히 내 탓이야."

마야는 정원을 물끄러미 바라보았다. 생명이라고는 하나도 없는 곳처럼 보였다. 곤충들의 소음도, 벌들의 윙윙거림도 없었고, 먹이통에 앉아 있는 새도 전혀 눈에 띄지 않았다.

"록시?"

"왜?"

"내가 제정신이 아니라고 생각해?"

"아마도 조금은?"

두 사람은 서로를 흘깃 쳐다보았다.

"아마도 많이겠지." 마야가 말했다.

둘은 미소를 짓고 시선을 돌렸다.

"사실은 그렇게 생각하지 않아." 록시가 말했다. "제이크도 마찬가지고."

"그걸 어떻게 알아?"

"제이크가 나한테 그렇게 말했으니까."

"둘이 친구야?"

"응." 록시가 잠깐 말을 멈췄다. "그 이상도 아닌 딱 친구."

마야는 다시 긴장했다. 발에 조금 전과 같은 움직임이 또다시 느껴졌다. 마야는 일부러 출입문에서 조금 떨어진 다음, 녀석과 마주하기 위해 돌아섰다. 마야는 여우가 맞은편에서 노란 눈을 뜨고 자신을 주시하고 있음을 알고 있었다.

"왜 나야?" 마야가 소곤거렸다.

"또 그러네." 록시가 말했다. "아무도 없는데 대체 누구한테 말하는 거야?"

마야는 계속 출입문을 바라보았다. 여우는 여전히 그 자리에 있었다. 녀석이 자신을 끌어당기는 게 느껴졌다. 마야는 출입문을 잡기 위해 손을 뻗었다. 그러는 사이에 조금씩 긴장이 가라앉았다. 그리고 여우가 다시 달아나 버렸다는 것을 깨달았다.

하지만 여우는 멀리 가지 않았다. 오른쪽 어딘가에서 서성이고 있는 것이 틀림없었다. 녀석이 가까이에서 슬금슬금 돌아다니고 있는 걸 느낄 수 있었다. 마야는 정원 경계벽을 따라 주위를 죽 훑어본 뒤 그 너머의 목초지와 녀석을 마지막으로 보았던 덤불을 떠올렸다. 여우가 그곳으로 돌아가 있을 거라는 확신이 들었다.

하지만 왜? 대체 뭘 원하는 걸까?

"마야, 이제 네가 무서워지려고 해." 록시가 말했다.

"미안해." 마야가 말했다.

마야는 록시를 돌아보고 억지 미소를 지어 보였다.

"방금 누구한테 말했던 거야?" 록시가 물었다.

"별것 아냐. 신경 쓰지 마."

엄마 아빠가 정원 오솔길을 따라 걸어오고 있는 게 보였다.

"마야, 괜찮은 거니?" 아빠가 물었다.

엄마가 재빨리 앞으로 나왔다.

"괜찮지 않은 것 같아요." 엄마가 걱정스러운 얼굴로 말했다. "보기만 해도 알겠어요."

그러고는 마야의 손을 잡았다.

"무슨 일 있어?"

"아무것도 아니에요."

"록시랑 무슨 일 있었니?"

"정말 아무 일도 없었어요." 마야가 말했다. "록시가 여기서 날 찾았고 그것뿐이에요."

"밖으로 나갔던 건 아니지, 그렇지?" 아빠가 말했다.

"완전히는 안 나갔어요."

"그게 무슨 말이야?"

"방금 출입문 옆에 서서 밖을 내다보고 있었거든요."

엄마가 록시를 쳐다보았다.

"마야를 찾아줘서 정말 고맙구나. 이제 가서 뭘 좀 먹으렴. 주방에 음식을 차려놓았거든. 톰과 제이크가 이미 먹고 있으니까 빨리 들어가 보는 게 좋을 거야."

록시가 자리를 뜨자 엄마는 다시 마야를 보았다.

"무슨 일 있는 거지?"

"아무것도 아니에요, 엄마."

"그럼 왜 계속 저 벽을 보고 있어?"

"내가 그랬어요? 몰랐어요."

"아까부터 계속 그러고 있었어." 아빠가 말했다.

엄마는 마야를 가장 가까운 테이블로 데리고 갔다.

"여기 좀 앉자." 엄마가 말했다.

둘은 의자를 끌어당겨 앉았다.

"너를 나무라는 게 아냐." 엄마가 계속 말했다. "마치 저 벽에 뭔가 두려운 거라도 있는 것처럼 계속 쳐다보고 있으니 뭐가 문제인지 알고 싶은 거야."

마야는 그곳을 힐끗 돌아보았다. 역시 여우의 존재가 느껴졌다.

맞은편에서 마야를 유심히 살피고 있었다.

"어떻게 설명해야 할지 모르겠어요." 마야가 말했다.

"억지로 설명하지 않아도 돼." 아빠가 말했다. "내키지 않거나 어려우면 말하지 않아도 되니까. 대신 이 로언트리 밖으로는 나가지 않겠다고 약속해 줘."

"당분간만이야." 엄마가 덧붙였다. "마음을 추스르고 진정될 때까지만."

"알겠어요." 마야가 대답했다.

여우는 벽 너머에서 계속 마야를 지켜보고 있었다. 마야는 그 모습을 너무나 선명하게 떠올릴 수 있었다. 마치 바로 눈앞에서 자신을 쳐다보고 있는 것처럼.

"마야?" 엄마가 불렀다. "우리를 좀 봐주겠니?"

마야는 다시 엄마 아빠에게로 고개를 돌렸다.

"엄마?" 마야가 말했다.

"그래, 말해봐."

"오늘 밤에도 엄마랑 같이 자도 돼요?"

"물론이지." 엄마가 말했다.

밀리가 샌드위치 쟁반을 들고 나타났다.

"사내 녀석들이 몽땅 먹어치우기 전에 여기 세 분 몫을 챙겨 오는 게 좋을 것 같았어요."

"고마워요, 밀리." 아빠가 인사했다.

밀리가 테이블 위에 쟁반을 내려놓았다.

"좀 먹어보렴, 마야. 어서." 밀리가 말했다.

"온 집 안이 쥐 죽은 듯 조용하죠, 밀리?" 아빠가 말했다.

"네, 그러네요."

아빠가 끙 앓는 소리를 냈다.

"방을 찾는 손님이 몇 명은 있을 법한데 말이죠." 아빠가 말했다. "아니면 식사를 하러 오거나, 최소한 술이나 커피를 찾는 손님이라도 있을 만한데."

"아, 그러고 보니 식사 예약을 한 건 받았어요." 밀리가 말했다. "말씀드린다는 걸 깜빡했네요. 내일 저녁 일곱 시고요. 2인용 테이블로 준비해 달라고 하더군요. 한 시간 전에 오셔서 예약했어요."

"누구였죠?"

"브린 포세트였어요."

마야는 자리에서 벌떡 일어났다. 밀리가 마야를 보았다.

"누군지 아는구나, 마야? 숲지기 보조로 일하고 있고, 머리가 빨간 사람 말이야."

"네, 기억나요."

"같이 식사할 사람은 누구죠?" 아빠가 물었다.

"그건 말하지 않았어요." 밀리가 말했다. "하지만 헴베리 사람이라면 누구일지는 다 알죠."

마야는 목초지 쪽으로 돌아섰다.

"애니 쇼." 마야가 중얼거렸다.

그리고 경계벽 너머에서 무언가가 으르렁거렸다.

14

마야는 커다란 더블베드에 누워 있었다. 엄마는 옆에서 곤히 잠들어 있었지만 마야의 눈은 자꾸만 시계로 향했다. 밤 열두 시 십오 분. 이렇게 될 줄 진작 알고 있었다. 마야는 몸을 돌려 천장을 똑바로 응시했다.

주위는 고요했다. 엄마와 자신의 숨소리 외에는 어떤 소리도 들리지 않았다. 마야가 지금 귀를 곤두세우고 있는 소리는 따로 있었다. 바로 득득 문을 긁어대는 소리. 아직까지는 들리지 않았다. 엄마가 몸을 뒤척이며 내는 신음 소리뿐이었다.

그때 창문 밖에서 으르렁거리는 소리가 들렸다.

마야는 벌떡 일어나 소리가 난 쪽을 쳐다보았다. 여우가 아직 거기 있는 게 분명했다. 녀석은 줄곧 목초지를 떠나지 않은 것이다. 마야는 로언트리 안으로 들어온 뒤, 오후 내내 그리고 밤늦게까지 녀석의 존재를 느끼고 있었지만 그럼에도 일부러 밖을 내다보지 않고 있던 참이었다.

다시 으르렁거리는 소리.

마야는 침대에서 살금살금 기어나와 창가로 다가가 커튼 가장자리를 살며시 젖혀보았다. 건물 옆으로 오솔길과 경계벽이, 그 너머로 로언트리 바깥쪽에 목초지가 보였다. 마야는 눈으로 재빨리 키 큰 풀밭을 훑다가 이어서 덤불들을 살폈다.

여우는 금방 눈에 띄었다.

녀석은 자신이 발견되기를 바란 것이다.

그리고 마야를 보기를 원했고.

마야는 몸서리를 쳤다. 절대 오해의 여지가 없었다. 여우는 이전과 똑같은 바로 그 지점, 창문 바로 아래의 덤불 옆에서 노란 눈으로 마야를 응시하고 있었다. 녀석은 마야를 보자마자 다시 발로 땅을 파헤치기 시작했다.

마야는 초조하게 그 모습을 지켜보았다. 도무지 이해할 수 없는 행동이었다. 혹시 여우가 대화를 시도하는 것일까? 아니, 그럴 리 없었다. 여우가 갑자기 동작을 멈추고 다시 마야를 응시했다. 노란 눈이 마야를 향해 불을 뿜어대는 것 같았다. 마야는 도저히 더는 볼 수가 없어서 잡고 있던 커튼을 놓아버렸다. 그러고는 숨을 헉헉 몰아쉬며 그 자리에 가만히 서 있었다.

일 분, 이 분, 오 분, 십 분.

마야는 다시 커튼을 옆으로 당겼다.

두 눈은 여전히 거기에 있었다. 마치 창문 근처를 떠나지 않고 마야가 다시 나타나기만을 기다렸다는 듯, 이전처럼 마야를 지켜보고 있었다. 그리고 이제 마야가 나타나자 여우는 다시 풀로 뒤덮인 땅을 파헤쳤다. 마야는 커튼을 놓고 침대를 향해 돌아섰다. 두려움이 온몸을 파고들었다.

그리고 망령 같은 생각이 달려들었다.

바보 같은 짓임을 알고 있었다. 생각조차 해서는 안 될 일이라는 것도 알고 있었다. 엄마 아빠도 밖으로 나가지 말라고 신신당부하며 약속까지 받아내지 않았던가. 하지만 어쩔 도리가 없었다. 도대체 왜 여우가 땅을 파헤치고 있는지를 기필코 알아내야만 했다. 이 동물은 결코 자신을 평화롭게 내버려 둘 리가 없었다. 또 그것이 무엇이든 마야와 관련되어 있는 것만은 분명했다.

마야는 엄마를 보았다. 여전히 곤히 잠들어 있었다.

"죄송해요." 마야는 소리 없이 입 모양으로 말했다.

그런 다음 마야는 옷을 주워 입고 조용히 방을 빠져나왔다. 복도는 더없이 고요했다. 안방 침실에서 엄마의 숨소리가 흘러나왔지만 그 외에는 아무것도 들리지 않았다. 마야는 발끝으로 살금살금 톰의 방문 앞으로 갔다. 여기서도 고른 숨소리가 흘러나왔다. 계속해서 3호실 앞으로 가 다시 귀를 기울였다.

아무 소리도 나지 않았다.

그러나 방문이 조금 열려 있었다. 마야는 조심스레 문을 열고 방 안을 살폈다. 아빠가 몸을 잔뜩 웅크리고 한쪽 팔을 머리 위로 구부린 자세로 자고 있었다. 불편해 보였지만 깊이 잠들어 있는 것은 다른 가족과 마찬가지였다. 마야는 계단을 내려가 조용한 복도를 지나 뒷문으로 향했다.

혹시 잘못 본 건 아닐까 하는 의심이 다시금 몰려왔다. 마야는 그 의심을 애써 누르며 손전등을 집어 들었다. 어떻게든 이 문제를 해결해야 한다. 그것도 가능한 한 빨리. 덤불을 한번 살펴보고 곧장 돌아오면 되는 것이다. 마야는 최대한 조용히 뒷문을 열고 슬그머니 빠져나왔다.

한밤중의 정원은 왠지 으스스해 보였다. 달빛은 새들을 위해 놓아둔 수반 속의 물을 뒤덮고, 온갖 그림자가 테이블과 의자 들을 꽉 끌어안고 있었다. 그러나 마야는 자신이 가야 할 길을 분명히 알 수 있었다. 마야는 손전등을 끈 채 정원을 가로질러 헛간으로 갔고, 가까이 있는 삽을 꺼내 출입문으로 달려갔다.

주위는 여전히 고요했다. 마야는 잠시 서서 귀를 기울였다. 처음에는 아무 소리도 들리지 않았다. 그러고 나서… 소리를 들었다. 오른쪽에서 흙이 사방으로 흩뿌려지는 소리. 마야는 살금살금 목초지로 들어갔다.

마야는 더 가쁘게 숨을 몰아쉬었다. 무더운 밤이었는데도 몸이 덜덜 떨렸다. 단지 저 덤불 옆에 있을 여우의 존재 때문만은 아니었다. 새롭고 낯선 이 장소 때문이었다. 사실 마야와 톰은 로언트리 부근을 제대로 돌아볼 시간이 없었다. 풀들은 출입문에서 봤을 때보다 키가 훨씬 더 컸다.

하지만 저기 오른쪽에 있는 덤불은 여전히 알아볼 수 있었다.

그리고 발로 이리저리 뒤적이는 소리도 여전히 들을 수 있었다.

마야는 삽을 단단히 움켜쥐고 다가갔다. 아직 여우의 모습은 보이지 않았다. 단지 아까의 덤불과 그 왼쪽 더 낮은 지대에 쌓여 있는 작은 흙더미 같은 것들이 보일 뿐이었다. 마야는 앞을 살피며 조심스레 나아갔다.

가까이, 더 가까이, 이제 덤불까지는 불과 몇 걸음밖에 남지 않았다. 마침내 여우의 모습이 보였다. 녀석은 자신이 직접 파놓은 듯 보이는 작은 구덩이 안에 있었다. 마야는 그 주위로 엉성하게 생긴 흙더미를 보았다. 녀석은 미친 듯이 땅을 파고 있었다.

마야는 구덩이 가장자리 바로 뒤에서 걸음을 멈추고 지켜보았다. 여우가 고개를 돌려 마야를 보더니 계속 땅을 팠다. 녀석이 무엇을 찾고 있는지 알아낼 만한 단서 같은 건 없었다. 보이는 건 온통 흙뿐이었다. 마야는 한 걸음 더 다가갔다. 여우는 발로 열심히 흙을 헤치며 땅을 팠다.

마야는 잠시 망설이다 한 걸음 더 다가갔다. 이제 여우는 손만 내밀면 닿을 만한 거리에 있었다. 녀석은 조금도 개의치 않는 것 같았다. 마야는 여우의 발이 부지런히 움직이고 있는 땅을 자세히 들여다보았다. 하지만 흙 이외에는 아무것도 보이지 않았다.

마야는 큰 구멍에 이어 덤불을 힐끗 쳐다본 뒤 그 너머에 있는 로언트리를 보았다. 조명은 모두 꺼져 있었고 커튼도 모두 쳐져 있었다. 살아 움직이는 기척은 전혀 없었다. 이 아래만 빼고.

마야는 다시 여우를 보았다.

그때 녀석이 마야를 향해 돌아서 으르렁거렸다.

마야는 삽을 앞으로 움켜쥔 채 뒤로 펄쩍 물러났다. 그 짐승은 사납게 마야를 노려보았다. 노란 눈이 전보다 더 강렬하게 빛났다. 이렇게 가까이 오지 말아야 했음을 마야는 뒤늦게 깨달았다. 녀석이 다시 으르렁거렸다.

"날 해치지 마." 마야가 말했다.

대답을 대신하듯 여우가 구덩이 밖으로 튀어나왔다. 그러고는 잽싸게 왼쪽으로 달려가 키 큰 풀 사이로 사라져 버렸다. 마야는 덜덜 떨며 눈으로 뒤쫓았으나 녀석의 모습은 더 이상 보이지 않았다. 마야는 여우가 파고 있던 구덩이로 눈을 돌렸다.

구덩이는 캄캄한 어둠에 잠겨 있었고 그 속엔 희미한 달빛조차 들지 않았다. 마야는 손전등을 켜고 안을 비춰 보았지만 여우가 왜 한밤중에 흙을 팠는지, 그러고는 왜 갑자기 뛰쳐나갔는지를 설명해 주는 아무것도 찾을 수 없었다. 마야는 구덩이 속으로 한 걸음 내려가 손전등으로 주위를 비춰보았다.

여전히 여우가 무엇을 찾고 있었는지 단서가 될 만한 건 전혀 보이지 않았다. 혹시 그냥 자연스러운 행동이 아니었을까? 먹을 것을 찾아 뒤지는 지극히 일상적인 동물의 본능에 지나지 않는지도 모른다. 마야는 여우의 습성에 대해서라면 전혀 알지 못했다. 어쩌면 이 동물은 늘 이런 식으로 살아왔는지도 모를 일이다. 마야는 다시 손전등을 휙 움직였다. 빛 속에 뭔가 반짝거리는 게 보였다.

노란빛의 무언가, 죽어 있는 무언가가.

마야는 뒷걸음질 쳤다. 이로써 더 이상의 수색은 필요하지 않았다. 그것이 무엇인지는 명백했고 여기 더 있어 봤자 얻을 수 있는 건 아무것도 없었다. 여우는 제 동료 중 하나를 찾고 있던 것이다. 마야는 또 다른 여우의 사체를 파내고 싶은 마음은 추호도 없었다.

그때 그 노란 형체가 움직였다.

마야는 깜짝 놀라 움찔했다. 그러나 다시 모든 게 조용해졌다. 가장 가까운 흙더미 위에서 흘러내리는 얼마 안 되는 흙만 빼고. 빨리 여기서 벗어나 로언트리로 돌아가야 했다. 마야는 나가려고 돌아섰다. 그런데 이때 손전등 불빛에 또 다른 뭔가가 포착되었다.

마야는 걸음을 멈췄다. 아무것도 보지 못한 셈 치고 싶은 마음이 굴뚝같았다.

그러나 아무 소용이 없었다. 이곳에는 단지 여우만 묻혀 있는 게 아니었다. 마야는 마른 침을 삼키고 몸을 구부려서 자신을 올려다 보는 죽은 눈을 보았다. 그리고 다른 것도. 마야는 삽 끝을 가져가 대보았다.

처음에는 아무것도 움직이지 않았다. 마야가 흙을 거의 건드리지 못하고 있던 탓이었다. 내키지 않았지만 여우의 머리 아래까지 확인해야 할 것 같았다. 느슨하게 덮여 있던 흙을 치워내자 갑자기 뭔가가 툭 떨어져 나갔다.

떨어진 것은 여우의 머리였다. 몸통은 딸려 있지 않았다. 마야 앞으로 굴러온 머리가 공허한 눈으로 위를 쳐다보았다. 그러나 마야의 눈은 그 밑에 있던 다른 것에 고정되어 있었다.

사람의 한쪽 발.

"오, 맙소사." 마야가 중얼거렸다.

흙을 걷어낸 자리에 발이 쑥 삐져나와 있었다. 때가 묻어 더러워지고, 할퀴어진 맨 발바닥. 발가락들은 바짝 모여 있었으나 발등부터 나머지 부분은 가려져 보이지 않았다. 마야는 급히 구덩이에서 기어 나왔다. 빨리 집으로 돌아가 이 일을 알려야 했다.

마야는 로언트리를 힐끗 쳐다보았다. 여전히 불빛들이 모두 꺼져 있었다. 마야는 자고 있는 엄마의 모습을 떠올렸다. 거리로 봐서는 얼마 떨어져 있지 않으니까 여기서 소리치면 들릴지도 모른다. 그러나 그때 뭔가가 마야의 시야를 가렸다. 덤불 속에서 거무스름한 무언가가 올라왔다.

여우 얼굴을 한 사람의 형상이었다.

15

단지 얼굴만이 아니었다. 사람의 것으로 보이는 몸 전체가 여우 털로 뒤덮여 있었다. 팔, 다리, 몸통 할 것 없이 온통 털로 뒤덮여 있었다. 이런 모습으로 변장하기 위해 대체 얼마나 많은 여우들이 죽어 나갔을까? 짐작조차 되지 않았으나 지금 당장은 중요한 문제가 아니었다.

지금 중요한 건 도망치는 것이었다.

마야는 손전등과 삽을 내팽개치고 출입문을 향해 쏜살같이 내달렸다. 그러나 이미 늦었다. 여우 가면이 잽싸게 쫓아와 로언트리로 통하는 왼쪽 길을 막아버렸다. 그러고는 가까이 다가왔다. 마야는 발을 헛디디며 목초지 가장자리를 터덕터덕 걸었다. 여우 가면은 마야가 어느 길로 가든 막아설 수 있도록 곁을 떠나지 않았다.

마야는 어깨 뒤에서 쉿 하는 소리를 들었다.

힐끗 돌아보았더니 여우 가면이 음흉한 눈초리로 마야를 쳐다보고 있었다. 다시 쉿쉿 소리가 났고 가면 속에서 웃음이 터져 나왔다. 마야는 비명을 지르기 시작했다. 하지만 호흡에 삼켜진 작고 힘없는 소리에 불과했고 곧장 어두운 대기 속으로 사라져 버렸다.

이번에는 더 가까운 곳에서 웃음소리가 났다.

마야는 키 큰 풀에 걸려 다시 휘청거렸다. 지금 어디로 가고 있는지 종잡을 수가 없었다. 어떻게든 생각을 해보려고 애썼다. 마야는 지금껏 붙잡히지 않았다. 왜일까? 여우 가면은 자신보다 훨씬 빠르고 강할 텐데. 마야는 다시 어깨 너머로 힐끗 돌아보았다.

아무도 없었다.

마야는 걸음을 멈추고 뒤를 돌아보았다. 눈에 보이는 건 키 큰 풀과 덤불, 그리고 저 너머에 성역처럼 고고히 서 있는 로언트리뿐이었다. 달빛에 잠겨 있는 로언트리는 갈 수만 있다면 단숨에 닿을 만한 거리에 있었다. 그때 여우 가면이 키 큰 풀 사이에서 불쑥 올라왔다.

또다시 길이 가로막혔다.

"왜 이러는 거야?" 마야가 소리쳤다.

여우 가면이 마야 쪽으로 달려왔다. 마야는 재빨리 돌아서 빠져나갈 길을 눈으로 더듬으며 정신없이 목초지를 가로질러 달렸다. 오른쪽에 마을로 돌아가는 길이 있었다. 하지만 벽이 너무 높아 오를 수 없다는 걸 바로 알 수 있었다. 게다가 출입문의 흔적조차 보이지 않았다.

정면에도 벽이 하나 있었지만 역시 너무 높았다. 그 왼쪽으로는 작은 나무들과 또 다른 돌벽이 있었다. 그나마 이 벽 끝에는 오르내릴 수 있는 계단이 달려 있었다. 어딘가 연출된 듯 느껴질 만큼 거친 숨소리가 마야의 뒤쪽에서 들려왔다. 마야는 더 힘껏 달렸다.

다시 웃음소리가 났다. 마치 소리가 주위를 에워싸는 것 같았다. 이번에도 돌아보았더니 여우 가면은 또다시 사라지고 없었다. 마야는 숨을 헐떡거리며 멈춘 채로 키 큰 풀밭을 뒤졌다. 다시 웃음소리가 들렸다. 소리가 어느 쪽에서 나는지 알아내려고 주위를 자세히 둘러보았다.

웃음소리와 침묵이 번갈아가며 이어졌다. 웃다 그치고, 웃다 그치고. 웃음소리는 매번 다른 곳에서 들려오는 것 같았다. 마야는 이제 여우 가면을 찾으려고 안달하며, 또 어느 쪽으로 달려야 할지 방향을 알아내려 애쓰며 필사적으로 제자리를 돌고 있었다.

왼편 어디쯤에서 또다시 웃음소리가 들렸다. 이번에는 로언트리 쪽인 것 같았다. 마야는 얼른 그 반대쪽으로 돌아 벽 끝에 있는 계단을 향해 달렸다. 풀 속에서 형체가 나타났다.

마야의 바로 앞에.

마야는 우뚝 멈춰 서서 소리를 내질렀다.

"저리 꺼져!"

여우 가면은 으르렁거리며 앞으로 돌진했다. 마야는 옆으로 한 걸음 비켜서서 그를 피했다. 공격을 피하는 일이 너무 쉬웠다. 마야는 그 이유를 알았다. 이것은 일종의 놀이였고, 자신은 놀잇감이었던 것이다. 마야는 재빨리 계단을 타고 넘어 초원으로 들어섰다. 여우 가면이 마야를 따라 펄쩍 뛰어올랐다.

마야는 방향 감각을 완전히 상실한 채 비틀거리며 작은 방목장과 목초지, 그리고 거칠게 갈아놓은 밭을 뚫고 계속 달렸다. 어둠 속에서 공기를 들이마시며 마야는 가까이에 숲이 있음을 직감했다. 그리고 여우 가면은 그보다 더 가깝고 은밀한 곳에 숨은 채 자신을 조롱하고 있었다.

마야는 도망칠 수 없다는 걸 알았다. 녀석은 마음만 먹으면 언제든 자신을 붙잡을 수 있었다. 죽일 때가 되면 바로 붙잡을 것이다. 마야는 비틀거리며 또 다른 밭으로 들어갔다. 눈앞에 헛간 하나가 보였고 더 이상은 달릴 수 없던 마야는 숨을 헐떡이며 멈춰섰다.

여기가 어디인지, 여우 가면은 어디 있는지 전혀 알 수 없었다. 그러나 지금 녀석이 자신을 지켜보고 있다는 것, 이것만은 확실했다. 마야는 다리를 절뚝거리며 헛간 입구로 다가가 그 앞에서 멈췄다. 들어가는 것 외에 선택의 여지는 없었다. 마야는 헛간 주위를 힐끗 보았다. 외형은 꼭 버려진 듯 방치되어 있었고 철제 굴뚝이 지붕 안쪽에 나 있었다.

죽기에는 너무 쓸쓸한 장소였다.

마야는 발소리를 들었다. 그러고는 꼼짝하지 않았다. 그래 봤자 소용없다는 걸 알았다. 천천히 움직이는 발소리. 이어지는 익숙한 웃음소리. 겨우 몇 걸음 떨어진 곳에 그가 있었다. 여우 가면 뒤에 감춰진 눈이 빛을 발했다. 마야는 조롱 어린 목소리를 들었다. 익히 알고 있는 목소리였다.

"이봐, 도시 아가씨, 재미나게 한번 보내볼까?"

젭이었다. 설마설마하며 의심은 했었다. 젭은 마야를 보더니 킬킬거리며 운 좋게 얻은 자신의 전리품에 몹시 흡족해했다. 마야는 로언트리 바깥쪽 잡목 아래 묻혀 있던 사체를 떠올렸다. 어쩌면 그것도 젭이 묻은 것일지도 모른다. 실컷 가지고 논 다음에.

마야는 등골이 오싹해지는 것을 느꼈다.

"날 가만 내버려 둬, 젭." 마야가 말했다.

"싫다면?"

마야는 그에게서 변화를 감지했다. 조롱도, 웃음도, 음흉한 눈초리도 사라졌다. 그가 몸을 떨며 마야 쪽으로 다가왔다.

"이러지 마, 젭."

"이리 오라고, 도시 아가씨. 이렇게 좋은 기회를 그냥 버리면 안 되지."

"내버려 두란 말이야."

젭이 마야에게 몸을 바짝 들이댔다.

"네가 뭘 원하는지 알아." 젭이 중얼거렸다.

"난 네가 가버렸으면 좋겠어."

"아니, 그렇지 않아."

마야는 몸부림치듯 젭에게서 물러났다. 젭이 손을 뻗어 마야의 어깨를 잡았다. 마야는 비명을 질렀다. 젭이 다시 억지로 마야를 끌어당기려 했다. 그리고 다음 순간, 놀랍게도 마야를 놓아주었다. 마야는 한 걸음 뒤로 물러나 젭을 빤히 쳐다보았다.

젭은 꼼짝하지 않고 있었다. 그저 마야 앞에 그대로 서 있을 뿐이었다. 마야는 여우의 얼굴 중에서도 좁고 기다란 틈 속에 있는 눈을 자세히 들여다보았다. 그 눈은 마야가 아닌 다른 것에 고정되어 있었다. 무언가, 마야의 어깨 뒤에 있는 것에.

마야는 뒤돌아보지 않고 계속 젭의 눈을 주시했다. 자기 뒤에 있는 것이 무엇이 됐건 젭보다 위험하진 않을 것 같았다. 젭은 마야의 뒤를 뚫어지게 쳐다보더니 천천히 뒤로 한 걸음 물러났다. 그러고는 또 한 걸음, 또 한 걸음 물러났다.

마야는 덜덜 떨며 그 모습을 지켜보았다. 젭은 이제 다시 마야를 바라보며 천천히, 천천히, 계속 뒤로 물러났다. 그러다 마야를 다시 바라보고는 갑자기 방향을 바꾸더니 계단을 훌쩍 뛰어넘어 어둠 속으로 사라져 버렸다. 마야는 뒤를 돌아보았다. 그리고 헛간 입구에 버티고 서 있는 커다란 형체를 보았다.

"모." 마야가 소년을 불렀다.

소년은 거기서 마야를 지켜보고 있었다.

"고마워." 마야가 말했다. "고마워, 정말."

모는 자신의 시계를 내려다보았다. 마야는 모의 입술이 소리 없이 움직이는 걸 보았다.

"보니를 기다리고 있나 보구나." 마야가 말했다. "초를 세는 중이었고."

모는 계속 시계를 보았다.

"또 시간을 정해준 거지, 그렇지?" 마야가 말했다. "여기서 몇 시까지 기다리라고, 그러고 나서…"

하지만 마야는 더 이상 생각할 수도 말할 수도 없었다. 왈칵 눈물이 쏟아졌다. 참으려 하지도 않았다. 그저 쓰러지듯 땅바닥에 주저앉아 두 손에 얼굴을 묻고 울음을 터뜨렸다.

울음을 그치기까지는 한참 시간이 걸렸다. 그리고 울음을 그친 뒤에도 여전히 손으로 얼굴을 감싸고 있었다. 모가 아직도 거기 서 있는지는 알 수 없었다. 정신없이 우는 동안 모의 존재를 까맣게 잊고 있었다.

아마도 가버렸으리라. 모는 어떤 식으로든 자신을 위로하거나 소통할 생각이 없어 보였으니까. 마야는 얼굴에서 손을 떼고

위를 쳐다보았다. 소년은 여전히 거기 서 있었다. 정확히 똑같은 지점에서, 자기 시계를 보고 초를 세면서.

마야는 이제 집으로 돌아가고 싶은 마음이 간절했다. 하지만 무엇을 어떻게 해야 할지 몰랐다. 모의 등장은 뜻밖이었다. 모가 젭으로부터 자신을 구해준 건 무척 고마운 일이었지만, 모가 이 밤중에 여기서 무엇을 하든 자신은 관여할 수 없었다. 좀 전에 목격한 시체에 관해, 아니면 최소한 젭이 자신을 강간하려던 짓에 관해서라도 알려야만 했다. 그러나 귀가는 결코 쉽지 않아 보였다.

마야는 자리에서 일어났다.

"정말 고마워." 마야가 말했다. "네가 여기 없었더라면 무슨 일이 일어났을지 몰라."

계속 자기 시계만 보고 있던 모가 갑자기 마야를 쳐다보았다. 그의 낯설고 불온한 눈빛 속에서 마야는 짙은 어둠을 보았다. 전에도 모의 눈에서 마주한 적이 있는 강렬한 눈빛이었다. 모가 무슨 생각을 하고 있는지 도무지 헤아릴 수가 없었다.

마야는 돌벽에 붙은 계단을 힐끗 돌아보았다. 그러나 어떻게 집으로 돌아가야 할지 막막하기만 했다. 더욱이 이 길을 혼자 가야 한다고 생각하자 공포가 엄습했다. 젭은 아직 활개를 치고 다닐 테고, 지금 이 순간에도 이들을 지켜보며 또 다른 기회를 엿보고 있을 것이 분명했다.

그러나 한 가지 대안이 있었다.

가능성이 아주 희박한 대안이.

"모, 나를 로언트리까지 데려다줄래?"

소년은 마야의 말을 이해했다는 어떤 기색도 드러내지 않았다. 모는 잠시 동안 마야를 물끄러미 바라보더니 재빨리 시계를 다시 내려다보며 좀 전처럼 소리 없이 입 모양으로 초를 세기 시작했다. 마야는 모가 이 자리에서 절대 움직이지 않으리라는 걸 알고 있었다. 마야를 위해서든, 다른 누구를 위해서든, 여기서 꼼짝도 하지 않으리라는 것을.

설령 마야의 말을 이해했다 해도, 모는 보니가 여기 도착할 때까지, 그래서 다음 할 일을 지시할 때까지 한 발짝도 움직이지 않을 터였다. 마야는 계단을 돌아보며 어느 쪽으로 가야 할지 생각해 보려 했다. 그러나 마음속으로는 자신이 이 두려움에 맞설 수 없으리라는 걸 이미 알고 있었다.

마야 또한 보니를 기다려야 할 것이다. 시간이 아무리 오래 걸릴지라도.

그때 보니의 목소리가 크게 울렸다.

"너희들 대체 여기서 뭐 하고 있는 거야?"

16

보니는 헛간 끝에 서 있었다. 밭 맞은편에서 우연히 이들을 발견한 모양이었다. 작은 배낭을 둘러메고 있었다. 마야는 모를 보았다. 모의 몸은 굳어 있었고 눈은 보니에게 고정되어 있었다. 보니가 두 사람을 향해 성큼성큼 걸어왔다.

"보니." 마야가 말했다.

"지금은 안 돼."

보니는 모 앞에서 멈췄다.

"야, 덩치."

"보니." 마야가 말했다.

"지금은 안 된다고 했잖아."

"날 좀 도와줘."

보니는 아무 대답 없이 둘러멘 배낭을 내려 모에게 건넬 뿐이었다. 모는 멍하니 보니를 바라보았다.

"어서 받아." 보니가 배낭을 모에게 내밀었다. "이걸 가지고 출발해. 네가 제일 좋아하는 걸 가져왔어."

모가 배낭을 받았다.

"파이부터 시작해." 보니가 말했다. "제일 먼저 파이를 먹고, 그걸 다 먹으면 물을 마셔. 반 병쯤이면 될 거야."

모는 큼직한 손을 배낭 속에 쑥 집어넣어 종이 봉지를 꺼냈다.

"그건 안 돼." 보니가 말했다. "그건 애플파이야. 나중에 먹을 거니까 놔둬. 대신 은박지에 싼 파이를 먹어."

모가 다른 걸 꺼냈다.

"그래, 바로 그거야." 보니가 말했다. "이제 애플파이는 다시 집어넣고 방금 꺼낸 파이를 먹어. 바로 그게 네가 제일 좋아하는 거야. 전부 다 먹어. 먼저 은박지를 벗기고."

모는 보니가 시키는 대로 했다.

"잘했어." 보니가 말했다.

"보니." 마야가 한 걸음 더 다가가 말했다. "난 지금 지독한 짓을 당했어. 젭이 밭에서 계속 날 쫓아왔는데, 녀석이… 여우 털로 변장을 하고 있었어. 얼마나 끔찍해 보였는지 몰라. 날 덮치려고 했어. 어쩌면 죽이려고 한 건지도 몰라. 길을 잃고 쫓기다 여기까지 오게 됐어. 그리고 모는…"

마야는 소년을 돌아보았다. 모는 지금 보니의 지시대로 차근차근 음식을 먹고 있었다.

"모가 날 구했어." 마야가 말했다. "정말 대단했어. 하지만…"

마야는 다시 보니를 돌아보았다. 보니는 마야의 말에 별 관심이 없다는 듯 시큰둥한 표정으로 마야를 지켜보고 있었다.

"보니, 내가 말이야, 로언트리 바깥에 있는 목초지에서 매장된 시체를 발견했어."

"시체라고?"

"응."

"어떤 시체?"

"그건 잘 모르겠어. 발밖에 보지 못했거든. 어쨌든 돌아가서 빨리 이 사실을 알려야 해."

"왜 그때 바로 알리지 않았어?"

"갑자기 젭이 나타났으니까. 아마 줄곧 거기 있었던 것 같아. 어쩌면 젭이 그 시체를 묻었는지도 몰라. 또 그게 누구인지 몰라도 젭이 죽인 걸지도 모르고. 잘 모르겠지만 말이야. 아무튼 젭은 여기까지 날 쫓아왔어. 그리고…"

마야는 가쁜 숨을 거칠게 몰아쉬었다.

"보니, 난 돌아가야 해. 그런데 너무 무서워. 집으로 가는 길도 모르겠고, 젭이 어디로 갔는지도 모르겠어. 보니, 제발 부탁이야. 내가 집으로 돌아갈 수 있게 좀 도와줘. 아니면 우리 부모님한테

전화해서 우리가 있는 곳을 알려줘. 그럼 엄마 아빠가—"

"난 전화기가 없는데." 보니가 말했다.

마야는 그것이 거짓임을 느끼며 보니를 빤히 쳐다보았다. 그러나 따지고 반박해 봤자 소용없는 일이었다. 보니는 마야를 지켜보며 그대로 서 있었다.

"제발 날 집으로 데려다줘, 보니." 마야가 말했다.

다시 울음이 쏟아지려 했으나 애써 참았다. 보니가 눈물을 보면 눈속임 따위로 여겨 오히려 도와주지 않을 거라는 생각이 강하게 들었기 때문이다. 어떤 이유로든 보니는 한 번도 울어본 적이 없으리라. 그러나 보니는 분명 망설이고 있었다. 어쩌면 로언트리에서 일자리를 잃은 것 때문에, 그걸 놓고 거래를 하려는 건지도 몰랐다.

모가 트림을 했다. 마야는 모를 돌아보았다. 모는 파이를 다먹고 물병을 만지작거리고 있었다. 모는 마야가 자신을 지켜보는 걸 보더니 불안한 듯 얼어붙었다. 마야는 모에게 최대한 다정한 미소를 지어 보였다.

"좋아." 보니가 말했다.

마야는 다시 보니에게 눈을 돌렸다.

"널 집까지 데려다줄게." 보니가 말했다. "하지만 그 대신 너도 뭔가를 해줘야 해."

"네 일자리 문제라면 내가 도와줄 수 없어." 마야가 말했다.

"아빠는 내 말을 듣지 않을 테니까."

"일자리를 돌려달라는 게 아냐. 이젠 그딴 일 하고 싶지도 않고."

"그럼 뭘 원하는데?"

"입을 다무는 것." 보니가 말했다. "그게 내가 원하는 거야. 나하고 모가 여기 있었다는 말은 아무한테도 하면 안 돼, 알겠지? 여기는 우리 공간이야. 우리 외에 어떤 사람도 알아서는 안 돼. 누가 알면 우린 다른 곳으로 가야 하거든. 안전하게 잘 수 있는 곳을 찾아서 말이야. 하지만…"

보니가 모를 힐끗 보더니 목소리를 낮췄다.

"모는 길을 쉽게 잃어버려. 길 찾는 데 워낙 서툴러서 말이지. 늘 내가 어디로 가야 하는지 자세히 설명해 줘야 해. 하지만 이 낡은 헛간은… 얘 혼자서도 길을 잃지 않고 찾을 수 있는 곳이야. 이유는 묻지 마. 아무튼 어떤 이유로 내가 모를 두고 가야 할 일이 생기면, 대개 여기서 날 기다리게 하고 있어."

보니는 다시 소년을 슬쩍 돌아본 뒤 마야에게 시선을 돌렸다.

"그래서 너한테 여기서 우릴 봤다는 얘기를 절대 하지 말라고 하는 거야. 로언트리에는 데려다줄게. 하지만 넌 우리를 본 적이 없는 거야, 알겠지? 누가 물어도 말이야."

"경찰을 말하는 거야?"

"누가 물어도, 라고 했잖아." 보니가 말했다. "경찰만이 아냐.

우리에게는 적이 있어. 정확히 말하면 모의 적이지. 헴베리는 애가 살기엔 아주 힘든 동네야. 지금껏 모를 이해해 준 사람은 아무도 없었어. 심지어 앞에서 친절한 사람들조차도 그래. 나처럼 이해해 주는 사람이 아무도 없다고. 애는 오직 나한테만 얘기해. 물론 나한테도 말을 많이 하는 건 아니고 그냥 몇 마디 웅얼거릴 뿐이지만. 또 그 얘기들이 항상 말이 되는 것도 아니고. 하지만 난 대체로 이해하는 편이야. 그리고 있잖아…"

보니가 더 가까이 몸을 숙였다.

"이 주변엔 지금 아주 나쁜 일이 일어나고 있어. 방금 너도 시체 얘기를 했었잖아. 그게 상황을 더 악화시키고 있고. 그래서 난 전보다 훨씬 더 많이 모를 걱정하고 있어. 너무 놀라고 겁에 질려서 벌써 정신이 나간 사람 같다고. 모는 아무도 해치지 않아. 말을 할 수도 없고. 그러니 뭐가 됐건 발설할 일은 없을 거야. 그렇지만 내 생각엔 이 모든 일의 배후가 누구인지 모는 알고 있는 것 같아. 그 녀석 역시 모가 자신에 대해 알고 있다는 걸 눈치채고 있고. 그래서 경찰이 기를 쓰고 모를 찾으려는 거야."

"넌 그 사람이 누군지 알아?"

"아니." 보니가 말했다. "하지만 모는 뭔가 알고 있는 게 분명해. 얘는 숲을 좋아해. 아니, 예전에 그랬지. 나무들 사이에 있을 때 오히려 더 안전하다고 느끼거든. 그래서 사람보다 나무들을 더 좋아하지. 그런데 숲에서 보지 말았어야 할 것을 봐버린 거야. 난 알 수 있어. 애는 머리를 아주 심하게 맞았어. 곤봉으로 몇 번이나. 누군가가 나무 뒤에서 튀어나와 공격한 거야. 아마 그때 무슨 일이 있었던 것 같아. 내가 애한테서 알아낸 것은 이게 전부야. 아마도 모를 제압하기 위해서 그런 짓을 했을 테지. 모는 힘이 아주 세거든. 두 번 다 도망쳐 왔어. 하지만 어쨌든 내 생각에 그건 애를 진짜로 죽이려고 그런 거였어."

"그럼 그 여우 일은 어떻게 된 거야?" 마야가 말했다. "맥머도와 브린이 모를 잡으러 갔을 때—"

"애는 그냥 여우를 발견했을 뿐이야." 보니가 말했다. "그러고 겁에 질려 달아났던 것뿐이라고. 애는 원래 죽은 동물들을 보면 격분해서 날뛰는 애야. 특히 난도질당한 것들을 보면 더 심하고."

"혹시 젭이야?" 마야가 물었다. "이 모든 일의 배후라는 게."

"모르겠어."

마야는 모를 돌아보았다.

"젭이야?" 마야가 다시 물었다. "이토록 끔찍한 짓을 하는 게 누구야?"

"너한테는 대답하지 않을 거야." 보니가 말했다.

마야는 그 말을 무시하고 계속했다.

"모, 혹시 젭이야? 내 말이 맞으면 고개를 끄덕여 줘. 아니면 손 같은 걸 까딱여 줘도 돼."

"그래 봤자 소용없다니까." 보니가 말했다.

보니가 옳았다. 소년은 한 손엔 반쯤 빈 물병을, 다른 한 손엔 파이를 쌌던 은박지를 들고 그 자리에 서 있을 뿐이었다. 마야가 계속 쳐다보자 모의 얼굴에 풍기던 혼란스러움이 두려움으로 바뀌었다.

"미안해, 모." 마야가 재빨리 말했다. "당황시킬 생각은 없었어."

보니가 마야를 지나쳐 걸어가더니 모의 얼굴을 똑바로 쳐다보았다.

"병뚜껑을 닫아." 보니가 말했다. "잘했어. 이제 그 병을 다시 배낭에 넣어. 은박지도 넣고. 아니, 안 돼. 애플파이는 남겨두라고 했잖아. 그건 다음에 먹을 거야. 그리고 이제 우린 마야를 로언트리까지 데려다줄 거야."

잠시 후 이들은 밭을 가로질러 가고 있었다. 보니와 마야는 나란히 걸었고 모는 배낭을 들고 뒤에서 더듬더듬 뭔가를 중얼거리며 따라왔다. 보니는 침묵을 지켰고 마야는 오히려 이 침묵이 반가웠다. 아무 말도 하고 싶지 않았고 빨리 집으로 돌아가고 싶은 마음뿐이었다.

달빛이 길을 환히 밝히고 있었다. 마야는 걸으며 주위를 유심히 살폈으나 수상한 점은 눈에 띄지 않았다. 분명 젭에게 쫓길 때 달려온 길이었지만 여전히 낯설게만 느껴졌다. 거리는 상당히 멀었다. 자신이 이렇게 많은 곳들을 지나왔다는 게 도저히 믿기지 않았다. 유일하게 낯익은 풍경은 마침 오른쪽으로 보이는 숲의 등성이뿐이었다.

마야는 불안한 눈빛으로 그것을 빤히 쳐다보았다.

세 사람은 이제 목초지로 들어서는 계단에 이르렀다. 이 계단을 넘어 목초지를 지나면 마침내 로언트리에 닿게 될 것이다. 보니가 걸음을 멈췄다.

"남은 길은 너 혼자서도 갈 수 있겠지?"

마야는 저 너머 긴 풀밭을 빤히 쳐다보았다. 로언트리는 아직 보이지 않았고 그 시체가 바로 옆에 매장되어 있던 덤불만이 보였다. 이 짧은 마지막 구간이 갑작스레 두렵게 느껴졌다. 하지만 보니는 더 이상 함께 가지 않을 것임을 마야는 알고 있었다.

"고마워, 보니." 마야가 말했다.

"입도 뻥끗해서는 안 돼, 알았지?" 보니가 말했다. "나와 모에 관해서는."

"응, 약속할게."

"모가 있는 곳이 알려지면 어떤 간악한 놈이 얘를 찾으러 올 거야. 무슨 뜻인지 알지? 죽을 수도 있어. 만약 그렇게 되면 그건 순전히 네 탓이야."

마야는 바로 옆에 목석처럼 있는 소년을 바라보았다.

"잘 가, 모." 마야가 말했다.

소년은 발을 조금 움직여 자세를 바꾸었다. 마야는 다시 보니를 보았다.

"아무한테도 말하지 않을게."

"꼭 그래야 돼."

보니는 왔던 길로 다시 돌아갔다. 모는 잠시 마야를 바라보며 그대로 서 있었다. 보니가 어깨 너머로 모를 불렀다.

"어서 가자, 덩치."

그러자 모는 뒤돌아서 보니를 따라갔다. 마야는 그들이 사라지는 걸 지켜본 뒤 계단을 넘어 로언트리로 이어지는 키 큰 풀밭에 들어섰다. 로언트리는 등성이에 가려 아직 보이지 않았다. 마야는 다시 심장이 쿵쿵 뛰기 시작하는 걸 느꼈다.

젭이 언제든 다시 나타날 수 있었다. 아까도 이 풀 속에 숨어 있지 않았던가. 어쩌면 또다시 자신 앞에 불쑥 나타나 길을 가로막을지도 모른다. 그 악몽 같은 숨바꼭질을 비롯해 모든 것이 다시 시작될 수도 있다. 심지어 여기서, 아무도 보지 않는 틈을 노려 자신을 죽일지도 모른다.

드디어 로언트리가 시야에 들어왔다. 창문마다 불이 환히 켜져 있었다. 마야는 뛰기 시작했다. 왼쪽으로 더 많은 불빛들이 보였고, 이제는 도로에 늘어서 있는 경찰차들을 볼 수 있었다. 그리고 손전등 불빛이 보였다.

시체가 묻혀 있던 바로 그곳이었다.

17

로언트리 라운지의 소파에서 엄마는 마야를 팔로 감싸고 있었고, 아빠와 톰은 왼쪽에 앉아 있었다. 헨더슨 경위와 코커 경장은 오른쪽에, 애니 쇼는 바로 앞에 있었다. 마야는 다시 애니를 보았다.

마야는 이 순경이 무엇 때문에 여기 있는지 알고 있었다. 애니는 지난번 경찰 조사 때는 자리에 없었다. 그러나 이번에는 헨더슨 경위가 로언트리의 이 다루기 어려운 여자애에게 특별히 밀착 지원을 붙일 필요가 있다는 결정을 내린 것이다.

마야는 얼굴을 찌푸렸다. 애니 쇼가 아닌 다른 사람이었다면 좋았을 텐데. 애니 쇼와는 너무 많은 일들이 얽혀 있었기 때문에, 애니의 친절한 태도에도 불구하고 마야는 신경이 곤두서 미묘하게 고집을 피웠다.

"좋아, 마야." 애니 쇼가 말했다. "아주 힘든 일이라는 건 알아. 하지만 세부적인 것들을 정확히 파악하기 위해 모든 걸 다시 검토하고 싶거든."

"마야가 말할 수 있는 건 이미 다 한 것 같은데요." 엄마가 대신 대답했다.

"그렇다고 하더라도요." 애니가 대꾸했다.

애니는 마야를 빤히 보았다.

"괜찮겠니? 다시 한번 검토해 봐도 될까?"

마야는 아무 말도 하지 않았다. 창밖에서 과학수사팀과 다른 경찰들이 시체가 매장된 곳에서 분주히 움직이는 소리가 들렸다. 도로에서도 사람들이 웅성거리는 소리가 났다. 마야는 그 소리에 귀를 기울였다. 아직 한밤중인데도 마을에서 사람들이 우르르 몰려온 모양이었다. 저 아래 경계벽에서 맥머도가 이것저것 묻는 소리가 빤히 들렸다. 아침 식사 때쯤이면 헴베리에 사는 모든 사람들이 로언트리 밖에서 발견된 시체―그리고 먼로 씨네 집의 어린 딸이 퍼뜨린 최근의 헛소리―에 관해 알게 될 것이다.

애니 쇼는 미소를 지었다.

"마야, 이번엔 말이야. 내가 먼저 얘기를 해볼게. 넌 내 말을 듣고 뭐든 잘못된 게 있으면 지적해 주는 거야. 어때, 괜찮겠니?"

"좋아요."

"그러니까, 넌 부모님 방에서 엄마와 함께 자고 있었어. 그때 창밖에서 어떤 소리가 났지. 넌 밖을 내다보았고 목초지에서 뭔가가 계속 땅을 파고 있는 걸 알아챘어. 사람의 모습은 보이지 않았지만 넌 확인하려고 밖으로 나갔어. 지금까지 내가 한 얘기가 맞니?"

"네." 마야가 말했다.

"확실해?"

"네."

"좋아." 애니가 말했다. "넌 손전등과 삽을 챙긴 다음 살펴보러 나갔어."

마야는 주위가 침묵에 잠기는 것을 느꼈다.

"네." 마야가 대답했다.

"여기까지도 맞지, 그렇지?"

"네."

"부모님을 깨우지는 않았고?"

"네, 안 깨웠어요."

"왜 그랬지?"

"아까 말씀드렸잖아요." 마야가 말했다. "전 그냥―"

"두 분을 깨우고 싶지 않았을 뿐이라고?"

"네."

"부모님이 요즘 잠을 잘 못 주무셔서 두 분을 귀찮게 하고 싶지 않았단 말이지?" 애니가 물었다.

"네."

"톰도 있었잖아." 애니가 말했다. "오빠를 깨울 생각은 안 했니?"

"네."

"톰도 곤히 자고 있었어?"

"모르겠어요… 전 그냥… 깨울 생각이 들지 않았어요."

마야는 톰을 힐끗 쳐다보았다. 톰은 입을 꾹 다물고 있었다.

"좋아." 애니가 계속했다. "넌 목초지로 들어갔어. 그러고는 덤불 옆에서 파헤쳐진 땅을 발견하고 삽으로 주위를 이리저리 쑤셔보다 죽은 여우 머리를 봤어. 그다음엔 사람의 발이 흙더미 밖으로 쑥 삐져나와 있는 것도 발견했고. 그래서 도움을 청하러 로언트리로 달려오려고 했는데 젭이 나타난 거야. 그… 여우 변장을 하고."

"네."

헨더슨 경위가 의자에 앉은 채로 자세를 바꿨다. 애니 쇼는 그를 힐끔 쳐다본 뒤 다시 마야를 보았다.

"넌 너무 놀라서 손전등과 삽을 떨어뜨렸어." 애니가 말을 이었다. "다행인 일이었지. 그리고―"

"왜요?" 마야가 물었다.

"너희 부모님이 네가 사라진 걸 알고 신고해서 우리가 여기 왔을 때, 창문 밖에서 손전등 빛을 보았고 그걸로 네가 어디 있는지를 알 수 있었거든. 또 시체의 위치도 알 수 있었고. 아무튼, 넌 손전등과 삽을 떨어뜨렸고, 젭은 밭을 가로질러 널 뒤쫓았어. 그러다 갑자기 젭은 사라져 버렸지. 지금까지 내가 한 얘기가 맞아?"

"네." 마야가 답했다.

"그러고 나서 네가 마지막에 어디에 있었는지는 기억할 수 없단 말이지?"

"네."

애니가 몸을 앞으로 기울였다.

"혹시 젭이 널 폭행하진 않았니?"

"젭은…"

"젭이 뭐?"

"젭이… 제 앞에 나타났어요."

"네 앞에 나타났다고?"

마야는 열심히 머리를 굴렸다. 모에 관해 말하지 않고 보니와의 약속을 지키면서 젭이 한 짓을 신고할 방법을 찾아야 했다.

"젭이 가까이 다가왔어요." 마야가 말했다. "그리고 저한테… 재미나게 보내보자고 말했어요. 그런 다음 자기 몸을 제게 바싹 들이댔고요. 그래서… 그래서 절 그냥 내버려 두라고 했어요. 하지만 젭은 제 어깨를 잡고ー"

"잠깐만." 헨더슨 경위가 끼어들었다. "좀 전에는 젭이 널 뒤쫓았고 그러다 사라졌다고 했잖아. 그런데 지금은 그 녀석이 나타나서 널 붙잡으려 했다는 거야?"

"네, 그 사체 옆에서요."

마야는 어떻게든 이야기를 그럴듯하게 연결하려 애쓰며 재빨리 얼굴들을 훑어보았다.

"그 사체 옆에서 말이에요." 마야가 말했다.

"덤불 근처요. 거기서 젭과 마주쳤어요. 그리고… 방금 말한 모든 짓을 했어요. 그래서 전 도망쳤고 젭이 뒤쫓아왔던 거죠. 그러고 나서는 젭을 따돌린 것 같아요. 갑자기 사라져 버린 걸 보면요."

마야는 톰이 고개를 내젓는 걸 보았다.

"마야, 대체 무슨 일이 있었던 거야?" 톰이 투덜거렸다.

"오빠ー"

"예전에는 이런 적이 한 번도 없었잖아. 처음에는 갑자기 숲으로 달아나더니 있지도 않은 시체들을 봤다고 하지 않나."

"분명 거기 있었어."

"하지만 경찰은 아무것도 발견하지 못했어. 그런데 지금 또 달아났고."

"그런데 이번에는 시체가 있잖아." 마야가 말했다. 마야는 헨더슨 경위를 보았다. "아닌가요?"

"있어, 마야." 경위가 대답했다. "이번에는 시체가 있지."

"그런 건 중요하지 않아." 톰이 마야를 쏘아보며 말했다. "중요한 건, 이전에는 네가 이런 식으로 행동한 적이 없었다는 거야. 거짓말을 한 적도 없었고."

"톰." 엄마가 나섰다. "진정해."

문이 열리고 베켓 순경이 들어왔다.

"경위님?" 순경이 헨더슨 경위를 보며 말했다.

헨더슨 경위는 문으로 걸어가 베켓 순경과 몇 마디를 나누더니 다시 의자로 돌아왔다.

"시체의 신원이 확인되었습니다." 경위가 말했다. "훼손 정도를 감안하면 꽤 쉽지 않을 것 같았는데 말이죠."

경위가 천천히 심호흡을 했다.

"그런데 아무래도 아직 세부적인 내용들을 밝힐 때는 아닌 것 같군요."

마야는 몸을 떨었다. 그 세부적인 것들이 무엇인지 짐작할 수 있었다. 끔찍한 인형, 나무에 새겨져 있던 형상, 훼손된 여우의 사체가 떠올랐다. 마야는 머릿속에서 이 모든 것들을 떨쳐내려 애썼다.

"혹시 죽은 사람의 이름을 말해줄 수 있나요?" 아빠가 말했다. "안 되는 일인가요?"

"이번 건에 한해서는 말씀드리는 게 좋겠군요." 헨더슨 경위가 말했다. "피해자에 대해 여러분과 이야기를 해야 할 것 같거든 요."

"대체 누굽니까?" 아빠가 물었다.

"리베카 플린트 부인입니다."

헨더슨 경위가 마야를 돌아보았다.

"넌 부인을 알고 있었니?"

"왜 갑자기 마야한테 그걸 물으시는 거죠?" 엄마가 말했다.

"특별한 이유는 없습니다." 경위가 대답했다. "그저 마야가 전에 플린트 부인을 만난 적이 있나 싶어서요. 아니면 여러분 중다른 사람이 만났을 수도 있고요. 분명 어떤 연관이 있어 보여서요."

"대체 어떤 연관이 있다는 건지 모르겠군요." 아빠가 말했다.

"아빠." 마야가 말했다. "플린트 부인과 그 남편은 우리가 인수하기 전에 이 로언트리의 주인이었어요. 아주머니 남편이 그분을 버리고 떠났지만 아주머니는 계속 이 마을에 살았고요. 이건제이크가 말해준 거예요. 저는 이틀 전에 교회 바깥에서 아주머니를 만났어요. 그분이 여기까지 저를 바래다주었고요."

톰이 끙 하는 소리를 냈다.

"그럼 살아 있는 플린트 부인을 마지막으로 본 게 너일 수도 있겠네."

"아냐, 그렇지 않아." 마야가 말했다.

"누가 또 있단 말이야?"

마야는 톰을 쏘아보았다.

"아주머니를 죽인 사람이겠지."

마야는 팽팽한 긴장의 물결이 주위로 퍼져가는 걸 느꼈다.

"특별히 기억나는 건 없니?" 헨더슨 경위가 물었다. "플린트 부인과 나눈 말이라든가."

"저한테 조심하라고 했어요."

"조심하라니, 뭘?"

"그냥 조심하라고만 했어요."

"흐음."

헨더슨 경위는 동료들을 둘러보았다.

"피해자가 플린트 부인이라면 연결 고리는 하나밖에 없겠군." 경위가 말했다. "헴베리에 떠도는 소문만 놓고 보자면 말이지."

다른 경찰들이 고개를 끄덕였다.

"그게 무슨 뜻이죠?" 아빠가 물었다.

누구도 대답하지 않았다. 헨더슨 경위가 자리에서 일어났다.

"한숨 돌리실 수 있도록 저희는 잠시 자리를 비우겠습니다." 경위가 말했다. "마야도 챙기셔야 할 테니까요. 하지만 마야, 미리 일러두는데 아무래도 너한테는 몇 가지를 더 물어보게 될 것 같구나. 그리고 다른 분들께도 질문을 드릴 수 있습니다."

"어떤 식으로든 최대한 협조해 드리지요." 아빠가 말했다.

"고맙습니다."

"젭을 체포하실 건가요?" 엄마가 물었다.

"우선 찾아야겠지요." 헨더슨 경위가 대답했다. "그래요, 젭과 얘기를 나눠봐야 합니다. 그래야 다음 국면으로 넘어가겠죠."

그러고는 주위에 있는 사람들을 모두 둘러보았다.

"추후 통지가 있을 때까지 모두 이곳을 떠나지 말아주시면 수사에 큰 도움이 될 겁니다. 특히 마야, 이건 너한테 해당되는 말이다, 알겠지?"

"마야는 아무 데도 가지 않을 거예요." 엄마가 말했다. "당분간 외출 금지거든요."

"마야만이 아닙니다." 헨더슨 경위가 말했다. "여러분 모두 외출을 삼가주시고 가능한 한 이곳에 머물러주십시오. 무엇보다 이것은 여러분들의 안전을 위한 겁니다. 살인자가 아직 체포되지 않았으니까요. 먼로 씨, 가족 외에 지금 이 로언트리에 머물고 있는 사람이 모두 몇 명이나 되죠?"

"아무도 없어요." 아빠가 대답했다.

"손님이 전혀 없습니까?"

아빠는 엄마를 힐끗 쳐다본 뒤 다시 헨더슨 경위를 보았다.

"네, 지금은요." 아빠가 답했다.

"상주하는 직원들도 없고요?"

"네."

"그럼 여러분 네 사람만 여기 살고 있다는 말씀이군요?"

"그렇죠."

헨더슨 경위가 코트를 입었다.

"우리는 괜히 남의 일에 참견하길 좋아하는 사람들이 이곳에 접근하지 못하도록 할 겁니다. 그렇다 해도 원치 않는 관심은 감수해야 될 테니 마음의 준비를 하시는 게 좋을 겁니다. 목초지는 곧 출입이 통제될 거고 경찰의 허락 없이는 아무도 들어갈 수 없습니다. 여러분도 마찬가지고요. 그동안 여러분은 이 로언트리에 머물러주십시오. 창문과 문은 모두 잠가주세요. 그리고 이곳에 들이는 사람들에 대해서는 각별히 주의를 기울여주십시오."

"영업은 계속할 수 있는 거죠?" 아빠가 물었다. "손님을 계속 받아야 되는 상황이거든요."

"우리한테 영업까지 막을 권리는 없어요." 헨더슨 경위가 말했다. "하지만 영업을 중단해 주시면 저희 입장에서는 한 가지 걱정은 줄겠지요."

"아니, 왜요?" 엄마가 물었다. "우리가 문을 여는 게 경찰 수사와 무슨 관련이 있죠?"

"그럼 이렇게 설명해 보지요." 경위가 말했다. "로언트리의 전 주인은 집 근처 목초지에서 사체로 발견되었습니다. 현 주인의 따님은… 이걸 어떻게 말해야 하나, 아무튼 계속 문제에 휘말리고 있어요. 그 말은 곧, 누군가가 이곳을 노리고 있다는 뜻 아닐까요?"

헨더슨 경위가 고개를 끄덕여 인사했다.

"다들 시간 내주셔서 감사합니다."

경위가 밖으로 나갔다. 하지만 거의 바로 문이 다시 열리더니 애니 쇼가 들어왔다.

"무슨 일이시죠?" 엄마가 물었다.

"이런 말씀을 드릴 때가 아니라는 건 압니다, 부인." 애니가 말했다. "브린과 제가 오늘 이곳에서 저녁 식사를 하기로 했지요. 제 생각엔 예약을 취소하길 바라실지도 모르겠어서요."

"아뇨, 그럴 필요 없어요." 엄마가 말했다.

"저희도 그러고 싶지 않아요." 애니가 말했다. "사실 로언트리는 저희한테 아주 특별한 곳이거든요. 저희 첫 데이트 장소였죠. 제 말을 이해하실지 모르겠지만, 오늘 저녁에 브린은 제게 아주 중요한 청을 할 생각인 것 같아요. 그런데 저는 지금 이곳에서 일어나는 일에 대해 누구보다 잘 알고 있고, 여러분도 원치 않을 것 같아서 —"

"저희는 지금 어떻게든 영업을 해야 하는 상황이라서요." 엄마가 말했다. "두 분은 얼마든지 여기 계실 수 있어요."

"물론이죠." 아빠가 말했다. "두 분을 손님으로 맞는다면 저희도 기쁠 겁니다."

"감사합니다." 애니가 말했다. "정말 감사합니다."

"오지 마세요." 마야가 불쑥 말했다.

마야는 눈을 내리깔았다. 머릿속엔 숲에서 보았던 장면들이 이리저리 떠다녔다. 그리고 그 사이에 애니 쇼의 얼굴이 있었다.

"오지 마세요." 마야가 다시 말했다.

마야는 엄마가 벌떡 일어나는 걸 느꼈다. 엄마는 작은 소리로 말하며 애니 쇼를 문으로 데려갔다. 그러나 엄마의 속삭임은 마야에게도 들려왔다.

"마야는 지금 심리적으로 몹시 불안한 상태예요. 너그럽게 이해해 주세요."

"물론이죠."

"두 분의 테이블은 준비해 둘게요. 저희도 무척 기대되네요."

마야는 눈을 감았다. 그러나 그 숲속 장면은 점점 더 선명해졌다.

18

다시 커다란 더블베드였다. 마야는 엄마 옆에서 경직된 자세로 누워 있었다. 자신 때문에 가족들이 망신을 당했다. 누구도, 심지어 톰조차도 그렇게 말하지 않았지만, 가족들이 어떻게 생각하고 있는지는 분명했다. 마야는 아빠와 톰이 위층에서 서성거리는 소리에 귀를 기울였다.

"저기는 정말 확인할 필요가 없는데 그러네." 엄마가 말했다. "일층하고 이층 방들을 살펴봤잖아. 더 이상은 필요 없는데 왜 저러고들 있는지 모르겠구나."

마야는 아무 말도 하지 않았다. 마야가 보기에 오히려 아빠와 톰은 로언트리를 샅샅이 점검하지 않는 것 같았다. 엄마가 손을 뻗어 마야를 가까이 끌어당겼다.

"마야, 난 너한테 화난 게 아냐." 엄마가 말했다.

"아뇨." 마야가 답했다. "화나 있어요. 아빠도 그렇고, 오빠도 그렇고."

"그렇지 않아."

"오빠는 나한테 계속 화를 내잖아요."

"아냐, 그렇지 않아. 톰은 널 몹시 걱정하고 있어. 걱정이 너무 크다 보니 불안해서 그러는 거야. 아까 화를 낸 것도 그래서였고. 경찰 앞에서는 좀 참기를 바랐는데 결국 터뜨리고 말더구나. 톰이 어떤 애인지는 너도 잘 알잖아. 일단 뭔가 머릿속에 들이닥치면 바로 입으로 내뱉어 버리는 게 그 애 천성인 걸 어떡하겠니? 그렇다고 너한테 화가 난 건 아냐. 우리도 마찬가지고. 단지 널 걱정하고 있는 것뿐이야."

마야는 귀를 기울였다.

"소리도 안 내고 둘이 저 위로 올라갔나 봐요."

"걱정 마." 엄마가 말했다. "곧 소리가 들릴 테니까."

아니나 다를까, 다락으로 올라가는 발소리가 다시 들렸다.

"저 위에는 대체 뭐 하러 올라가는 거지?" 엄마가 말했다. "건물 꼭대기로 침입할 사람이 누가 있다고. 별수 없지. 수색이 무사히 끝나길 바라는 수밖에. 우리는 이제 눈을 좀 붙이자꾸나."

엄마가 하품을 했다.

"마야, 우린 정말 너한테 화난 게 아냐, 알겠지? 그냥 널 걱정하는 거야. 다만 몹시 혼란스럽기는 해. 이런 식의 행동은 너답지 않으니까."

"죄송해요." 마야가 말했다.

"살인자가 지금도 동네를 활보하고 있어. 앞으로는 절대 몰래 집을 뛰쳐나가선 안 돼."

"알아요." 마야가 대답했다. "나가지 않을게요. 약속해요."

"저번에도 약속한 것 같은데." 엄마가 말했다.

다락에서 내려오는 발소리가 들렸다. 그 소리는 둘로 갈라져 톰은 제 방으로, 아빠는 7호실로 향했다. 잠시 후 주위는 다시 조용해졌다. 마야는 계속 귀를 기울이고 있었다.

로언트리에서는 어떤 소리도 들리지 않았고 도로에서도 마찬가지였다. 마야는 천천히 숨을 내쉬었다. 이제 마야가 귀를 기울이는 소리는 오직 한 가지였다. 사실상 그 소리가 나기를 바라고 있는 것이나 마찬가지였다. 그래야 엄마도 같은 소리를 듣고 자신을 믿게 될 테니까.

그러나 문에서는 아무 소리도 들리지 않았다.

엄마는 마야에게 입을 맞추었다.

"이젠 말해줄 거지?" 엄마가 말했다. "진짜로 무슨 일이 있었는지 말이야."

마야는 보니와 모, 그리고 그들과 했던 약속을 떠올렸다.

"사실이 아니었어, 그렇지?" 엄마가 말했다. "네가 경찰에게 말한 것들 말이야. 물론 일부는 사실이었겠지만 대부분은 아니었어. 아빠도, 톰도, 나도 알아. 왜냐하면 우리는 네가 어떤 아이인지 너무나 잘 알고 있으니까. 하지만 경찰도 곧이곧대로 듣지는 않았던 것 같아."

엄마가 말을 멈췄다.

"내 생각엔 경찰이 널 더 심하게 몰아붙이지 않은 이유는 하나같구나. 그게 무엇이었든, 네가 엄청나게 충격을 받았다는 게 보였을 테니까."

마야는 울기 시작했다.

"괜찮아, 아가." 엄마가 말했다. "너한테 감당 못 할 일이 일어났다는 건 아무도 의심하지 않아. 그리고 그 젭이라는 아이에 관한 얘기는 절대 거짓말이 아니라고 생각해. 경찰이 걔를 빨리 잡아야 할 텐데. 하지만 우리는 알 수 있어. 네가 겪은 일들을 사실대로 말하지 않고 있다는 걸 말이야."

"그럴 수가 없어요." 마야가 말했다. "그 이상은… 말할 수 없어서 그래요."

"엄마한테도?"

마야는 계속 울었다.

"괜찮아." 엄마가 말했다. "그래도 괜찮아."

"괜찮지 않아요. 난 지금 끔찍해지고 있어요."

"끔찍하다니, 그렇지 않아." 엄마가 답했다. "너무 무서워서 아무 생각이 안 나는 거야. 그래서 그런 생각이 드는 것뿐이고. 넌 조금도 끔찍하지 않아."

두 사람은 아무 말 없이 그대로 누워 있었고 마야는 겨우 울음을 그쳤다.

"엄마?" 마야가 불렀다.

"응, 아가."

"난 정말 시체들을 봤어요."

"그래, 틀림없이 봤을 거야."

"엄마도 내가 그걸 지어냈다고 생각하죠? 나도 알아요. 하지만 상상이 아니에요."

엄마가 다시 마야에게 입을 맞추었다.

"나는 계속 궁금했어." 엄마가 말했다.

"뭐가요?"

"혹시 네가 애니 쇼와 그 남자친구와 뭔가 얽혀 있는 게 아닐까 하고."

"그게 무슨 말이에요?"

"무슨 말인지 알 것 같은데." 엄마가 말했다. "넌 그 둘이 여기서 저녁 식사를 하는 걸 원치 않았어. 왜 그랬을까? 계속 이유를 생각해 봤지. 그때 문득 떠올랐어. 네가 숲에서 보았다던 죽은 남자가 빨간 머리였다는 걸 말이야. 브린이라는 사람도 빨간 머리 아니었니? 밀리가 분명 그렇게 말한 것 같은데."

마야는 대답하지 않았다.

"그 사람 머리칼이 빨간 게 맞지?" 엄마가 물었다.

"맞아요."

"그럼 그것 때문이니? 그 남자가 빨간 머리라는 게 걱정스러운 거야? 아니면 애니 쇼 때문인가? 넌 그 여자를 유독 경계하고 있잖아. 내가 보기엔 좋은 사람 같던데."

"네, 좋은 분이에요."

"그럼 정말 브린 때문이야? 그가 문제인 거야? 넌 그 사람을 만났다고 했지? 어땠니?"

"그 사람도 좋은 사람 같았어요."

"그럼 왜 두 사람이 여기 와서 식사하는 걸 원치 않는 거야? 로언트리는 그 커플에게 아주 특별한 장소야. 애니가 그렇게 말했잖니. 여기가 첫 데이트 장소였다고. 그리고 저녁을 먹으면서 브린이 애니한테 아주 중요한 청을 할 것 같다고 했어. 내 생각엔 애니에게 프러포즈를 하려는 것 같아. 게다가, 우린 지금 돈이 필요하단다. 마야, 이건 모두에게 좋은 일이야. 그런데도 그들이 여기 오는 게 마음에 걸리니?"

마야는 다시 숲을 떠올렸다.

공터, 시체들.

자신을 끌어당기던 여우의 눈.

마야는 또다시 그 동물을 가까이서 느낄 수 있었다.

"그냥 그 둘이 여기 오는 게 싫어요." 마야가 말했다.

엄마는 길게 한숨을 내쉬었다.

"그렇구나. 하지만 단순히 네가 싫다는 이유만으로 둘이 여기 오는 걸 막을 수는 없어. 납득할 만한 이유가 있어야 해. 그렇지만 아직은 납득할 만한 이유가 없어 보이고. 그건 네가 우리한테 아무것도 말해주지 않고 있기 때문이야."

"전 단지…"

마야는 입을 다물고 말았다. 부질없는 짓이었다. 설령 숲에서 실제로 보았던 것을 털어놓는다 해도 엄마는 결코 그 말을 믿지 않을 것이다. 애니와 브린이 지금도 그 숲에 죽은 채 쓰러져 있을 가능성은 없어 보였다. 그렇다 해도….

어쩌면 그 장면은 다른 의미를 지닌 것인지도 모른다.

한층 더 불길한 의미를.

만약 그것이 사실이라면, 애니와 브린이 저녁 데이트에 어떤 의상을 입고 나타날지는 분명했다. 거기엔 딱 한 가지가 빠져 있을 것이다. 말굽 모양 펜던트. 마야는 문득 그렇게 되길 바라고 있는 자신을 발견했다. 만약 그 펜던트가 보이지 않는다면 자신이 본 그 장면은 끝이 아닌 것이다.

설마, 정말로 그런 일이 일어날 수 있을까.

그러나 그 장면의 진짜 의미가 바로 그것이라면.

엄마가 마야에게 속삭였다.

"걱정을 사서할 필요 없어. 모든 게 다 괜찮아질 거야. 엄마가 약속할게. 그 살인자는 곧 잡힐 거고 지금 벌어지고 있는 일들은 어떻게든 정리가 될 거야. 또 널 괴롭히는 다른 문제도 해결될 테고. 곧 좋아질 테니까 아무 걱정 하지 마."

엄마는 노래를 부르기 시작했다. 귀에 익은 편안한 옛 노래였다.

"아, 당신은 정말 보고 있군요. 저 바깥 정원에서 내 여인이…"

"노래가 마지막으로 건너뛰었어요."
마야가 말했다.
"시적 허용이라는 게 있잖아."
엄마가 말했다. 그러고는 노래를 계속 불렀다.

"빛나는 금발로 눈부신 태양과 겨루고 있는 걸 말입니다."

엄마가 마야의 손등을 두드렸다.
"난 말이야, 이게 마야 네 노래라고 생각해."
"제 머리는 금발이 아니잖아요."
"내가 이 노래를 부를 때면 넌 금발 머리가 되는 거야."
"엄마 머리가 나보다 더 금빛인걸요."
"그리고 흰머리도 너보다 많지."

엄마가 말했다.

두 사람은 서로 손을 맞잡은 채 다시 침묵에 빠져들었다.

"너 지금 뭔가에 귀를 기울이고 있구나." 엄마가 말했다. "그게 뭐니?"

"그냥 귀를 기울이고 있는 것뿐이에요."

"오, 마야. 넌 비밀이 참 많기도 하구나."

"무슨 뜻이에요?"

"너무 많은 것들을 숨기고 있다는 뜻이야."

마야는 망설였다.

"실은 벽을 긁는 소리가 나지 않을까 귀를 기울이고 있었어요. 그 소리에 관해서는 엄마한테 이미 말했잖아요. 웨이드 박사님한테도 말했고요. 두 분 다 내 말을 믿지 않았죠. 하지만 난 분명히 들었어요. 지금도 그 소리를 들으려고 귀를 기울이고 있는 거예요."

"그 소리를 다시 들은 적이 있었니?" 엄마가 물었다.

"오늘밤엔 듣지 못했어요."

"다행이구나. 이리 와, 엄마가 안아줄게."

마야는 눈을 감고 엄마에게 바짝 붙었고 곧 잠이 들었다. 하지만 잠은 그리 오래가지 않았다. 마야는 갑자기 깨어났다. 이유를 알 수 없는 두려움이 자신의 몸속을 마구 헤집고 다니는 것 같았다. 엄마는 여전히 마야를 안은 채 잠들어 있었고 주위는 온통 어둡고 고요하기만 했다.

마야는 방 주위를 둘러보았다. 특이한 건 아무것도 없었다. 어둠 속에서는 아무 소리도 들리지 않았다. 하지만 마야의 눈은 계속 주위를 살폈다. 창문에는 여명이 밝아올 기미가 전혀 보이지 않았다. 문득 뒤를 돌아보고 싶은 충동이 일었다. 그러려면 몸을 돌려야 하는데 엄마 품을 벗어나거나 문 주위에서 눈을 떼고 싶지는 않았다.

그러나 뭔가가 자신을 깨운 것이 분명했고 그것이 바로 뒤에 왔다는 예감이 들었다. 방 안은 여전히 고요했다. 마야는 시선을 이리저리 돌리며 엄마에게 더 바짝 달라붙었다. 하나같이 어슴푸레한 형체들뿐이었다.

화장대, 의자, 옷장, 서랍장.

그리고 문.

바로 그때 소리가 났다.

득, 득, 득.

이어지는 침묵.

엄마가 몸을 뒤척였으나 깨어나진 않았다. 마야는 엄마를 꽉 붙들었다.

"엄마." 마야가 소곤거리듯 말했다. "그게 저 밖에 있어요."

엄마는 뭔가를 중얼거리더니 그대로 다시 잠들었다.

침묵이 이어졌다. 마야는 바짝 귀를 기울였다. 잘못 들은 것이어야 했다. 조금 전 아빠와 톰이 집 안을 돌아다니며 방들을 점검하고 문과 창문도 모두 잠그지 않았던가.

"엄마." 마야가 다시 불렀다.

이번엔 엄마가 깨어났다.

"왜 그래?"

"그 소리를 들었어요." 마야가 말했다. "문을 긁는 소리요. 정말 들었다니까요."

"얼마나 됐니?"

"방금 들었어요."

엄마는 침대에서 나와 문 쪽으로 걸어갔다.

"안 돼요, 엄마."

"괜찮아."

엄마가 자리에서 일어나 문을 열었다. 그리고 거기 서서 밖을 내다보았다. 마야는 초조한 눈으로 엄마를 좇았다. 엄마는 복도 조명을 켜고 밖으로 걸어나갔다.

"엄마." 마야가 불렀다. "절 두고 가지 마세요."

엄마가 힐끗 마야를 돌아보았다.

"이상한 건 전혀 안 보이는데? 하지만 네가 원한다면 확인해볼게. 넌 그냥 침대에 웅크리고 있으면 돼. 이불 속으로 들어가 푹 뒤집어쓰고 있어. 오래 걸리지는 않을 거야. 문은 닫고 나갈게. 그럼 넌 안전할 거야."

"엄마, 제발."

엄마는 잠시 마야의 얼굴을 살피더니 미소를 지어 보였다.

"알았어."

엄마는 다시 복도 조명을 끄고 방문을 닫았다. 그리고 침대로 올라왔다.

"밖에 위험한 게 있는 것 같진 않아."

"하지만 분명 그 소리를 들었어요."

"난 네가 잠든 줄 알았어. 네가 나보다 먼저 잠들었거든. 널 더 듣어보고 알았지."

엄마가 다시 마야를 가까이 끌어안으며 말했다.

"자, 한숨 더 자자."

두 사람은 그렇게 누웠고 잠시 후 엄마는 다시 잠이 들었다. 마야는 이불 속에서 몸을 웅크렸다. 그리고 다시 귀를 기울인 채 바깥을 뚫어지게 노려보았다. 침묵 속에서 밤은 계속되고 있었다.

19

경찰은 아침에 다시 찾아왔다. 게다가 이번에는 새로운 구경꾼들까지 몰고 왔다.

"그래, 지금 우리한테 필요한 건 사람들이 벌 떼처럼 몰려드는 것뿐이지." 창밖을 유심히 살피며 아빠가 중얼거렸다.

마야와 엄마도 밖을 응시했다.

"하지만 경찰이 사람들을 막고 있잖아요." 엄마가 말했다.

"상관없어요." 아빠가 말했다. "어쨌든 우리는 모두 다 그 빌어먹을 기삿거리가 될 거요. 로언트리와 한 구의 시체. 이 따위 사건의 주인공들이 되는 거지. 하지만 영업을 위해선 오히려 잘된 일인지도 모르지. 큰 도움이 될 테니까."

도로는 몰려든 카메라와 마이크에 완전히 점령당한 것 같았다. 취재 기자들 틈에 이 지역 방송국에서 나온 몇몇 기자들도 눈에 띄었다. 마야는 맥머도가 그들 중 한 명과 인터뷰하고 있는 걸 볼 수 있었다. 경찰은 일렬로 늘어서서 로언트리 입구를 막고 있었다. 지금까지는 아무도 이 저지선을 뚫지 못했다. 그러나 상황은 곧 바뀔 듯 위태로워 보였다.

베켓 순경과 또 한 명의 여경이 현관으로 들어오고 있었다.

"할 말이 있어 왔나 본데 가서 들어나 봐야겠군." 아빠가 말했다. 그러고는 아래층으로 내려갔다.

마야는 팔 하나가 슬그머니 자신의 어깨를 감싸는 걸 느꼈다.

"넌 외출 금지야." 엄마가 말했다. "절대 밖으로 나가서는 안 된다는 것, 잊지 않았지?"

"네, 알아요."

엄마가 팔에 힘을 꽉 주었다.

"걱정하지 마. 여기 있으면 안전할 거야."

마야는 얼굴을 찌푸렸다. 지금은 그 어느 곳도 안전하게 느껴지지 않았다. 마을도, 밭도, 숲도, 모든 것이 위협적으로 보였지만 로언트리는 한층 더 위험하게 느껴졌다. 뭔가, 자신이 볼 수 없는 어떤 것이 이 집 안으로 몰래 숨어들었다. 그것은 방마다 ―대개는 마야의 방이었지만― 출몰했고, 득득 벽을 긁어 자신의 존재를 알렸다.

어딘가 가까운 곳에서 마야는 다시 여우의 존재를 느꼈다.

"저리 가." 마야가 녀석에게 소곤거리듯 말했다.

"뭔데 그러니?" 엄마가 말했다.

마야는 문 쪽으로 고개를 돌렸다.

"뭐가 있어?" 엄마가 말했다.

"저 밖에 뭔가 있어요. 복도에."

"아닌 것 같은데?"

"발을 질질 끄는 소리가 났어요."

"하지만 지금은 이렇게 조용하잖아."

"아뇨, 분명히 들었어요." 마야가 말했다.

"아빠가 다시 올라오는 소리였을 거야."

"아빠는 지금 아래층에서 경찰들과 얘기하는 중이에요. 난 그 목소리를 들을 수 있어요."

엄마가 잠시 귀를 기울였다.

"네 말이 맞구나." 엄마가 말했다. "정 그렇다면 엄마가 복도를 확인해 볼게."

그리고 침실 문 쪽으로 걸어갔다.

"틀림없이 아무것도 아닐 거야." 엄마가 말했다.

마야는 조심스레 그 모습을 지켜보았다. 엄마가 문을 열었다. 그리고 텅 빈 복도를 가리키며 말했다.

"보이니?"

"바깥에 틀림없이 뭔가가 있었어요."

엄마가 문밖으로 고개를 쑥 내밀더니 갑자기 소리쳤다.

"야, 거기 숨어서 뭐 하는 거야?"

이때 밖에서 발을 질질 끄는 소리가 났다. 엄마가 웃으며 말했다.

"괜찮아, 놀라긴. 그냥 장난으로 해본 말이야."

톰의 얼굴이 문간에 나타났다. 마야는 톰을 힐끗 쳐다보았다. 톰은 마치 무슨 말을 해야 할지 모르는 사람처럼 어색하게 마야를 보고 있었다. 마야는 다시 창문 쪽으로 시선을 돌렸다. 헨더슨 경위 주위에 소수의 촬영진이 모여 있는 게 보였다. 문간에서 엄마가 톰에게 소곤거리는 소리가 들렸다.

"마야한테 너무 심하게 굴지 마. 어제처럼 또 그렇게 화를 내면 안 돼, 알았지?"

마야는 입 속에서 말들이 마치 저절로 움직이는 것처럼 꿈틀거리는 걸 느꼈다.

"누군가가 곧 죽을 거야."

잠시 침묵이 흘렀다. 그리고 톰이 말했다.

"벌써 죽었어. 리베카 플린트가 죽었잖아."

"아니, 또 다른 사람." 마야가 말했다.

마야는 발자국 소리가 가까워지는 걸 들었고 엄마가 자신의 손을 잡는 걸 느꼈다.

"자, 먹자." 엄마가 말했다.

마야는 아침을 먹은 기억이 없었다. 하지만 배가 고프지 않아 음식을 깨작거리고 있었다. 엄마는 어서 먹으라고 성화였고 톰은 저만치 떨어져 있었다. 바깥 홀에서 여경들이 아빠에게 뭔가를 말하는 소리가 들렸다. 그러나 아직 마야에게는 아무것도 묻지 않았다.

갑자기 현관문이 열리고 닫히는 소리가 났다. 마야는 창가로 가서 바깥을 내다보았다. 저 아래 도로에서 두 여경이 코커 경장에게 뭔가를 말하고 있었다. 마야는 사람들의 시선이 자신에게 쏠리는 걸 보았고 곧 카메라 플래시가 터지기 시작했다.

아빠가 문간에서 말했다.

"마야, 커튼을 쳐. 사람들이 얼빠진 눈으로 우릴 쳐다보는 건 딱 질색이야."

마야는 깜짝 놀라며 뒤를 돌아보았다.

"들어오시는 소리를 못 들었어요."

"어서 커튼을 쳐." 아빠가 말했다.

마야는 커튼을 치고 아침 식사가 차려진 테이블에 앉았다. 엄마가 자리에서 일어나며 말했다.

"커피 마실 사람?"

"난 조금 이따가 하겠소." 아빠가 말했다.

엄마가 다시 자리에 앉았다.

"그래서 그 여경들이 뭐라고 하던가요? 마야와 다시 얘기할 수 있게 해달라고 온 것 아니에요?"

"맞아요. 마야한테 다시 물어볼 게 있다더군. 하지만 지금 당장은 아이가 너무 불안정해서 말할 수 있는 상태가 아니니 좀 기다리라고 했어요. 수사에 꼭 필요한 게 아니라면 두어 시간쯤 더 쉬도록 하거나 다른 날 와주면 더 좋겠다고 했소. 아무튼 마야가 마음을 좀 가라앉힐 수 있도록 여유를 달라고 했고 그들도 내 말에 동의하는 것 같았어요."

"그럼 마야가 살인 용의자란 말이에요?" 톰이 말했다.

"아냐, 그런 건 아냐." 아빠가 말했다.

"저들이 찾고 있는 건 젭이야."

"아직도 못 찾았대요?"

"그래, 아직."

"뭐 다른 소식은 없어요?" 엄마가 물었다.

"어젯밤에 우리한테 했던 얘기를 그대로 되풀이했을 뿐이오. 좀 더 자세하긴 했지만, 그걸 지금 여기서 말하고 싶진 않아요."

"왜요?" 톰이 말했다.

"그리 유쾌한 이야기가 아니라서 그래." 아빠가 말했다.

"나중에 방송에 나올 거야. 편집되어 나올지도 모르지만. 정 알고 싶으면 그때 보도록 해. 그 시체의 신원이 리베카 플린트라는 건 확실하다더구나. 우리보다 먼저 이 로언트리를 소유했던 사람이래. 그리고…."

아빠가 잠시 망설였다.

"까짓것 그냥 말해버리지 뭐. 그건 일종의… 제의적 살인이었던 것 같아."

"난 커피를 준비해야겠어요."

엄마가 일어나 주전자에 불을 켰다. 그리고 돌아서서 가족들을 보았다.

"아마 우리 모두 용의자로 의심받고 있을걸요."

"그렇진 않을 거요." 아빠가 말했다. "방금 말했다시피, 경찰이 정말 찾으려는 사람은 젭이오. 베켓 순경이 분명히 그렇게 말했소. 하지만 그들은 마야한테 좀 더 많은 것들을 물어보고 싶다고 했소."

초인종이 울렸다.

"호랑이도 제 말 하면 온다더니!" 엄마가 말했다. "무슨 일이 벌어지든 난 커피를 준비할 테니까 경찰은 당신이 가서 맞으세요."

그러나 주방으로 들어온 것은 경찰이 아니었다. 밀리와 록시, 그리고 제이크였다. 마야는 눈을 반쯤 들어 세 사람을 쳐다보았다.

"안색들이 별로 안 좋아 보이는구나." 밀리가 말했다.

마야는 밀리를, 아니 모두를 쳐다볼 수 없어 눈을 감았다.

"괜찮아, 마야." 제이크가 말했다.

마야는 다시 눈을 떴다. 제이크는 혼자 떨어져 있었다. 그리고 마야는 제이크가 울먹거리고 있음을 즉시 알아차렸다.

"많이 힘들 거야." 밀리는 이렇게 말하고 엄마에게 눈을 돌렸다. "저희 셋은 바로 일을 시작할게요. 플린트 부인에 관해선 우리도 마음이 몹시 아프답니다. 부인이 이곳의 주인이었을 때 우리한테 참 잘해주었거든요. 손님들이 많아서 바쁘면 더 좋겠지만 지금은 손님이 전혀 없으니까 저희는 청소를 할까 하는데, 괜찮으시죠? 저기 주전자에 커피 물 올려놓은 것 맞나요?"

"맞아요." 엄마가 대답했다.

"그건 록시가 할 거예요. 그렇지, 록시?"

"네, 제가 할게요."

"그럼 우리 다 같이 마시도록 해요." 엄마가 말했다.

"아니에요, 저희는 괜찮아요." 밀리가 말했다. "나중에 쉬면서 마실게요. 제이크, 넌 먼저 식당부터 청소하렴. 그런 다음 온실과 라운지로 넘어가면 될 거야."

제이크는 꼼짝하지 않았다. 마야는 그를 보았다. 제이크는 여전히 고통스러운 얼굴로 마야를 지켜보고 있었다.

"왜 그래, 제이크? 무슨 일 있어?" 마야가 물었다.

하지만 제이크는 대답하지 않았다.

"헨더슨 경위가 뭔가를 말했는데 헴베리에 떠도는 소문에 관한 거라고 했어." 마야가 계속했다.

"맞아, 게다가 그게 아주 중요한 문제인 것처럼 말했지." 엄마가 말했다.

록시가 커피 잔에서 눈을 들어 쳐다보았다. 하지만 아무 말도 하지 않았다.

"제이크는 그걸 알고 있어요." 마야가 말했다.

제이크가 엄마를 힐끗 보았다.

"먼로 아주머니, 잠시 앉아도 될까요?"

"물론이지."

제이크는 마야를 마주 보고 앉았다.

"제이크, 괴로운 일이면 말하지 않아도 돼." 엄마가 말했다. "그리고 그건 아마 우리가 상관할 일이 아닐 거야."

제이크는 어깨를 으쓱했다.

"지금은 모두 다 알고 있는 사실인걸요."

"그게 뭔데?" 톰이 물었다.

"젭과 플린트 부인에 관한 거지."

톰이 제이크를 빤히 쳐다보았다.

"말도 안 돼. 그러니까 그 말은⋯."

"맞아, 바로 그거야." 제이크가 말했다.

"하지만 젭은 겨우 열아홉 살 정도밖에 안 됐어. 플린트 부인은 분명⋯." 톰이 말했다.

"마흔이 넘었을 거라고?" 제이크가 말했다. "그래, 맞아. 부인은 마흔이 넘었지."

제이크가 얼굴을 찌푸리고는 자신의 말을 고쳤다.

"아니, 마흔이 넘었었지."

"맙소사." 톰이 탄식했다.

"처음에는 둘의 관계도 순수하게 시작되었을 거야." 밀리가 말했다. "난 플린트 부인이 젭을 동정했을 거라고 생각해. 젭은 이 근처를 떠도는 거친 부랑아였고 아무도 젭을 상대해 주지 않았어. 그 여자애들만 빼고. 미련하고 한심한 계집애들이었지."

"하지만 나이 차이가 너무 크잖아요." 엄마가 말했다.

"방금 말했듯, 순수한 감정에서 시작되었을 거예요. 젭은 일정한 거처 없이 이리저리 떠돌아 다녔어요. 어디서도 젭을 찾을 수 없었고 누군가의 눈에 띄는 일도 없었지요. 하지만 몇 주 동안 사라졌다가 불쑥 나타나 말썽을 일으키곤 했어요. 젭이 음흉하고 위험한 인물이라는 건 의심할 여지가 없지요. 하지만 부인의 눈에는 젭이 몹시 굶주린 미아처럼 보였을 겁니다. 그래서 불쌍히 여겼던 거지요."

"제이크 말이 정말 맞았군요." 아빠가 말했다. "그럼 마을 사람들 전체가 이 사실을 알고 있었단 말인가요?"

"모두 다 알고 있었던 건지는 모르겠어요." 밀리가 말했다. "하지만 로즈앤드크라운과 마을 상점에선 모두가 이 얘기를 수군거리곤 했지요. 뜬소문을 즐기는 사람들에게는 입에 올리기 딱 좋은 얘깃거리잖아요. 아무튼 플린트 부부는 이혼했고 남편은 다른 여자와 눈이 맞아 떠나버렸어요. 그 후 부인은 로언트리에서 나와 마을에 있는 다른 집을 구했고 곧 젭을 그 집 별채에서 묵게 했지요."

"하지만 별채에 머문 것과 그 일은 별개의 문제죠." 엄마가 말했다. "별채에 묵는다고 다 그런 건 아닐 테니까요…."

"그 일은 나중에 일어났어요." 제이크가 말했다.

제이크는 테이블을 내려다보았다.

"전 플린트 부인을 좋아했어요. 다들 부인을 속물로 보고 있었다는 건 알아요. 하지만 아주머니는 괜찮은 사람이었어요. 아니, 그 이상이었죠. 그분은 저와 록시에게 아주 잘해줬어요. 부인의 남편이 오만하고 무례하게 굴 때마다 늘 우리 편에 서서 두둔해주곤 했었죠. 하지만 틀림없이…."

제이크는 천천히 숨을 들이마셨다.

"아주머니는 틀림없이 많이 외로웠을 거예요. 하지만 플린트 씨가 크레스웰에서 온 여자와 눈이 맞아 떠난 뒤 부인이 특별히 남자들의 관심을 끌려고 애썼던 것 같진 않아요. 오히려 젭이 아주머니를 유혹하려고 했을 거예요. 그래서 아주머니는 잠시 동안만 외로움을 달래려고 했을 테고요. 하지만 젭이 그 집에 묵기 시작할 때부터 전 그게 부인에게 이롭지 않으리라는 걸 알았어요. 하지만 결과가 이렇게까지 나쁠 줄은 몰랐어요."

제이크가 다시 눈을 들었다.

"그런데 이제 상황이 더 나빠지고 있어요."

제이크는 시선을 마야에게 고정시켰다.

"그렇지 않니?"

20

마야는 자기 방문을 뚫어지게 쳐다보았다. 그것은 마치 보초 병처럼 거기 서서 마야의 길을 가로막고 있었다. 마야는 마음을 그 너머에 둔 채 문 앞에 섰다. 어떻게든 안으로 들어가야만 한 다는 것을 알고 있었다. 이 두려움을 극복해야 한다는 것도. 이 건 단지 평범한 방일 뿐이다. 그냥 손잡이를 잡고, 돌리고, 밀고, 들어가면 되는 것이다. 얼마나 쉬운가.

그러나 마야의 손은 제자리에 가만히 있었다.

마야는 로언트리 바깥에서 나는 목소리에 귀를 기울였다. 도 로 저 아래쪽에 있던 언론사와 지역 방송국 취재진은 마을 광장 쪽으로 자리를 옮긴 것 같았다. 아니면 강제로 옮겨졌거나. 로언 트리 안에서는 건물 맞은편에서 윙윙거리는 진공청소기 소음 외에는 어떤 소리도 들리지 않았다.

마야가 방으로 돌아가 혼자 있고 싶다고 했을 때, 반대한 사람은 한 명도 없었다. 마야는 톰이 따라가겠다고 나서면 어쩌나 걱정했다. 그러나 톰은 저만치 떨어져 계속 경계의 눈초리로 마야를 주시하고 있었다.

마야는 이제 모든 게 너무 두려웠다. 그동안 일어났던 일들뿐 아니라 앞으로 닥쳐올 모든 일이 두렵게만 느껴졌다. 마야는 불과 몇 시간 후면 이곳에 도착하게 될 애니와 브린의 모습을 떠올렸다. 두 사람이 그 숲에서 쓰러져 죽어 있는 모습이 보였고, 희미한 어스름 속에 공터 꼭대기에서 얼핏 보았던 나머지 두 사람, 땅바닥에 큰 대자로 뻗어 있던 사람과, 그 옆에 서서 내려다보고 있던 또 한 사람이 보였다.

그들은 대체 누구였을까? 이 모든 상황 속에서 그들은 과연 어떤 역할을 해야만 할까?

뒤에서 발자국 소리가 들렸다. 마야는 돌아섰다.

제이크가 거기 서 있었다.

"미안해. 네가 네 방에 있는 줄 알았어." 제이크가 말했다.

"막 들어가려던 참이었어."

"밀리가 청소 도구를 넣는 벽장에서 뭘 좀 가져오라고 시켜서."

"그 벽장은 이미 지나친 것 같은데."

"알아."

두 사람은 잠시 말없이 서로를 바라보았다.

"사실은 말이야." 마침내 제이크가 말을 꺼냈다. "네가 정말 괜찮은지 보려고 왔어."

"난 괜찮아."

"그럼 됐어." 제이크가 말했다.

"난 모두에게 혼자 있고 싶다고 했어." 마야가 말했다.

"나도 알아. 들었어."

"내가 방 안에 있었다면 어떻게 했을 건데?"

"그럼 방문을 두드렸겠지."

"정말?"

"응." 제이크가 말을 멈추었다. "아니, 뭐 아닐 수도 있고."

마야는 아무 말도 하지 않았다.

"그런데…" 제이크가 머뭇거리며 말을 이었다. "왜 방에 들어가지 않고 여기 있어?"

"말했잖아, 막 들어가려던 참이었다고." 마야가 말했다.

"그랬구나."

마야는 방문을 힐끗 쳐다본 뒤 다시 제이크를 돌아보았다.

"그럼 난 가볼게." 제이크가 말했다.

"신경 써줘서 고마워."

"마야?"

마야는 제이크의 안색을 살폈다. 고통스러운 기색은 여전했고 동시에 화가 나 있는 것 같았다.

"리베카 플린트 부인 일은 정말 유감이야." 마야가 말했다. "네가 정말 아주머니를 좋아했다는 걸 알아."

"넌 내 질문에 아직 대답하지 않았어." 제이크가 말했다.

"무슨 질문?"

"아까 아래층에서 내가 너한테 물었던 것."

또다시 마야의 머릿속에 그 숲과 인물들이 떠올랐다. 그리고 이제는 그 주위에서 어슬렁거리는 여우의 모습도 보였다.

"난 상황이 더 나빠지고 있다고 말했고 너를 보며 '그렇지 않니?'라고 물었어. 하지만 넌 아무 대답도 하지 않았어."

그 숲의 인물들은 여전히 머릿속을 떠나지 않았고 이젠 말굽 모양의 펜던트까지 보였다. 이 장면에서 유일하게 빠져 있는 단한 가지. 만약 그 장면이 자신이 두려워하는 그런 상황을 의미한다면, 바로 그 펜던트가 그 상황을 모면하게 해줄지도 모른다.

"이제 대답해 줄 거야?" 제이크가 물었다.

"나도 몰라."

"하지만 넌 뭔가 알고 있어."

"그 살인의 배후에 누가 있는지 난 몰라." 마야가 말했다. "다른 일들도 그렇고."

"아니, 넌 뭔가를 알고 있어."

"내가 두려워하고 있다는 건 알지." 마야가 말했다. "또 이상한 소리들을 듣고 아무도 보지 못하는 것들을 본다는 사실도 알고. 아무래도 내가 미쳤나 봐. 제정신이 아닌 것 같아."

"넌 미친 게 아냐, 두려워하고 있는 거지." 제이크가 말했다. "사실 이렇게 널 다그칠 일이 아닌데. 미안해."

윙윙거리던 청소기 소리가 잠시 멈추더니 곧 다시 들려왔다.

"저건 록시야." 제이크가 말했다. "그만 가봐야겠어. 나도 같이 해야 되거든."

"걱정해 줘서 고마워." 마야가 말했다.

제이크는 돌아서다 말고 걸음을 멈추더니 마야를 보았다.

"넌 분명히 뭔가 알고 있어. 네가 날 믿고 나한테 다 말해줬으면 좋겠어."

"난 널 믿어. 진심이야."

"하지만 말해주진 않겠다는 거지?"

마야는 대답하지 않았다. 제이크가 주먹을 꽉 쥐더니 벽을 가볍게 쳤다.

"나한테 화내지 마." 마야가 말했다.

"너한테 화내는 게 아냐. 다른 사람한테지."

"누구?"

"플린트 부인을 죽인 사람." 제이크가 말했다.

제이크는 복도를 따라 사라졌다. 마야는 제이크가 벽장 앞에서 멈춰 안을 뒤지고, 문을 닫고, 아래층으로 내려가는 소리를 들었다. 잠시 후 발자국 소리가 사라졌다. 마야는 마음을 다잡고 방으로 들어가기 위해 다시 문을 응시했다. 하지만 아무 소용이 없었다. 마야는 돌아서서 문에 등을 기댔다. 그리고 미끄러지듯 바닥에 주저앉았다.

한 시간이 지나고 또 한 시간이 지났다. 복도에는 아무도 나타나지 않았다. 마야는 온 신경을 귀에 집중시켰다. 록시의 청소기 소리 외에는—청소기는 이제 일층 바닥으로 내려가 있었다—어떤 소리도 들리지 않았다. 그런데 그때, 소리가 들렸다. 가깝고 또렷하게.

마야가 예상했던 긁는 소리가 아니었다.

으르렁거리는 소리였다.

마야는 일어나 앉아 주위를 둘러보았다. 복도 주변에는 움직임이 전혀 없었다. 그러나 마야는 직감적으로 이 소리가 어디서 흘러왔는지 알아채고 고개를 돌려 문을 쳐다보았다. 다시 으르렁거리는 소리가 났다. 틀림없이 자신의 방 쪽이었다.

마야는 시선을 문에 고정시킨 채 벌떡 일어났다.

"날 가만 내버려 둬." 마야가 중얼거렸다.

마야는 계속 문을 주시하며 뒷걸음질 쳤다. 아래층에서 아빠가 주방을 향해 외치는 소리가 들렸다.

"마야가 점심을 먹을지 알아보고 오겠소."

마야는 급히 복도를 따라 계단 끄트머리로 달려갔다. 아빠는 벌써 계단을 올라오고 있었다. 아빠는 마야를 보고 멈춰 섰다.

"안 그래도 널 보러 가는 중이었어." 아빠가 말했다.

마야는 계단을 내려가 아빠를 마주했다.

"젭은 찾았대요?" 마야가 물었다.

"아니, 아직. 방금 코커 경장과 얘기를 나눴어. 이 일대를 온통 뒤지고 있기는 한데 별 소득이 없나 봐. 아직 젭에 관한 어떤 단서도 발견하지 못했다는구나. 하지만 걱정할 것 없어. 경찰이 결국 녀석을 잡고 말 테니까. 그나저나 점심을 좀 먹어야지."

"배고프지 않아요."

"엄마가 수프를 만들었는데 아주 맛있단다. 나도 방금 먹었어."

"정말 아무것도 먹고 싶지 않아요."

"하지만 뭐라도 먹어야지. 아침도 거의 안 먹었는데 점심까지 거르면 어떡해? 네 방에 혼자 있고 싶어서 그러는 거야?"

마야는 고개를 끄덕였다. 거짓말이 최선일 것 같았다.

"그런 것 같았어." 아빠가 말했다.

"그래서 널 혼자 남겨두었던 거야. 알다시피 엄마와 나는 진심으로 널 이해해. 그 끔찍한 일들을 겪었으니 네가 마음을 가라앉히고 정신을 차리려면 시간이 필요할 거야. 다 괜찮아. 네가 로언트리 밖으로 나가지 않을 거라는 것만 확실하면 말이야, 알겠니?"

"네."

"그래도 뭘 좀 먹어야 할 텐데. 샌드위치를 만들어 네 방으로 가져다줄까?"

"고마워요, 아빠."

"괜찮아." 아빠가 말했다.

"우리 같이 노력하자꾸나."

그리고 아빠는 계단을 내려갔다.

"아빠." 마야가 아빠를 불렀다.

아빠가 돌아보며 미소를 지었다.

"넌 충분히 그럴 수 있어. 말하고 싶은 기분이 아닐 거야. 여기서 기다리고 있어. 금방 돌아올게."

"고마워요, 아빠." 마야가 말했다.

잠시 뒤 아빠는 말없이 마야에게 샌드위치를 건네주고 입을 맞춘 뒤 가버렸다. 마야는 울음이 터지려는 걸 애써 참으며 눈으로 아빠의 뒤를 좇았다. 그런 다음 이층으로 올라가 다시 복도를 따라 걸었다. 하지만 자신의 방으로 가는 게 아니었다.

마야는 10호실 앞에 멈춰 서서 귀를 기울였다. 아주 조용했다. 문을 열고 안을 살짝 훔쳐보았다. 깔끔하게 정돈된 방. 여기면 충분할 것이다. 마야는 안으로 들어가 문을 닫고 방 저쪽까지 조심스레 걸어갔다. 그런 다음 바닥에 누워 침대 밑에서 소리내어 울었다.

울음을 그쳤을 때, 으르렁거리는 소리가 다시 시작되었다.

소리는 마치 벽에서, 바닥에서, 천장에서 새어나오는 것 같았다. 마야는 몸을 웅크리고 두 손으로 귀를 감싸 쥐었다. 하지만 소리는 계속되었다. 마야는 귀에서 손을 떼고 몸을 더욱 웅크리며 눈을 감았다. 그리고 자신을 응시하고 있는 여우의 눈을 보았다.

"대체 뭘 원하는 거야?" 마야가 중얼거렸다.

여우는 계속 마야를 뚫어지게 쳐다보았다.

"내가 네 먹잇감이니?" 마야가 물었다.

으르렁 소리는 점점 희미해지더니 완전히 사라졌다.

여우도 소리와 함께 사라졌다.

마야는 눈을 뜨고 주위를 둘러보았다. 샌드위치는 마야 옆 바닥에 놓여 있었다. 마야는 샌드위치를 먹은 다음 바닥에 다시 누워 위를 쳐다보았다. 음울하고 불편한 잠의 그림자가 마야 위에 드리워졌다.

마야는 사람들 소리에 놀라 잠에서 깼다.

소리는 아래층에서 들려오고 있었다.

마야는 침대 밑에서 몸을 일으켜 벽에 기대어 앉았다. 사람들의 목소리는 식당 쪽으로 옮겨 가고 있었다. 마야는 시계를 보았다. 그렇게 많이 늦지는 않은 것 같았다.

마야는 자리에서 일어나 샌드위치 포장지를 쓰레기통에 넣고 밖으로 나왔다. 복도는 조용했다. 오후 내내 아무도 자신을 찾으러 오지 않았다는 것을 마야는 선뜻 믿기가 어려웠다. 엄마와 아빠는 혼자 있고 싶어 하는 딸을 방해하지 않고 내버려 두기로 단단히 결심한 모양이었다.

하지만 마야는 혼자가 아니었다.

마야는 확실히 알 수 있었다.

쫓기는 사람처럼 겁이 났다.

마야는 계단 끄트머리로 걸어갔다. 아래층에서 더 많은 목소리가 들려왔다. 밀리의 목소리, 다음에는 엄마의 목소리, 그다음에는 다른 사람들의 목소리, 자신이 듣고 싶지 않았던 목소리들. 마야는 계단을 내려가 일층으로 갔다. 주방에서 비프가스롤, 닭고기 수프, 마늘빵 냄새가 새어나왔다.

마야는 로비로 걸어 들어갔다. 도로는 이제 조용했고 초저녁 빛이 은은하게 비치고 있었다. 주방으로 향했다. 먹음직스러운 음식 냄새가 더 강하게 코를 자극했고 목소리들은 더 커졌다. 마치 온 집 안이 오늘 로언트리를 방문하는 단 두 명의 손님을 위한 환영식장으로 변해버린 듯했다.

그리고 식당 4번 테이블에, 그들이 앉아 있었다.

21

마야가 세상에서 가장 보고 싶지 않았던 두 사람, 브린과 애니가 거기 앉아 있었다. 록시는 쟁반에 음료를 담아 가져오고, 제이크는 메뉴판을 건네고, 아빠는 촛불을 켜고 있었다. 마야는 문가에 서서 그 모습을 지켜보았다.

마야의 예상이 적중했다. 두 사람은 마야가 숲에서 보았던 바로 그 옷을 입고 있었다. 브린은 슈트에 흰 셔츠와 타이를, 애니는 목이 깊게 파인 파란색 드레스를 입고 있었다. 애니의 머리카락이 목덜미 아래서 흔들거렸으나 펜던트는 보이지 않았다.

다시 한번 확인하려고 더 가까이 다가갔다.

펜던트는 없었다.

마야는 애써 마음을 다잡았다. 이건 좋은 일이라고, 그 펜던트가 없다면 자신이 숲에서 보았던 장면은 일어나지 않을 수도 있다고 생각하려 했다. 그러나 모든 것이 불길하게만 느껴졌다. 마야는 알고 있었다. 브린과 애니는 지금 여기 있어서는 안 된다는 걸, 더욱이 이처럼 다정하게 서로를 마주 보고 있어서는 안 된다는 걸.

그것은 두 사람에게 너무 위험한 일이었다.

그리고 다른 사람들에게도.

마야는 브린을 보았다. 왠지 어색하고 부자연스러운 표정이었다. 브린은 계속 소매 끝을 만지작거리거나 타이를 비틀고 있었다. 그의 빨간 머리는 헝클어져 있었고 그런 단정하지 못한 태도는 격식 있는 그의 슈트와 전혀 어울리지 않았다. 반면 애니는 확실히 느긋하고 여유로워 보였다. 애니는 마야를 보더니 미소를 지었다.

"안녕, 마야."

마야는 그 테이블에서 멀찍이 떨어진 데서 걸음을 멈췄다.

"그렇게 긴장할 것 없어. 너한테 물어볼 게 있어서 여기 온 게 아냐." 애니가 말했다.

마야는 얼굴을 찌푸렸다.

"걱정하지 마, 진심이야." 애니가 다시 말했다. "이 옷을 좀 봐. 근무 중인 경찰의 차림새는 아니잖아, 그렇지?"

"걱정하지 않아도 돼." 브린이 덧붙였다.

"두 분은 여기 오지 말았어야 해요." 마야가 말했다.

"마야, 무례하게 이게 무슨 짓이야." 아빠가 말했다. "다신 그러지 마."

"당신들은 여기 오지 말았어야 해요. 당신도 브린도 너무 위험해요."

"마야." 제이크가 마야에게 다가가며 말했다. "무슨 일이야?"

마야는 제이크를 보았다.

"대체 무슨 일이야?"

"모르겠어."

마야는 애니와 브린을 돌아보았다.

"뭔가 지독하게 잘못되었다는 걸 느낄 뿐이야."

아빠가 마야와 테이블 사이로 걸어오며 말했다.

"잘못된 건 아무것도 없어. 두 사람은 근사한 식사를 하게 될 거고, 그 외에는 아무 일도 일어나지 않을 거야."

아빠가 애니와 브린을 향해 돌아섰다.

"정말 죄송합니다. 두 분의 저녁을 망치지 않으면 좋겠네요."

마야는 무슨 말을 해야 할지, 어떻게 행동해야 할지 몰라 그대로 서 있었다. 더 이상 아무도 자신을 주목하지 않는 것 같았다. 아빠는 브린과 애니가 메뉴를 고르는 동안 테이블 쪽으로 몸을 숙이고 있었고, 록시는 주방으로 가버리고 없었다. 하지만 제이크는 여전히 마야를 지켜보고 있었다.

제이크가 천천히 마야에게 걸어갔다.

"제발 너만은 날 믿는다고 말해줘." 마야가 말했다.

제이크가 대답하기 전, 뒤에서 엄마의 목소리가 들렸다.

"마야, 네가 할 일이 있어."

마야는 넋이 나간 사람처럼 홀로 나갔다.

"죄송해요, 엄마." 마야가 말했다. "제가 골칫거리인 건 알아요."

"넌 골칫거리가 아냐."

엄마가 주방 문 옆에 멈춰 서서 마야를 똑바로 쳐다보았다.

"다만 우리를 걱정시키고 있을 뿐이지. 이젠 톰마저 그렇고."

"오빠가 왜요? 무슨 일 있어요?"

"아무것도 아냐." 엄마가 말했다.

"만약 네가 톰한테 물어보면, 그 애도 분명 이렇게 대답할 거야, 그렇지? 톰은 어쩜 그리 제 아빠와 똑같은지 모르겠어. 쓰러지기 전까지는 절대 아프다는 걸 인정하지 않는 성격까지 쏙 빼닮았다니까. 오늘 오후에도 그랬어. 네가 방에 올라가 있는 동안 톰은 금방이라도 쓰러질 것 같았어."

"오빠가 쓰러졌어요?"

"그렇게 말하지는 않았어." 엄마가 말했다. "쓰러질 것 같았다고 했지. 아무튼 그 애가 아프다는 걸 인정하고 제 방으로 올라갈 때까지 난 계속 그 애를 지켜봐야 했단다. 이제 네가 가서 괜찮은지 좀 봐줄래?"

"그럴게요."

"그사이 몇 번 들러봤는데 이제는 괜찮은 것 같아. 내가 마지막으로 들렀을 땐 잠들어 있었는데 그건 좋은 징조야. 보다시피 난 지금 여기 일이 바쁘니까 네가 톰을 지켜봐 준다면 큰 도움이 될 거야. 너한테도 도움이 될 테고. 불길한 생각을 떨쳐버릴 수 있을 테니까… 아마….."

"제가 가볼게요."

"그래, 그렇게 말해줘서 고맙구나." 엄마가 말했다. "하지만 자고 있으면 깨우지 마."

"알았어요."

마야는 마음속에 커져가는 새로운 두려움과 싸우며 서둘러 자리를 떴다. 이층으로 올라가 복도를 따라 톰의 방으로 향했다. 저 아래서 여전히 목소리가 들리긴 했지만 이층은 아주 조용했다.

마야는 톰의 방 밖에서 멈춰 귀를 기울였다. 안에서는 숨소리도 움직이는 소리도 전혀 들리지 않았다. 마야는 가만히 방문을 열고 고개를 내밀어 주위를 둘러보았다. 톰은 외출복 차림으로 눈을 감은 채 침대에 누워 있었다.

"난 자는 게 아냐." 톰이 중얼거렸다.

"오빠?"

톰이 눈을 떴다.

"네가 엄만 줄 알았어."

톰의 목소리는 약했고 기운이 하나도 없어 보였다.

"들어가도 돼?" 마야가 물었다.

"응."

마야는 방으로 들어가 문을 닫았다.

"미안해, 엄마가 아니라서." 마야가 말했다.

"네가 엄마인 건 싫어." 톰이 중얼거렸다. "넌 그냥 너였으면 좋겠어."

마야는 침대로 다가갔다. 톰은 움직이지 않았으나 눈은 마야를 주시하고 있었다.

"상태가 안 좋아 보여, 오빠." 마야가 말했다.

"너도 마찬가지야."

"엄마가 그러는데 조금 전에 쓰러질 뻔했다며? 메스꺼워하기도 하고."

"지금은 괜찮아."

톰은 계속 마야를 올려다보더니 다리를 가슴께로 끌어당겼다.

"내가 앉을 자리를 만들어주는 거야, 아니면 그냥 몸을 웅크리는 거야?" 마야가 물었다.

"둘 다겠지."

마야는 침대에 걸터앉았다.

"오빠."

"왜?"

"정말 안 좋아 보여. 엄마를 불러오는 게 나을 것 같아."

"안 돼."

톰이 팔을 뻗어 마야의 손을 잡았다.

"그러지 마. 엄마는 분명 의사를 부를 거야."

"하지만 지금 오빠한테 필요한 건 바로 그거야."

"난 의사가 필요한 게 아냐. 잠이 필요할 뿐이지. 한숨 자고 나면 괜찮아질 거야."

"오빠—"

"마야, 있잖아,"

톰이 마야의 손을 꽉 쥐었다.

"내가 꼭 알아야 할 게 있는데, 정말 중요한 거야. 그 생각을 멈출 수가 없어."

"그게 뭔데?"

"네가 숲속에서 보았던 것… 그게 뭐든….."

"사람의 몸이었어." 마야가 단호히 말했다.

"넌 그때 뭔가를 말했어. 네가 숲으로 뛰어가 버리기 전에 우리는 올빼미가 사냥하는 걸 봤어. 그런데 네가 말했어—"

"누군가가 죽을 거라고."

"그래, 맞아." 톰이 말했다. "넌 그렇게 말했고… 리베카 플린트가 죽었지. 그런데 오늘 아침에 또 그렇게 말했어. 그리고 이건 리베카 플린트를 말하는 게 아니라고 했지. 그 부인 말고 다른 사람이 죽는다는 걸 뜻한다고 말이야."

톰은 마야를 유심히 바라보았다.

"그 다른 사람이 나를 얘기한 거였어?"

"당연히 아니지."

"내가 죽게 될까?"

"아냐, 그렇지 않아."

"확신할 수 있어?"

마야는 머뭇거렸다.

"응."

톰은 다시 눈을 감았다.

"넌 지독한 거짓말쟁이야." 톰이 말했다. "항상 그랬어."

"오빠—"

"넌 방금 머뭇거렸어. 분명 머뭇거렸다고."

"그건 단지… 누군가가 죽을 거라고는 했지만 그게 누구인지는 나도 모르기 때문이야."

"그럼 나일 수도 있겠네?"

"아냐, 그건….""

마야는 톰이 다시 눈을 뜨고 자신을 바라봐 주길 바라며 내려다보았다. 하지만 톰은 눈을 뜨지 않았다.

"오빠, 오빠는 죽지 않을 거야."

그러나 이렇게 말하면서도 마야는 마음속에서 의심이 솟구치는 걸 느꼈다. 마야는 방 주위를 유심히 둘러보며 그림자를 찾았다. 하지만 그림자는 전혀 보이지 않았고 스러져가는 빛만 희미하게 비치고 있었다.

"오빠, 상태가 정말 안 좋아 보여. 아무래도 엄마를 불러야겠어."

"그러지 마, 마야. 부탁이야."

톰은 마야의 손을 더 꽉 움켜쥐었다.

"그냥, 네가 내 옆에 있었으면 좋겠어." 톰이 말했다. "엄마와 아빠는 네 걱정만으로도 충분히 힘들어. 나까지 걱정을 보탤 순 없어. 난 곧 괜찮아질 거야. 단지 잠이 좀 필요한 것뿐이야… 그리고…."

톰이 다시 눈을 떴다.

"그냥 내 옆에 있어줘. 내가 잠들 때까지만. 그거면 돼. 네가 옆에 있으면 금방 나아질 것 같아. 그렇게 해줄 수 있지?"

"알았어."

톰은 다시 눈을 감았다. 마야는 톰의 손을 잡은 채 침대에 그대로 앉아 있었다. 주위에는 고요한 침묵이 드리워졌다. 이 침묵을 깨는 것도, 움직이는 것도 전혀 없었다. 마야는 톰을 내려다보았다. 잠이 들었는지 안 들었는지 분간하기가 어려웠다. 태양이 점차 힘을 잃어가는 걸 느끼며 마야는 계속 앉아 있었다. 톰은 무릎을 가슴께로 끌어올려 웅크린 채 가만히 누워 있었다.

"마야, 난 무서워." 톰이 불쑥 말했다.

"알아."

마야는 톰을 잠시 더 지켜보았다. 그리고 톰이 잠든 것을 확인한 뒤 가만히 손을 빼내고 몸을 일으켜 고요한 방을 향해 속삭였다.

"나도 무서워, 오빠."

마야는 창가로 다가가 밖을 내다보았다. 정원은 아직 마지막 빛에 사로잡혀 있었으나 곧 어둠이 드리울 것 같았다. 마야는 멀리 경계벽 너머의 숲을 유심히 바라보았다. 마치 그 숲이 자신을 노려보는 것 같아 마야는 얼른 커튼을 쳐버렸다.

방 안은 여전히 고요했다. 톰의 숨소리 외에는 아무 소리도 들리지 않았다. 마야는 톰을 슬쩍 살펴보았다. 웅크리고 있지는 않았지만 자세가 바르지 않고 몸이 뒤틀려 있었다. 마야는 침대 쪽으로 한 걸음 내딛고 멈춰 섰다.

아래층에서 딸깍하는 소리가 났다. 로언트리 밖에서 발자국 소리가 났고 목소리들이 차츰 희미해졌다.

'지금이야.' 마야는 생각했다. '지금 일이 벌어지고 있는 거야. 그 일이 시작된 거야.'

갑자기 톰이 신음 소리를 냈다.

"마야." 톰이 중얼거렸다. "기분이 별로 좋지 않아."

"엄마를 데려올게."

마야는 방문을 박차고 나가 계단을 내려갔다. 하지만 엄마는 이미 올라오고 있는 중이었다.

"톰은 괜찮니?" 엄마가 물었다.

"의사를 불러야 할 것 같아요."

"내가 벌써 불렀어."

"엄마, 무슨 일이에요?"

"모르겠어, 이제는 네 아빠까지 아프다는구나. 가서 아빠를 좀 도와드려. 난 톰을 보러 갈 테니까."

마야는 계단을 뛰어 내려갔다. 아빠가 홀에서 비틀거리며 마야 쪽으로 걸어오고 있었다. 마야는 급히 달려가 두 팔로 아빠를 안았다.

"됐어, 마야. 왜 이렇게 힘이 빠지는지 모르겠다."

"대체 무슨 일이에요?" 마야가 아빠를 놓으며 물었다.

"모르겠어. 그냥 속이 좀 메스꺼운 것뿐이야. 그 두 사람이 떠나자마자 그랬어."

"브린과 애니 말이에요?"

"응." 아빠가 대답했다. "두 사람은 메인 요리만 먹었어. 브린은 틀림없이 청혼을 했을 거야. 왜냐하면 처음에는 두 사람 사이에 긴장감이 돌더니 나중엔 정말 다정해 보였거든. 내 생각엔 빨리 둘만의 시간을 갖고 싶어 급히 식사를 해치워버린 것 같아."

아빠는 아주 힘겹게 헉헉거리며 숨을 쉬었다.

"결국 그들에겐 잘된 일이지." 아빠가 말했다.

"애니는 브린에게 은시계를 줬어. 브린은 우리 앞에 그걸 내보였지. 그가 애니한테 답례로 무엇을 줄 생각이었는지는 모르겠어. 반지 같은 건 보지 못했거든. 하지만 어쨌든 애니는 기뻐했어. 우리가 애니의 말굽 모양 펜던트를 찾아주었거든."

"뭐라고요?"

"우리가 그걸 찾았어." 아빠가 말했다. "실은 록시가 찾은 거지만. 네 방 바로 밑에 있는 일층 복도에서. 록시가 청소기 속에서 그걸 꺼내 나한테 주었어. 그런데 가만 보니까 저번에 애니 쇼가 말했던 바로 그 펜던트인 거야. 그래서 돌려주었지."

"애니는 그걸 어떻게 했어요?"

"그걸로 뭘 하겠니? 내 앞에서 그걸 목에 걸더구나. 그리고 고맙다고 내 뺨에 입을 맞추었고."

아빠가 한 손으로 이마를 짚었다.

"아빠, 많이 안 좋아 보여요." 마야가 말했다. "오빠도 그런데."

"네 엄마가 의사를 불렀어."

"알고 있어요."

"마야." 아빠가 마야의 팔을 살짝 잡았다. "나는 라운지로 가서 좀 쉬어야겠구나."

"아빠, 너무 안 좋아 보여요."

"괜히 소란 떨 것 없어." 아빠가 말했다. "조금 있으면 괜찮아질 거야. 넌 가서 엄마를 도와줘, 알았지? 밀리와 다른 종업원들은 식당에서 청소하는 중이야. 어서 가서 톰이 괜찮은지 확인해봐."

그리고 아빠는 휘청거리며 가버렸다.

마야는 눈을 돌렸다. 절대 그럴 리가 없었다. 은시계에 말굽 모양 펜던트까지. 마야는 천장을 살피며 복도를 따라 달려갔다. 여기가 그 지점, 자신의 방 바로 밑이었다. 마야는 전등 스위치를 켜고 위를 쳐다보았다.

푸석푸석 부스러지는 회반죽.

눈에 띄는 한 지점.

아주 작지만 펜던트가 빠져나오기에는 충분한 공간이었다.

마야는 복도를 달려 계단을 올라갔다. 으르렁거리는 소리가 다시 들렸다. 한 곳에서 들려오는 게 분명했다. 마야는 톰의 방을 지나 자신의 방으로 향했다. 으르렁거리는 소리가 점점 더 커졌다. 마야는 문을 확 밀치고 안으로 들어갔다.

으르렁거리는 소리가 그쳤다.

그러나 녀석은 가까이 있는 게 분명했다.

마야는 앞에 있는 창문을 유심히 바라보았다. 어슴푸레 사라져가는 빛이 여전히 걸려 있었다. 마야는 첫 번째 창문으로 다가가 밖을 내다보았다. 도로를 지나고, 광장을 지나고, 교회를 지나

자, 그들의 모습이 보였다. 그 두 사람이 손을 꼭 잡고 숲을 향해
달려가고 있었다.

이어 두 번째 창문으로 향했다.

방 안을 들여다보고 있는 노란 눈이 보였다.

22

"난 가지 않을 거야." 마야가 말했다.

그 눈이 깜빡거렸다. 창문과 거의 같은 높이였다. 여우는 아무래도 차고 지붕을 통해 들어온 것 같았다. 마야는 여우를 빤히 쳐다보았다. 녀석은 분명 정원 끝에 있는 출입문으로 들어와 곁길을 따라오다 쓰레기통을 뛰어오르고 다시 연료 탱크 꼭대기로 뛰어올랐을 것이다. 그런 다음 곧장 차고 지붕으로 올라갔으리라. 녀석은 이제 눈에서 노란빛을 내뿜으며 이리저리 배회하고 있었다.

"난 가지 않을 거야." 마야가 다시 말했다. "이번엔 절대로 안 가."

여우의 눈은 여전히 마야를 노려보고 있었다. 마야는 발에서 이상한 압박감을 느꼈다. 마치 등을 떠밀듯 발을 움직이도록 재촉하는 듯한 이상한 힘이었다. 복도에서 비틀거리는 소리가 나더니 곧 엄마의 목소리가 들렸다.

"마야!"

마야는 머뭇거리며 방에서 나와 비틀거리며 자신을 향해 오고 있는 엄마를 보았다.

"엄마, 대체 무슨 일이에요?"

엄마가 멈춰 서서 마야에게 몸을 기댔다.

"모르겠구나. 이젠 나까지 속이 메스꺼워."

"그 정도가 아닌데요? 아빠와 오빠처럼 정말 안 좋아 보여요."

"그런데 마야, 넌 괜찮니?"

엄마가 마야의 팔을 잡았다.

"저는….."

"솔직히 말해봐. 정말 괜찮아? 힘이 없다거나 메스껍다거나, 뭐 그런 증상 없어?"

"안 그래요, 저는ㅡ."

"여기 가만히 있어!"

엄마가 손에 힘을 주어 더 꽉 잡았다.

"무슨 말인지 알지? 어떤 상황에서도 이 로언트리를 떠나서는 안 돼. 긴급구조대에 전화를 해야겠어. 의사 한 명으로는 안 될 것 같아. 지금 무슨 일이 벌어지고 있는지는 모르겠지만 아무튼 우리에겐 더 많은 도움이 필요해. 그것도 아주 긴급히. 밀리는 괜찮은지 확인해 봐야겠어. 록시와 제이크도 그렇고."

"엄마—"

"절대 로언트리 밖으로 나가지 마, 알았지?"

그리고 엄마는 가버렸다. 마야는 눈으로 엄마의 뒷모습을 좇으며 그대로 서 있었다. 으르렁거리는 소리가 다시 들렸다. 마야는 홱 돌아 자신의 방 쪽을 노려보았다.

"네가 뭘 원하는지 다 알아. 하지만 난 가지 않을 거야."

마야는 복도를 따라 걷기 시작했다. 앞에 계단이 나타났다. 마야는 계단 아래를 내려다보았다. 그리고 다시 톰의 방으로 향했다. 마야는 여기 남아 있어야만 했다. 톰은 마야를 필요로 했고, 아빠도, 엄마도 마야를 필요로 했다. 마야는 눈을 감았다. 그리고 번쩍이는 노란 섬광을 보았다.

"난 가지 않을 거야." 마야가 중얼거렸다.

마야는 애니와 브린을 위해 자신이 할 수 있는 건 아무것도 없다는 걸 알고 있었다. 악마는 바로 여기 있었고, 그것이 지금 자신의 가족을 공격하고 있었다. 마야는 가족 곁에 있어야만 했다. 마야는 다시 눈을 떴다. 노란 섬광이 자신의 주위를 완전히 둘러싸고 있는 게 보였다. 마야는 재빨리 계단을 내려가 객실을 지나 쪽문으로 갔다. 엄마의 말이 머릿속에 맴돌았다.

"절대 로언트리 밖으로 나가지 마, 알았지?"

"나가지 않을 거예요." 마야가 소리내어 말했다. "하지만 저 망할 여우를 치워버려야겠어요."

마야는 쪽문을 확 잡아당겨 열고 그 자리에 서서 오솔길을 살폈다. 여우는 차고 지붕에서 뛰어내려 이제는 잔디밭 끝에서 발로 땅을 긁고 있었다. 마야는 녀석을 향해 으르렁거리듯 말했다.

"저리 꺼져!"

녀석은 그 번득이는 눈으로 마야를 자극하며 계속 땅을 긁었다. 마야는 오솔길로 한 걸음 나아가 돌멩이를 집어 들었다. 녀석은 굳은 채로 그 자리에서 마야를 지켜보고 있었다.

"난 여기 있을 거야." 마야가 화난 목소리로 낮게 말했다. "가족들과 함께 여기 있을 거란 말이야, 알았어? 절대로 널 따라가지 않을 거야. 그러니까 저리 꺼져. 그리고 다시는 돌아오지 마."

여우는 꼼짝도 하지 않았다.

"망할 짐승!" 마야가 말했다.

마야는 팔을 뒤로 젖혔다. 하지만 돌을 던지기 전, 뭔가가 뒤에서 마야의 팔목을 잡았다. 동시에 툴툴거리는 소리를 들었고, 얼굴에 뭔가가 뒤집어씌워지고, 입을 막는 걸 느꼈다. 이어 몸이 공중으로 뜨더니 어디론가 옮겨지는 듯했다. 마야는 온몸을 비틀고 발버둥쳐 보았으나 아무 소용이 없었다. 자신을 움켜쥔 힘이 얼마나 강한지 마치 몸이 으스러질 것 같았다. 비명을 지르려고 했으나 입을 막고 있는 손에 힘만 더해졌고 동시에 얼굴에 씌워진 것이 더 꽉 조여왔다.

그것은 정원 쓰레기봉투였다. 냄새로 그 사실을 알 수 있었다. 이 유괴범은 틀림없이 정원으로 몰래 들어와 창고에서 봉투 하나를 훔치고 쪽문 옆에서 기회를 노리고 있었을 것이다. 또다시 여우가 이기고 말았다.

마야는 다시 비명을 지르려고 시도해 보았다. 그러나 좀 전과 마찬가지로 마야의 입을 막고 있는 손은 더 단단해졌고 쿵쿵 짓밟는 듯한 발소리는 계속되었다. 마야는 마음을 가라앉히고 생각을 정리하려 애썼다. 그러나 지금 할 수 있는 건 엄습해 오는 절망의 검은 소용돌이 속에서 발버둥치는 것뿐이었다. 그러고 나서 마야는 가만히 누워 있었다. 달아날 수 없다는 것은 명백했다. 무자비하게도 육중한 발걸음은 계속되었고 마야는 저항의 의지를 완전히 잃어버렸다. 그래 봤자 부질없는 짓이라는 걸 깨달았기 때문이다. 게다가 힘을 아껴둘 필요가 있었다. 나중에 도망칠 기회가 올지도 모르니까. 그리고 만약 오늘 밤 죽어야 한다면 그 운명을 받아들이기 위해서도 힘이 필요할 것이다. 마야는 눈을 감고 엄마와 아빠, 그리고 톰을 생각했다.

"죄송해요." 마야가 중얼거렸다.

이때 갑자기 발소리가 멈췄다. 땅 위에 팽개쳐질 때처럼 쿵하는 흔들림이 느껴졌다. 봉투는 여전히 얼굴에 씌워져 있었으나 마야를 짓누르고 있던 손들은 사라져 버렸다. 마야는 몸을 웅크린 채 기다렸다. 그러나 아무것도 자신을 건드리지 않았다.

이때 신음 소리가 들렸다.

아주 가까이서 다시 소리가 들렸다. 마야는 유괴범이 자신을 지켜보고 있음을 직감했다. 마야는 순간 젭을 떠올렸으나 이 유괴범이 그와 동일 인물인 것 같지는 않았다. 젭이었다면 벌써 마야에게 온갖 조롱을 퍼부어댔을 것이다. 마야는 머뭇거리다 손을 뻗어 얼굴에 씌워진 쓰레기봉투를 만져보았다. 누군가가 즉시 자신의 손을 제지할 거라고 생각했지만, 아무도 마야의 손을 막지 않았다. 마야는 봉투를 끌어당겨 벗고 주위를 둘러보았다. 나무로 둘러싸인 작은 공터였다. 해가 저물어 땅거미가 드리워지고 있었다. 유괴범의 흔적은 어디에도 보이지 않았다. 이때 다시 신음 소리가 들리더니 이어서 사람의 목소리가 흘러나왔다. 소리는 참나무 맞은편에서 들려오고 있었다.

"보니…."

마야는 허둥지둥 일어나 참나무를 등진 채 오른쪽으로 움직였다. 느릿느릿 움직이는 모의 육중한 형체가 나무에 주저앉아 있는 한 사람에게로 몸을 숙였다. 소년은 고개를 돌려 마야를 보았다. 그의 입에서 아주 힘겹게 다시 말이 터져나왔다.

"보니…."

모는 두 손으로 자신의 양 옆구리를 쿵쿵 쳐댔다. 그리고 다시 끙끙 앓는 소리를 내기 시작했다. 그러더니 갑자기 마야를 향해 성큼성큼 걸어왔다. 얼굴은 어두웠고 입가에는 침이 묻어 있었다.

"모, 날 해치지 마." 마야가 말했다.

모가 마야의 팔목을 잡고 끌어당겼다.

"모, 제발."

마야는 발을 헛디뎌 미끄러졌다. 모는 개의치 않고 마야를 질질 끌고 나무 반대편으로 걸어갔다.

"모, 아프단 말이야."

모가 마야를 놓아주었다.

"보니." 모가 웅얼거렸다.

보니가 머리를 늘어뜨린 채 나무 옆에 기대 주저앉아 있었다. 모는 몸을 숙여 보니의 어깨를 쿡쿡 찌르고 흔들었다. 그런 다음 다시 마야의 손목을 잡았다.

"모, 놔줘!" 마야가 말했다.

모는 마야의 손을 보니 쪽으로 당겨 보니의 어깨를 쳤다.

"모, 제발 좀 놔줘."

마야는 일부러 모의 얼굴을 똑바로 쳐다보았다.

"네가 뭘 원하는지 알아."

모는 계속 신음 소리를 냈고, 마야의 말을 이해한 건지 아닌지 분간하기가 어려웠다. 마침내 모가 마야를 놓아주었다. 마야는 조심스레 보니에게 다가갔다.

"보니, 내 말 들려?"

아무 대답이 없었다. 마야는 보니의 손목을 더듬어 맥박을 짚었다. 아주 희미하지만 확실히 맥박은 뛰고 있었다.

"모." 마야가 재빨리 말했다. "보니는 살아 있어."

하지만 모는 그 자리에 없었다. 마야는 돌아서서 어두워지는 작은 공터를 뒤졌다. 모의 모습은 어디에도 보이지 않았고 사방은 고요했다. 이때 왼쪽 너머에서 어떤 소리가 들렸다. 마야는 어둠을 뚫고 그쪽을 유심히 보았다. 가지들을 비틀어 꺾고 나뭇잎들을 마구 후려치는 소리였다.

잠시 후 모가 다시 나타났다. 거대한 그림자가 마야를 향해 성큼성큼 다가왔다. 모는 몽둥이처럼 생긴 묵직한 나뭇가지를 가져와 제 머리 위로 휘두르고 있었다. 그러고는 갑자기 마야를 향해 돌진하기 시작했다.

"안 돼!" 마야가 소리쳤다.

마야는 보니의 몸을 끌어당겨 안았다. 그리고 몽둥이가 덮쳐올 것에 대비해 온몸에 힘을 주었다. 그러나 모는 으르렁거리며 번개처럼 이들을 지나쳐 숲속으로 사라져 버렸다. 땅거미는 이제 모가 있었던 자리까지 삼켜버렸고 주위에는 또다시 침묵이 흘렀다.

그때 침묵을 깨는 목소리가 들렸다. 들릴 듯 말 듯한 지친 목소리였다.

"모를 막아야 해."

"보니!" 마야가 외쳤다.

마야는 뒤로 물러나 보니의 안색을 살폈다. 보니는 눈을 뜨고 있었다. 하지만 잠시뿐이었다.

"마야, 모를 막아야 해."

"무슨 일이 있었던 거야?"

보니는 천천히 숨을 내쉬었다.

"모는 이 일의 배후가 누군지 알고 있어. 분명히 알고 있어."

"그게 누군데?"

"몰라." 보니가 대답했다. "누군지는 몰라도 아무튼 날 공격한 놈이야. 어떻게 된 건지는 묻지 마."

"우리 엄마 아빠도 너랑 똑같아." 마야가 말했다. "톰도 그렇고."

"나랑 똑같다고?"

"응. 사실 난 지금 여기 있으면 안 돼. 그런데 갑자기 모가 날 납치해 왔어."

보니는 숨 쉬기가 힘겨운지 입을 벌린 채 마야를 바라보았다.

"미안해." 마침내 보니가 말했다. "그 애는 아마… 나를 발견하자마자 곧바로 너한테 달려갔을 거야."

"왜 나야?"

"나 말고 그 애가 믿을 수 있는 유일한 사람이니까." 보니가 말했다. "저번에 우리가 널 로언트리까지 바래다주었을 때, 그때 알았어. 모가 너랑 같이 있어도 괜찮다는 걸. 너 말고 다른 사람이 옆에 있으면 절대 그렇지 않거든. 모는 날 구하려고 곧장 너를 찾아갔던 거야."

"대체 너한테 무슨 일이 있었는데?"

"나도 몰라." 보니가 답했다. "모와 나는 그 낡은 헛간에서 만나기로 했어. 저번에 말했다시피—그곳은 모가 혼자 힘으로 찾을 수 있는 몇 안 되는 장소들 중 하나거든. 나는 모에게 거기 있어야 할 시간을 말해준 다음 그 애에게 줄 음식을 구하러 떠났어. 그런데 약속 시간이 지나도 헛간에 나타나질 않는 거야. 가끔 그런 일이 일어나긴 하지. 뭔가 그 애를 혼란스럽게 하면 미친 듯이 흥분해서 달아나 버리거든. 그럼 나는 돌아다니며 그 애를 찾아야 해."

보니는 간신히 호흡을 가다듬었다.

"그래서 숲으로 모를 찾으러 나갔어." 보니가 힘겹게 말을 이었다. "하지만 어디에도 보이질 않았어. 그래서 헛간으로 되돌아와서 잠시 기다렸지. 하지만 여전히 나타나질 않았고 나는 다시 모를 찾으러 나섰어. 그런데 그때부터 이상하게 몸이 아프기 시작했어. 그 후로 기억나는 건 모가 날 여기서 발견했다는 거야. 그러고는 의식을 잃었고. 바로 조금 전까지. 방금 말한 것처럼, 그 애는 아마 몹시 흥분해서 허둥지둥 널 찾았을 거야."

보니가 마야를 빤히 쳐다보았다.

"모가 너한테 해를 끼쳤다면 내가 대신 사과할게, 미안해. 일부러 그런 건 아니었을 거야."

"난 괜찮아." 마야가 말했다. "하지만 난 너무 무서워, 보니."

"혹시 휴대전화 갖고 있어?"

"아니."

"나도 없는데."

보니는 숨을 몇 번 더 쉰 다음 침을 꿀꺽 삼켰다.

"넌 빨리 가서 도움을 청해. 경찰이든, 구조대든, 누구한테든. 그리고 하나 더… 반드시 모를 찾아야 해."

"보니."

"마야, 반드시 모를 찾아야 해. 이건 아주 중요한 일이야. 왜냐하면 누군가가 살해될 수도 있거든. 모는 이 일의 배후가 누구든 그를 죽이려 하고 있어. 이건 지금 나한테 일어난 일을 말하는 거야. 모는 그 밖에 다른 건 생각하고 있지 않을 테니까. 날 죽이려고 했던 사람을 죽이겠다는 것, 지금 그 애의 머릿속엔 오직 그 생각뿐이야. 하지만 마야, 있잖아."

보니의 목소리가 점점 약해지고 있었다.

"그자는 이제 모까지 죽이려 하고 있어." 보니가 말했다. "모가 너무 많은 걸 알고 있기 때문이지. 그 애는 아마 빠져나가지 못할 거야. 힘도 세고 화가 나면 무섭지만 영리하지는 않으니까.

그러니 네가 나서줘야 해, 마야. 제발 모를 좀 도와줘."

마야는 작은 공터 주위를 둘러보았다. 어둠이 짙어지는 가운데 희끄무레한 어떤 것이 미끄러지듯 지나갔다. 올빼미였다. 마야는 그 올빼미를 알아볼 수 있었다. 그러나 올빼미는 이미 가버리고 없었다.

"보니?"

아무 대답이 없었다.

"오, 이런."

마야는 다시 맥박을 더듬어 짚었다. 다행히 아직 뛰고 있었다. 하지만 보니의 눈은 감겼고 머리는 다시 축 늘어져 있었다. 마야는 보니가 눈을 뜨길 바라며 계속 지켜보았으나 허사였다. 마야는 자리에서 일어섰다.

'가서 도움을 청해. 모를 찾아야 해.'

이 말들이 계속 머릿속에서 울렸다.

그러나 그러기에는 너무 늦었다는 걸 마야는 알고 있었다. 이제 남은 것은 딱 하나밖에 없었다. 그 일은 마야가 처음 숲으로 들어가던 날 이미 예정되어 있었다. 마야는 모가 사라진 그 지점을 향해 돌아섰다. 그리고 어둠에 잠겨가는 나무들 사이에서 그 노란 눈을 보았다.

자신을 유혹하고 있는 그 눈을.

마야는 천천히 그것을 향해 나아갔다. 눈은 감겼다가 잠시 후 다시 뜨였고, 이번에는 더 멀리 가 있었다. 마야는 그 눈을 향해 계속 걸어갔다. 그것이 자신을 어딘가로 이끌고 있다는 걸 알고 있었다. 나무들이 몸에 스쳤다. 더욱 짙어지는 어둠 속에서도 마야는 나무 표면에 새겨진 머리 없는 형상들을 볼 수 있었다.

마야는 줄곧 확신을 갖고 계속 앞으로 나아갔다. 마야의 마음 속에는 자신을 기다리고 있는 장면이 선명하게 보였다. 그리고 비록 다른 각도에서 접근하긴 했지만 그것은 이미 여기에 있었다. 그 공터와 훼손된 너도밤나무.

마야는 약한 가지를 지탱하고 있는 로프 지지대를 쳐다본 뒤 가만히 주위를 응시했다. 노란 눈은 사라지고 없었다. 전에 보았던 그대로, 브린이 누워 있었고 저쪽 덤불 속에 애니도 누워 있었다. 그리고 말굽 모양 펜던트가 어둠 속에서 브린의 은시계만큼이나 밝고 선명하게 빛나고 있었다.

마야는 공터 꼭대기에서 보았던 다른 두 인물을 떠올리며 그쪽을 유심히 보았다. 나무들 사이에 어두운 형체 하나가 쓰러져 있었다. 그러나 그를 지켜보고 있는 다른 사람은 없었다. 마야는 주위를 돌아보았다.

아무도 없었다.

마야는 마음을 다잡고 브린과 애니를 지나쳐 공터 꼭대기에 쓰러져 있는 그 사람을 향해 나아갔다. 어둠 속이라 명확히 알아보기는 어려웠지만 가까이 갈수록 아주 큰 형체임을 알 수 있었다. 마야는 살금살금 가까이 다가갔다.

그 몸은 꿈쩍도 하지 않았고 여전히 알아보기가 어려웠다. 마야는 여기 있지 않은 그 인물, 앞서 이 자리에 서 있었던 그 인물을 생각했다. 그는 쓰러져 있는 몸 위에 서서 고개를 숙여 아래를 바라보고 있었고, 마야의 존재를 알아챘었다. 마야는 불안한 눈빛으로 다시 주위를 살폈다. 하지만 여전히 자기 혼자였고 누군지 알 수 없는 몸뚱이만 덩그러니 누워 있었다.

그리고 마침내 마야는 그 얼굴을 알아보았다.

"모."

마야가 모의 몸 위로 허리를 숙이며 중얼거렸다.

모는 숨을 쉬고 있었으나 매우 심하게 다친 것 같았다. 얼굴과 가슴이 피범벅이었다. 심지어 어둠 속에서도 칼이 그의 목을 깊이 베었음을 알 수 있었다. 좀 전에 모가 들고 뛰어갔던 몽둥이처럼 생긴 나뭇가지는 어디에도 보이지 않았다.

"불쌍한 모." 마야가 속삭이듯 말했다.

그때 모가 눈을 뜨고 마야를 보았다. 하지만 움직이지는 않았다. 그럴 수 없는 상태라는 걸 마야는 알아챘다. 이때 무슨 말을 하려는 듯 모의 입이 움직였다.

"무슨 말이야?" 마야가 말했다. "다시 말해봐."

그러나 대답이 없었다. 마야는 모에게서 눈을 떼지 않고 더 가까이 몸을 숙였다. 모의 눈은 뭔가를 말하려는 게 분명했다. 소용돌이치듯 돌아가는 눈동자는 마야의 기억을 깨웠고, 마침내 깨달았다. 전에 보았던 그 장면이 새롭게 보인 것이다.

이곳에 서 있었던 사람은 바로 마야 자신이었다. 모 위로 몸을 숙이고 있는 자신의 모습을 보았던 것이다. 이제 모는 끙끙 신음소리를 내기 시작했다.

"무슨 말을 하려는 거야?"

모는 계속 큰 소리로 끙끙거렸다. 마야의 머리는 정신없이 돌아갔다. 다시 그 장면을 떠올렸다. 결국 마야는 네 사람, 즉 애니와 브린, 모, 그리고 자신을 보았던 것이다.

"아!" 모가 외쳤다.

그 순간 마야는 깨달았다. 그때 이곳에 네 사람 이외에도 또다른 인물이 있었다는 걸. 자신이 보지 못했던 제5의 인물. 왜냐하면 자신 또한 이 모든 장면을 목격했던 사람이었기 때문이다. 마야는 애니와 브린을 보았고 바닥에 누워 있는 모를 보았다. 이어서 모 앞에 있는 자신의 모습을 보았다. 그리고 자신의 형상이 뒤에 있는 어떤 존재를 느끼고 몸을 똑바로 세워 돌아서는 걸 보았다.

마야는 모의 눈을 응시했다. 그런 다음 몸을 일으켜 돌아섰다.

그리고 새로운 얼굴이 거기 서 있는 것을 보았다. 마야 자신이 이 모든 걸 지켜보았던 바로 그 자리에. 그는 여우 가면을 쓰고 있었고 온몸이 여우 털로 뒤덮여 있었으며 눈은 포식자의 기뿜으로 빛나고 있었다. 여우 가면은 잠시 이쪽을 보더니 한 손을 가장 가까운 나무껍질로 가져갔다.

득, 득, 득.

그런 다음 나무 몸통 뒤로 손을 뻗었다.

그리고 도끼를 끄집어냈다.

23

"우릴 그냥 내버려 둬, 젭." 마야가 말했다.

여우 가면이 쉿 하고 소리를 냈다. 그리고 자루 끝에 묵직한 칼날이 달려 있는 섬뜩한 도끼를 들었다. 그것을 좌우로 크게 휘둘러대자 여우 가면의 몸도 따라 흔들렸다. 마야는 공포에 질려 그 모습을 지켜보았다. 마야는 그의 진짜 목적이 무엇인지 알고 있었다. 앞서 리베카 플린트에게 가했던 바로 그것이었다. 마야는 모의 신음 소리를 듣고 재빨리 모를 내려다보았다. 소년의 눈이 조금 전처럼 빙글빙글 돌고 있었다.

"괜찮아, 모." 마야가 속삭였다.

마야는 여우 가면을 똑바로 쳐다보면서 그를 향해 천천히 다가갔다.

"돌아가, 젭!" 마야가 말했다.

모가 다시 신음 소리를 냈으나 마야의 눈은 계속 여우 가면을 주시하고 있었다. 이제는 감히 시선을 돌릴 수도 없었다. 마야는 마음을 단단히 먹고 오직 하나의 선택과 싸움을 벌였다. 마야는 자신이 모를 버릴 수 없다는 걸 알고 있었다. 여우 가면이 도끼를 높이 쳐들었다.

"안 돼!"

마야가 외쳤다. 도끼를 휘두를 때 마야는 그 자루를 잡으려고 재빨리 모의 몸을 넘어갔다. 그러나 그 동작은 속임수였다. 도끼날은 마야를 지나쳐 엉뚱한 것을 베었고 자루 끝이 올라가면서 마야의 뺨을 쳤다.

"앗!"

마야는 비틀거리며 뒤로 물러났다. 찢어질 듯한 고통이 온몸을 뒤흔들었으나 간신히 버텼다. 여우 가면은 도끼 자루를 마야를 향해 들어 올린 채 소리 없이 왼쪽으로 움직였다. 마야는 도끼가 가까이 다가오는 걸 보았으나 피하기에는 너무 늦었다. 자루 끝이 마야의 복부를 강타했다.

마야는 헉 소리를 내뱉으며 모 위로 고꾸라졌다. 단 한 방에 머릿속이 쾅쾅 흔들렸다. 마야는 신속히 행동을 취해야 한다는 걸 알았다. 재빨리 돌아서서 여우 가면에 맞서 어떻게든 도끼날을 막아야 했다. 그러나 몸이 전혀 말을 듣지 않았고 움직이는 것조차 힘겨웠다. 마야는 여우 가면이 가까이 다가오는 걸 느꼈고 도끼를 높이 쳐드는 걸 보았다.

또다시 쉿 하는 소리가 들리고 아래로 뻗치는 섬광이 보였다. 그때 모가 한쪽 팔을 쑥 내밀며 달려들었다. 마야는 버둥거리며 위를 쳐다보았다. 노려보고 있는 여우 가면의 눈과 도끼 자루를 움켜잡고 있는 모의 손이 보였다.

이 상태가 오래가진 않으리라는 걸 마야는 알고 있었다. 모의 부상이 너무 심했기 때문이다. 벌써 자루를 잡고 있는 모의 손에 힘이 빠지고 있었다. 여우 가면은 무자비하게 자루를 비틀어 그 손을 떼어내고 모를 다시 바닥으로 내팽개쳐 버렸다. 그러고는 다시 도끼를 들어 올렸다. 마야는 눈을 감았다.

마야는 이제 끝이라는 걸 알았다. 모도 그 사실을 알고 있었다. 마야는 자신과 닿아 있는 모의 몸이 떨리는 걸 느꼈다. 그때, 퍽 하는 소리가 들렸고 침묵이 흘렀다. 모는 죽은 듯 조용했다. 마야는 덜덜 떨며 온몸을 공처럼 웅크렸다. 그러나 더 이상의 타격은 없었다. 오직 침묵만 흘렀다. 마야는 천천히 눈을 뜨고 주위를 둘러보았다.

모는 어둠 속에서 완전히 뻗어 있었다.

여우 가면도 마찬가지였다.

젭이 그 위에서 지켜보고 있었다.

젭은 여우 변장을 하고 있지 않았다. 거친 옷차림에 모가 만든 몽둥이를 들고 있었다. 여우 가면은 젭의 발에 얼굴을 처박은 채 몸을 움찔거리고 있었다. 젭은 그를 노려보더니 갑자기 으르렁거리며 몽둥이를 들어 힘껏 내리쳤다. 여우 가면의 몸이 또다시 움찔거리며 경련을 일으키더니 이내 잠잠해졌다. 젭은 여우 가면을 향해 으르렁거리고는 몽둥이를 내던지고 도끼를 움켜쥐었다.

"안 돼!" 마야가 벌떡 일어났다. "젭, 그러지 마!"

젭은 도끼를 높이 쳐든 채 마야를 노려보았다.

"이봐, 도시 아가씨, 네가 무슨 상관이야?"

"그러지 마, 젭."

"왜 안 되는데?"

"그냥 그러지 마."

젭은 계속해서 마야를 노려보며 그대로 서 있었다.

"제발, 젭."

밀려드는 통증과 젭에 대한 두려움을 애써 누르며, 마야는 그에게 한 걸음 더 다가갔다.

"넌 빨리 가서 도움을 청해야 해." 마야가 말했다. "모는 지금 심한 부상을 입었어. 게다가 뭔가 끔찍한 일이 우리 부모님과 톰, 그리고 보니에게도 일어났어. 게다가 저 아래 공터에는 브린과 애니가 쓰러져 있고. 어쩌면 죽었을지도 몰라. 리베카 플린트처럼."

"그래, 맞아. 리베카 플린트처럼." 젭이 중얼거렸다.

그는 자기 발 아래 쓰러져 있는 여우 가면에게 침을 탁 뱉었다.

"나도 다쳤어." 마야가 말했다.

젭이 마야를 쳐다보았다. 그의 눈빛은 여전히 분노에 차 있었다.

"그 도끼를 내려놔, 젭. 제발."

젭은 계속 마야를 노려보다 홱 돌아서더니 몹시 괴로운 듯 비명을 내지르며 도끼를 나무들 속으로 던져버렸다. 마야는 다시 모 위에 쭈그리고 앉았다. 모는 곧게 누워 있었으나 여전히 숨을 쉬고 있었다. 마야는 모의 손을 잡았다. 그러자 모가 눈을 떴다.

"난 아까 네가 죽은 줄 알았어." 마야가 중얼거렸다. "퍽 하는 소리가 나길래 네가 도끼에 맞은 줄 알았거든. 그런데 알고 보니 젭이 그 여우 가면을 후려치는 소리였어. 넌 곧 괜찮아질 거야."

모가 훌쩍이기 시작했다. 마야는 모의 손을 더 꽉 쥐었다.

"보니가 널 많이 걱정했어." 마야가 속삭이듯 말했다. "지금도 걱정하고 있고."

마야는 곁눈으로 젭이 자신을 지켜보고 있는 걸 보고 힐끗 돌아보았다.

"젭, 어서 가서 도움을 청해." 마야가 말했다.

젭은 두 주먹을 쥐었다 폈다 하며 마야를 노려보았다.

"너 혹시 휴대전화 가지고 있니?" 마야가 물었다.

젭은 대답하지 않았다.

"젭, 넌 뭔가를 해야 해." 마야가 말했다. "만약 휴대전화를 갖고 있으면 도와달라고 전화를 해. 아니면 그 휴대전화를 나한테 줘. 그럼 내가 할게. 지금 공터로 내려가서 브린과 애니를 살펴봐. 분명 둘 중 하나는 휴대전화를 갖고 있을 거야. 그걸 여기로 가져다줘."

젭은 꿈쩍하지 않았다.

"젭, 아직은 사람들을 구할 시간이 있을지도 몰라."

하지만 젭은 전혀 움직이지 않았다. 마야는 모의 손을 놓고 일어섰다.

"젭, 어서!"

그러나 젭은 돌아서서 나무들 속으로 달아나 버렸다.

"젭!"

마야는 있는 힘껏 그를 불렀지만, 귀에 들리는 건 점점 속력을 내는 그의 육중한 발소리뿐이었다. 그러고 나서 주위는 다시 고요해졌고 모의 희미한 흐느낌만 이어졌다. 마야는 모 옆에 무릎을 꿇고 앉아 다시 모의 손을 잡았다. 모는 그 이상한 눈빛으로 마야를 빤히 쳐다보았다.

"모, 내 말 잘 들어." 마야가 말했다. "난 이제 공터로 내려갈 거야. 어떻게든 휴대전화를 구해야 하거든. 저 아래 두 사람이 쓰러져 있는데 둘 중 하나는 그걸 갖고 있을 거야."

"보니." 모가 중얼거렸다.

"네가 보니를 무척 보고 싶어 하는 건 알아." 마야가 말했다.

모의 손은 지금 마야의 손을 꽉 쥐고 있었다. 마야는 모의 두려움과 절망적인 외로움을 느낄 수 있었다.

"괜찮아, 모. 금방 돌아올게, 약속해."

"보니." 모가 다시 중얼거렸다.

"난 곧장 돌아올 거야."

마야는 모의 손에서 살며시 제 손을 빼고 다시 일어났다. 모는 끙끙 신음 소리를 내더니 마치 일어나려는 듯 양팔을 내저었다. 그러고는 다시 푹 쓰러졌다. 모의 목에서는 더 많은 피가 흘러내리고 있었다. 마야는 크게 심호흡을 했다. 마야의 통증도 점점 심해지고 있었으나 지금은 어떻게든 움직여야만 했다.

마야는 모의 흐느낌을 뒤로한 채 내달렸고, 휘청거리며 공터를 가로질러 갔다. 브린의 몸이 더 가까운 곳에 있었다. 마야는 무릎을 꿇고 앉아 브린의 얼굴을 자세히 살폈다. 어떤 생명의 흔적도 보이지 않았다.

"브린, 내 말 들려요?" 마야가 외치듯 말했다.

아무런 대답이 없었다. 모의 흐느낌은 더 커지고 있었고 이젠 짐승처럼 어둠 속을 향해 보니의 이름을 외치고 있었다. 마야는 브린에게 정신을 집중시켰다. 어둠 속이라 또렷이 알아보긴 어려웠지만 배도 가슴도 전혀 움직이지 않는 것 같았다. 마야는 브린의 손목을 잡고 맥을 짚었다.

놀랍게도 맥이 잡혔다. 낮고 가늘게 떨리는 박동.

그러나 브린에게 얼마나 많은 시간이 남아 있는지는 알 수 없었다. 마야는 브린의 주머니를 뒤졌다. 틀림없이 휴대전화를 갖고 있을 것이다. 아, 찾았다. 마야는 그것을 움켜쥐고 비틀거리며 몸을 일으켰다. 모는 이제 절규하듯 악을 쓰며 보니를 부르고 있었다.

"다 됐어, 모! 곧 갈 거야!" 마야가 소리쳤다.

하지만 그 전에 먼저 애니의 상태를 확인해야 했다. 마야는 휘청거리며 애니 쇼에게로 다가가 무릎을 꿇고 앉았다. 맥박은 뛰지 않았다. 전혀.

"정신 차려요, 애니. 제발."

그때 느껴졌다. 브린의 맥박처럼 아주 낮고 희미한, 마지못해 뛰는 듯한 박동이. 아니, 어쩌면 뛰기를 거부하는 것인지도 모른다.

"애니, 내 말 들려요?"

아무런 대답이 없었다. 마야는 애니의 주머니를 뒤져 휴대전화를 찾았다. 그리고 간신히 다시 일어났다. 모의 비명 소리는 전보다 더 커지고 있었다.

"가고 있어, 모!" 마야가 소리쳤다.

마야는 이제 움직이기 위해 거의 몸부림치고 있었다. 정신이 가물거리고 균형 감각마저 무너지고 있는 게 느껴졌다. 간신히 공터 꼭대기에 이르렀다. 그런데 놀랍게도 모가 사라지고 없었다―모의 비명도 들리지 않았다.

잠시 후 마야는 모를 보았다. 모는 몸을 질질 끌며 왼쪽으로 가다 나무에 푹 쓰러지고 말았다. 마야는 비틀거리며 모에게로 다가가 무릎을 꿇고 앉았다. 모는 여전히 보니의 이름을 중얼거리고 있었다. 그러면서 분노에 찬 눈빛으로 마야를 쳐다본 뒤 마야의 어깨 너머를 보았다.

"알아, 널 두고 가버려서 나한테 화가 많이 났을 거야." 마야가 말했다. "네가 그 여우 가면을 두려워하고 있다는 것도 알아."

마야는 움직이지 않는 그 형체를 돌아보았다. 털로 덮인 얼굴은 여전히 아래를 향해 있었고 가면도 제자리에 붙어 있었다. 그러나 가까이 가고 싶은 마음은 조금도 들지 않았다. 마야는 모의 어깨에 한 손을 얹었다.

"모, 이제 내가 널 보살펴 줄 거야." 마야가 말했다. "약속해."

마야는 휴대전화를 확인하고 인상을 찌푸렸다. 둘 다 꺼져 있었다. 최소한 둘 중 하나는 켜져 있기를 바랐는데. 하지만 아직 작동이 될지도 모른다. 마야는 브린의 휴대전화 전원을 켜고 기다렸다.

"제발 비밀번호를 누르라고는 하지 말아줘." 마야가 중얼거렸다. "제발, 제발."

하지만 그 바람은 빗나가고 말았다.

"빌어먹을."

이번엔 애니의 휴대전화로 시도해 봤으나 역시 마찬가지였다.

마야는 모를 보았다. 모는 눈을 크게 뜨고 마야를 지켜보고 있었다. 마야는 모의 눈빛에서 자신을 향한 신뢰를 보았다. 그러나 곧 이 신뢰를 잃게 되리라는 것도 알았다. 또다시 모의 곁을 떠나야 했기 때문이다. 달리 도움을 청할 방법이 없었다.

"미안해, 모." 마야가 말했다.

그때 마야의 눈에 뭔가가 들어왔다.

모의 어깨 너머, 숲속으로 더 깊이 움푹 들어간 곳.

어둠 속에서 밝게 빛나는 두 개의 노란 점.

마야는 힘겹게 숨을 내쉬며 지켜보았다. 뭔가, 크고 묵직한 어떤 것이 마야의 팔을 건드렸다. 모의 손이었다. 마야는 그 손을 잡아주었다. 그러나 시선은 계속 노란 두 점을 주시하고 있었다. 모의 손이 마야의 손을 움켜쥐고 힘을 꽉 주었다. 마야는 주위를 둘러보았다.

"괜찮아, 모." 마야가 말했다. "널 떠나지 않을 거야."

이제 모의 목에선 피가 마구 쏟아지고 있었다. 모의 입이 달싹거리더니 보니의 이름이 흘러나왔다. 마야는 다른 손을 뻗어 모의 얼굴을 어루만졌다.

"제발 죽지 마, 모." 마야가 속삭였다.

마야는 두 점을 돌아보았다. 나무들 사이에서 마야를 지켜보고 있던 두 점은 이제 한층 더 밝아졌다. 그리고 마야가 그것을 마주 보고 있을 때 여우의 으르렁거리는 소리가 들렸다. 낮지만 아주 또렷한 소리가.

노란 두 눈이 감겼다, 뜨였다, 다시 감겼다.

그리고 그 눈이 있던 바로 그 자리에서 손전등 불빛들이 다가오고 있었다.

24

다시 로언트리였다. 마야는 안락의자에 기대 앉아 있었고 웨이드 박사와 간호사가 마야의 머리에 싸맨 붕대를 살피고 있었다. 밀리, 제이크, 록시가 빙 둘러앉아 그 모습을 지켜보았다. 위층에서 발자국 소리가 났다. 마야는 위를 쳐다보았다.

"가만히 있어, 마야." 간호사가 말했다.

"거의 다 됐어." 웨이드 박사가 말했다.

마야는 아무 말도 하지 않았다. 웨이드 박사가 구급대원들과 함께 와준 것은 기뻤지만 만약 엄마나 아빠, 혹은 오빠가 죽었다면 이런 게 다 무슨 소용이겠는가. 간호사가 붕대를 단단히 조이자 마야는 몸을 움찔했다.

"괜찮아, 마야." 간호사가 말했다.

"통증은 좀 어떠니?" 웨이드 박사가 물었다.

"아직 욱신거려요. 그래도 조금 가라앉았어요."

"시간을 두고 지켜보자꾸나. 약효가 나타나려면 시간이 좀 걸릴 테니까. 중요한 건 네가 마음을 진정시키는 거야. 그럼 완치될 거야. 앞으로 한두 주 동안은 최상의 컨디션이 아닐 수도 있어. 하지만 통증은 사라지고 곧 좋아질 거야."

마야는 그 숲을 다시 떠올렸다. 번쩍이는 손전등 불빛, 몰려오는 경찰과 구급대원. 그것은 이제 희미하게 느껴졌고, 마야에겐 이해해야 할 장면들이 너무 많았다. 지금 기억나는 건 모여든 사람들뿐이었다. 모 주위에, 애니와 브린 주위에—그리고 자신의 주위에 모여든 사람들. 그들은 마야의 상태를 확인하고 몇 가지 질문을 한 뒤 나무들 사이로 마야를 데려갔다. 나머지 사람들이 어떻게 되었는지는 전혀 알 수 없었다.

"다 끝났어, 마야." 간호사가 말했다.

제이크가 몸을 앞으로 구부렸다.

"코코아를 다시 만들어 올게." 제이크가 말했다. "아까 가져온 건 손도 안 댔는데 다 식어버렸어."

제이크가 방을 나가기 전, 문이 열리더니 헨더슨 경위가 들어왔다. 마야는 눈을 감았다. 만약 경위가 가져온 게 나쁜 소식이라면 차라리 그를, 아니 누구라도 보지 않는 편이 나을 것 같았다. 마야는 경위의 발소리가 가까워지는 걸 들었다.

"그들은 괜찮을 거야." 헨더슨 경위가 말했다.

마야는 경위를 보았다. 경위는 의자를 가까이 끌어다 앉았다.

"그건 사제 독약이었어. 아니, 천연 독약이라고 하는 게 더 어울릴지도 몰라. 왜냐하면 대부분의 성분이 숲에서 나온 것이거나, 최소한 자연에서 구한 것으로 보이거든. 치명적인 혼합물인데다 어디서도 구입할 수 없을 거라는 점에서는 아마추어의 장난으로 볼 수도 있어. 하지만 재료 혼합 방식으로 봐서는 확실히 아마추어의 기술은 아니야."

"엄마 아빠 상태가 어떤지 말해주세요." 마야가 말했다. "그리고 오빠도요."

"모두 괜찮아." 헨더슨 경위가 답했다. "지금은 다들 곤히 자고 있어. 아마 내일 아침까지는 깨어나지 않을 거야. 칸 박사 말로는 치료는 순조롭게 잘되고 있지만 회복하는 데는 시간이 좀 걸릴 거라고 하더구나. 네 부모님과 오빠는 한동안 기운이 별로 없을 거야. 어쩌면 몇 번 더 헛구역질이나 구토를 할 수도 있어. 하지만 의사가 최악의 상황은 넘겼다고 했으니까 이제 너도 긴장을 풀고 좀 쉬어."

마야는 애써 눈물을 참으며 시선을 떨구었다.

"마야, 너도 마음이 몹시 불안할 거야." 웨이드 박사가 말했다. "내가 너라면 제이크가 가져오는 코코아를 마실 거야. 이번에는 꼭 마시도록 해. 그리고 푹 자렴. 충분한 휴식을 취하기만 하면 한결 좋은 기분으로 깨어나게 될 테고 아침에는 사람들과 대화할 마음도 생길 거야."

마야는 고개를 저었다. 아직 쉴 수 없었다.

"모와 애니와 브린," 마야가 중얼거렸다. "그리고…."

"우선 쉬어, 마야." 밀리가 말했다. "쉬는 게 먼저야, 알겠지?"

"아뇨, 그냥 말해주세요." 마야가 헨더슨 경위를 보았다. "설령 나쁜 소식이라 해도."

경위가 얼굴을 찌푸렸다.

"애니와 브린은 크레스웰에 있는 다른 병원으로 옮겨졌어." 경위가 말했다. "상태는 호전될 것 같다고 하더구나. 구급대원들이 겨우 늦지 않게 도착할 수 있었어. 다행히 칸 박사 팀이 이미 여기서 네 부모님과 톰을 치료하고 있었고, 그들도 우리 전문가 몇 명과 함께 그 독을 조사할 기회가 있었어. 그래서 현장 치료요원들에게 유용한 정보를 전해줄 수 있었던 거야."

"그 장소를 어떻게 알고 사람들을 보냈어요?" 마야가 물었다.

"경험에서 비롯된 감이라고 할까?" 경위가 답했다. "밀리한테서 네가 다시 사라졌다는 말을 듣는 순간, 아무래도 그 오래된 너도밤나무 옆에 있을 것 같았지. 저번에 네가 그 장소를 말했었잖니. 그냥 내 예감일 뿐이었는데 어쨌든 맞아서 다행이야."

"저는 가서 코코아를 만들어야겠어요." 제이크가 말하고는 방을 나갔다.

마야는 다시 헨더슨 경위를 보았다.

"그래, 모와 보니에 대해서도 무척 궁금할 거야."

"네."

"모는 지금 몹시 안 좋은 상태야." 경위가 말했다. "어쩌면 목숨을 잃게 될지도 몰라. 목을 심하게 베인 데다 피를 너무 많이 흘렸거든. 지금으로선 모가 다른 사람들과 같은 병원에서 집중 치료를 받고 있다는 것 말고는 더 말해줄 게 없어. 보니는… 우린 그 애를 찾지 못했어."

마야는 울음을 터뜨렸다.

"제 잘못이에요."

"아냐, 그렇지 않아." 경위가 말했다.

"아뇨, 제 잘못이에요."

마야는 눈물을 닦고 경위를 쳐다보았다.

"그 숲에서… 경찰 한 명한테… 보니에 대해 말했어요. 그랬더니 그 애가 어디 있냐고 물었어요."

"그래, 알아. 넌 최선을 다해 도우려고 했어."

"하지만 결국 돕지 못했잖아요. 그 애가 어디 있는지 기억하려고 했는데 공터로 가는 도중에 헷갈리고 말았어요. 어디로 가고 있는지 알 수가 없었어요. 그 경찰이 제 말을 이해하지 못한다는 건 알았어요. 그다음에는 구급대원들이 저를 데려갔고요. 결국 제가 보니를 죽도록 내버려 둔 거예요. 그리고…."

"아냐, 그렇지 않아." 밀리가 말했다.

"밀리 말이 맞아." 헨더슨 경위가 말했다. "넌 숲에서 최선을 다했어. 그리고 우리는 네가 있던 곳 인근을 샅샅이 수색했어. 이건 장담할 수 있어. 만약 보니가 거기 어딘가에 있었다면 우린 틀림없이 그 애를 찾았을 거야."

"하지만 보니는 움직이지도 못했어요." 마야가 말했다.

"그렇다고 그 애가 죽었다고 단정할 수는 없어. 보니가 얼마나 강하고 질긴 아인지 너도 알잖아. 그 애는 아마 그 강한 의지로 다시 정신을 차리고 어딘가로 갔을 거야. 우린 지금 뭐가 그 애를 쓰러지게 했는지 그 원인조차 파악하지 못한 상태야. 다른 사람들처럼 독약 때문은 아닌 것 같은데." 경위가 말했다.

"어쩌면 죽어서 어딘가에 쓰러져 있을지도 모르잖아요. 만일 그렇다면 그건 제 잘못이에요."

마야는 록시가 우는 걸 보았다.

"미안해, 록시."

록시가 고개를 들었다.

"네 잘못이 아냐, 마야."

"보니가 네 친구였니?"

록시는 고개를 저었다.

"난 그 애를 좋아하지 않았어. 그 애도 날 좋아하지 않았고. 하지만 결코 그 애가 죽기를 바라진 않았어."

"그 애가 죽었다고 말한 사람은 아무도 없어." 웨이드 박사가 말했다.

마야는 갑자기 피로가 밀려오는 걸 느꼈다. 하품이 나오고 졸음이 쏟아졌으나 아직 알아야 할 것들이 너무 많았다. 제이크가 새로 만든 코코아를 들고 다시 나타났다.

"여기 서서 네가 마시는 걸 지켜볼게."

마야는 제이크에게서 머그잔을 받아 들고 코코아를 호호 불어가며 조금씩 마셨다.

"맛 괜찮아?" 제이크가 물었다.

마야는 제이크를 쳐다보았다. 마치 여러 가지 감정에 이끌려 이러지도 저러지도 못하는 사람처럼 제이크의 표정은 어색해 보였다. 마야는 제이크가 자신에 대해 한 가지 매우 확실한 감정을 갖고 있음을 알 수 있었다. 그러나 제이크는 또한 오빠 같은 마음으로 자신을 챙겨주려 애쓰고 있었다. 이 상황이 따뜻한 배려 속에서도 제이크를 불편하고 어색하게 만드는 것 같았다.

"좋아. 고마워." 마야가 말했다.

제이크가 록시를 힐끗 쳐다보았다.

"계속 울고 있었구나." 제이크가 말했다.

"모가 지금 중환자실에 있대. 보니는 아직 찾지도 못했고." 록시가 말했다.

"맙소사."

"난 그만 위층으로 올라가 볼게요." 간호사가 일어나며 말했다.

"같이 갑시다." 웨이드 박사가 따라나서며 말했다. 그러면서 마야를 보았다.

"마야, 지금 너한테 가장 필요한 건 바로 잠이야. 밀리가 널 돌봐줄 거야. 밀리, 오늘 밤 여기 있어줄 거죠?"

"그럼요, 아무리 오랫동안이라도 있어야죠." 밀리가 대답했다.

"며칠 걸릴지도 몰라요." 웨이드 박사가 말했다. "먼로 씨 부부는 한동안 제대로 움직이지 못할 거예요. 톰도 그렇고."

"지금 위층으로 가서 가족들을 볼 수 있을까요?" 마야가 물었다.

"내가 올라가서 칸 박사와 함께 상태를 확인할 거야." 간호사가 말했다. "만약 내가 2분 내로 다시 내려오지 않으면 네 방으로 자러가는 길에 잠깐 들러도 돼. 하지만 잊지 마, 그들은 자고 있을 거야."

간호사와 웨이드 박사는 방을 나갔다. 이때 헨더슨 경위의 휴대전화가 울렸다.

"잠깐만."

경위가 전화기를 들고 밖으로 나갔다.

마야는 밀리를 돌아보았다.

"네가 뭘 궁금해하는지 알아." 밀리가 말했다.

"사람들이 왜 독에 중독된 거예요?"

"비프가스롤 속에 독이 들어 있었어."

"대체 누가 그걸 거기에 넣었죠?" 마야가 물었다.

"그야 모르지."

마야는 밀리를 빤히 쳐다보았다.

"경찰은 아직 그 여우 가면이 누군지 알아내지 못했나요?" 마야가 물었다.

"만약 말이지," 제이크가 입을 열었다. "그들이 우리한테 말해주지 않았다면….."

"그럼 우리한테 비밀로 하고 있는 거지." 밀리가 이어 말했다. "우리는 경찰의 허락이 떨어져야만 일이 어떻게 돌아가는지 알 수 있을 거야."

마야는 코코아를 다 마시고 머그잔을 내려놓았다.

"그런데 여기 세 사람은 어떻게 중독이 안 된 거죠?"

"우리는 그 음식을 입에도 안 댔거든." 밀리가 말했다. "하지만 그건 네 부모님이나 톰도 마찬가지였어. 그러니까 그들이 앞서 먹었던 음식에도 분명 독이 들어 있었다는 말이지. 넌 그날 아무것도 안 먹었잖아. 그래서 괜찮았던 거야. 제이크와 록시, 나는 따로 먹었기 때문에 괜찮았고. 브린과 애니는 메뉴판에서 그 비프가스롤을 골랐어. 그래서 중독되었던 거지."

"하지만 어떻게 거기에 독이 들어갔을까요?" 제이크가 물었다.

"좋은 질문이야." 밀리가 답했다.

마야는 마음속에 한 가지 답이 점점 커지는 걸 느끼며—비록 그럴 가능성은 없어 보였지만—얼굴을 찌푸렸다. 마야는 문과 공터에서 들었던 나무 긁는 소리를 떠올렸다. 그리고 어둠 속에서 여우 가면이 휘두르던 도끼를 생각했다.

그때 헨더슨 경위가 다시 들어왔다.

"드디어 보니를 찾았다는구나." 경위가 말했다. "마야가 떠난 뒤 의식이 돌아왔었나 봐. 비틀거리면서 간신히 짐 토저의 농장에 도착했는데 짐의 아들이 문밖에 쓰러져 있는 보니를 발견하고 긴급구조대를 불렀다고 해. 대원들이 지금 저 밖에 있어."

"그 애는 괜찮을까요?" 록시가 물었다.

"확실히 단정 짓기는 어렵지만 그 애도 독에 중독된 것 같아." 경위가 말했다.

"하지만 어떻게요?" 제이크가 물었다.

"보니의 말을 듣고 추정한 거야." 헨더슨 경위가 말했다. "보니가 경찰에 진술한 내용에 따르면 그 애와 모는 그동안 그리프 고든의 밭에 있는 한 헛간에서 지내왔었대. 보니가 모를 만나러 거기로 갔는데 시간이 지나도 모가 나타나지 않더라는 거야. 그래서 모가 돌아왔을 때 먹을 음식을 남겨두고 모를 찾으러 갔대. 하지만 다시 돌아왔는데도 모가 보이지 않아서 모를 위해 남겨두었던 음식 일부를 먹었고 다시 모를 찾으러 나갔다가 곧 쓰러졌다는 거지. 결국 이미 그 음식 속에 독이 들어 있었거나, 아니면—더 그럴듯한 추측인데—누군가 그 헛간에 앉아 있다가 보니가 모를 찾으러 나간 사이에 그 음식에 독을 넣었다고 볼 수 있지."

"그러니까," 밀리가 말했다. "이런 짓을 한 사람은 보니와 모가 그 헛간에서 만난다는 걸 알고 있었다는 말이군요. 그래서 몰래 보니를 따라 거기로 갔던 거고요."

"맞아." 경위가 말했다.

"보니를 죽이거나 모를 죽이려는 생각이었겠죠. 아니면 둘 다 죽이려 했거나." 마야가 말했다.

경위의 시선이 슬쩍 마야 쪽으로 향했다.

"그들이 거기서 만난다는 걸 전 알고 있었어요."

"그럴 거라고 생각했어."

"거기서 두 사람을 본 적 있어요." 마야가 말했다. "저번에 젭 한테 쫓길 때."

"계속해 봐."

"정신없이 도망치다가 우연히 그 헛간에 이르게 됐는데 젭이 다가와 저를 위협했어요. 그때 모가 나타났고 젭은 뒤로 물러나더니 가버렸죠. 그리고 보니가 왔어요. 저는 그 애한테 약속했어요. 두 사람을 거기서 봤다는 말을 아무한테도 하지 않기로요. 보니는 이 모든 사건의 배후가 누군지 모가 알고 있기 때문이라고 했어요. 그 애는 모가 해를 당할까 봐 몹시 두려워했어요."

"그래서 젭도 두 사람이 거기서 만난다는 걸 알게 된 거구나."

"네." 마야가 대답했다. "아무튼, 젭은 거기서 모를 봤어요."

"그래."

"미리 사실을 말씀드리지 못해 죄송해요."

헨더슨 경위는 잠시 마야의 표정을 살피더니 말했다.

"너한테 또 한 가지 알려줄 게 있어. 오늘 발생한 일을 토대로 더 많은 조사를 했는데 말이야, 리베카 플린트도 독살된 것 같아."

"잠깐만요," 제이크가 나섰다. "부인은─"

"그래, 알아," 헨더슨 경위가 말했다. "부인은… 몸이 절단되었지…. 그리고 오늘 밤 숲에서 발견된 도끼가 흉기로 사용되었을 가능성이 아주 높아. 하지만 부인은 그 전에 이미 중독되어 있었어."

경위가 말을 멈췄다.

"이번 것과 똑같은 혼합물이야. 이 독은 맛으로 감별하기 어려운 데다 증세가 즉각적으로 나타나질 않아. 몸속에서 천천히 작용해 몇 시간이 지나면 사람을 완전히 무력하게 만들어버리는 게 특징이지. 플린트 부인도 먼로 씨 부부나 다른 사람들처럼 서서히 힘을 잃어갔을 거야. 그러다 마침내 숨이 끊어졌을 때, 아니면 너무 무력해져서 저항할 수 없게 되었을 때, 몸이 절단되어서 이 로언트리 바깥에 묻히게 된 거지."

"그런데 대체 왜 이 모든 일들이 일어난 걸까요?" 밀리가 물었다.

"아직 우리가 알아내지 못한 뭔가가 있어요." 경위가 말했다.

마야는 마룻장 밑에 있던 인형과 나무 속에 새겨져 있던 형상들, 이상한 눈빛으로 자신을 빤히 쳐다보던 모의 얼굴을 떠올렸다.

"젭은 찾았나요?" 마야가 중얼거리듯 물었다.

"아니, 아직." 헨더슨 경위가 대답했다. "하지만 열심히 찾고 있는 중이야."

"그리고 그것에 관한 건—"

"안 돼." 경위가 마야의 말을 잘랐다.

마야는 경위를 날카롭게 쏘아보았다. 하지만 경위는 고개를 저었다. "여우 가면에 관해서는 말해줄 수 없어. 네가 매우 궁금해하는 건 알아."

"우리도 궁금해요." 밀리가 말했다.

"관심을 가져줘서 고맙지만, 내가 아직 그 사람에 대해 어떤 식으로든 언급할 만한 위치에 있지 않아서." 헨더슨 경위가 말했다. 그러고는 다시 마야를 보았다.

"우리는 확실히 다시 얘기를 나눌 필요가 있어, 그렇지? 하지만 우선 잠을 좀 자도록 해. 내일 다시 들를게."

"도와주셔서 감사합니다." 밀리가 인사했다.

"별말씀을." 경위가 답했다. "그럼, 다들 편히 주무십시오."

헨더슨 경위가 떠났다.

마야는 머리의 붕대를 손으로 만져보았다. 통증은 다소 줄었지만 이제는 극심한 피로가 자신을 짓눌렀다. 밀리가 마야의 팔을 살짝 잡았다.

"마야, 금방이라도 쓰러질 것 같아." 밀리가 말했다. "록시와 제이크는 이제 집에 돌아가야 해. 하지만 난 밤새 여기 있을 거야. 네 옆방에서 자고 있을게. 너와 멀리 떨어져 있지 않을 거란 말이야, 알겠지?"

"고마워요, 밀리." 마야가 말했다. "하지만….'"

마야가 머뭇거렸다.

"하지만 뭐?" 밀리가 물었다.

마야는 일어나 제이크를 쳐다보았다.

"네가 날 좀 도와줬으면 좋겠어. 뭔가를 찾아야 하거든." 마야가 말했다.

25

엄마, 아빠, 톰은 서로 이웃한 방에 있었다. 칸 박사는 마야와 함께 방 안을 들여다보았다. 세 사람 다 깊이 잠들어 있었다.

"우리가 신속히 출동해서 얼마나 다행인지 몰라." 칸 박사가 말했다. "상황이 정말 심각해지기 전에 응급조치를 취할 수 있었다는 뜻이야. 하지만⋯."

칸 박사가 마야를 보면서 말을 이었다. "완전히 치유되기까지는 시간이 좀 걸릴 거야, 무슨 뜻인지 알지? 네 부모님과 톰은 한동안 조심해야 할 거야. 헛구역질이나 구토를 몇 번 더 할 수도 있고."

"그래도 위험한 상태는 아닌 거죠?"

"그래, 위험한 고비는 넘겼어." 칸 박사가 대답했다. "만약 확신할 수 없는 상태였다면 이곳에 두지 않았을 거야. 애니와 브린처럼 병원으로 옮겨 치료했겠지."

"애니와 브린은 괜찮을까요?"

"우리도 그러길 바라. 두 사람은 회복하고 있어. 하지만 네 부모님이나 톰보다 더 많은 독을 섭취한 데다 더 오랫동안 숲속에 방치되어 있었어. 그래서 치료가 더 어려운 상황이야."

"보니는 어때요?"

"그 아이에 관해선 난 아무것도 몰라. 목에 부상을 입은 남자아이에 대해서도 그렇고."

그때 뒤에서 소리가 들렸고 마야가 돌아보았다. 제이크가 서 있었고 양옆에는 록시와 밀리가 있었다.

"모두들 가서 쉴 시간이잖아요." 칸 박사가 말했다.

"정작 쉬어야 할 사람은 마야죠." 밀리가 말했다.

"그건 맞는 말이에요."

칸 박사가 마야를 보았다.

"지금 당장은 네가 할 수 있는 게 아무것도 없어. 우리 모두 마찬가지지. 나와 우리 의료진도 곧 여길 떠날 거야."

"그럼 위험하지 않을까요?"

"전혀 그렇지 않아." 칸 박사가 말했다. "걱정할 것 없어. 뭘 해야 할지는 밀리가 정확히 알고 있으니까 혹시 무슨 일이 생기면 밀리가 긴급전화를 할 거야. 하지만 문제가 생길 거라고는 생각하지 않아. 네 부모님과 톰은 밤새 자야 해. 아마 내일 아침까지 곤히 잘 거야. 내일은 웨이드 박사가 먼저 와서 모든 걸 꼼꼼히 점검할 거고."

웨이드 박사와 간호사가 칸 박사와 합류했다.

"모두들 도와주셔서 감사합니다." 밀리가 말했다.

"감사합니다."

"천만에." 칸 박사가 답했다.

"제가 배웅해 드릴게요." 밀리가 말했다.

마야는 이들이 떠나는 모습을 지켜보았다. 그런 다음 제이크와 록시에게 눈을 돌렸다.

"뭘 찾는다며? 내가 어떻게 도와주면 돼?" 제이크가 물었다.

"넌 지금 몹시 피곤할 거야." 마야가 말했다.

"그래도 너만큼은 아냐. 넌 지금 자야 해. 뭔지 몰라도 기다렸다가 아침에 찾으면 안 될까?"

"안 돼, 난⋯."

마야는 벽에 몸을 기대고 싶은 걸 꾹 참았다.

"지금 찾고 싶어. 아니, 찾아야 해. 이건 아주 중요한 일이야."

"그래, 알았어." 제이크가 말했다.

아래층에서 현관문이 열리고 닫히는 소리가 들렸다. 곧이어 밖에서 발자국 소리가 났고 밀리가 다시 계단 밑으로 돌아오는 소리가 들렸다.

"마야." 밀리가 불렀다.

마야는 계단 끄트머리까지 걸어갔다. 밀리가 아래에서 올려다 보고 있었다.

"어서 자야지, 마야." 밀리가 말했다.

"제이크와 록시는 오늘 일을 모두 마쳤어. 두 사람은 이제 집 으로 돌아가야 해. 제이크가 뭐라든 여기서 곧 나가야 한단 뜻이 야."

"5분이면 돼요." 마야가 말했다.

마야는 제이크와 록시가 자기 뒤로 오는 걸 느꼈다. 밀리는 세 사람을 빤히 쳐다보더니 고개를 끄덕였다.

"딱 5분이야, 더 이상은 안 돼."

밀리는 그렇게 말하고 복도로 사라졌다.

"우리가 뭘 하면 되는지 말해봐." 제이크가 말했다.

"널 돕고 싶어." 록시가 말했다.

마야는 두 사람을 차례로 보았다.

"이 모든 일을 벌인 사람은 말이야." 마야가 말을 시작했다.

"그 여우 가면?" 록시가 되물었다.

"그래. 그는 강박증이야. 어떤 집착에 사로잡혀 있는 것 같아. 난 그걸 알 수 있어." 마야가 말했다.

"뭐에 대한 집착인데?" 제이크가 물었다.

"로언트리."

마야는 주위를 슬쩍 둘러보았다.

"그는 근처를 맴돌며 수시로 이 집에 출몰하고 있어."

"그럼 그가 정말 이곳에 있었다는 말이야?" 록시가 물었다.

"응."

"이 로언트리 안에?"

"응. 그가 내는 소리를 내가 들었어. 날 겁주려는 의도였겠지. 실제로 효과가 있었고. 분명 방문을 긁는 소리를 들었어. 아무도 내 말을 믿지 않았지만 난 똑똑히 들었어. 그리고 숲에서 여우 가면이 손을 뻗어 나무를 긁었을 때도 집에서 들었던 것과 똑같은 소리가 났어."

"너무 끔찍한 얘기야." 록시가 말했다.

"그리고 난 뭔가를 발견했어…."

마야는 그것을 떠올렸다.

"내 방 마룻장 밑에서. 이건 아직 누구한테도 하지 않은 얘기야. 하지만… 내가 찾은 건 일종의… 인형이야. 그 나무들 안에 새겨져 있던 머리 없는 몸통과 똑같은 모양의 인형이지. 난 그걸 숲속에 내던져 버렸어. 그런데 방금 깨달았어. 이 로언트리 안에 여우 가면이 있었다는 걸. 바로 그자가 음식에 독을 집어넣었던 거야."

"하지만 왜?" 록시가 물었다.

"대체 왜 그런 짓을 했을까?"

"그건 나도 몰라. 하지만 꼭 알아내야겠어. 그가 어디로 들어왔는지, 또 어디에 숨어 있었는지. 날 도와줄 수 있어? 난 말이야 … 이걸 알기 전에는 절대로 쉬지 않을 거야."

"가자."

제이크가 이렇게 말하고 복도를 따라 성큼성큼 마야의 방을 향해 걸어갔다.

"어디로 가는 거야?" 마야가 물었다.

"따라와 봐." 제이크가 답했다.

록시가 먼저 제이크를 따라나섰고, 다시 두려움이 솟구치는 걸 느끼면서도 마야 또한 두 사람을 뒤따르기 시작했다. 마야는 자신의 방으로 가고 싶은 마음이 조금도 없었다. 여전히 이곳이 너무 두려웠다. 그러나 제이크는 단단히 결심한 모양이었다. 마야의 방 바로 앞에서 제이크가 걸음을 멈췄다.

"왜 그래?" 록시가 물었다. "마야 방에 뭐가 있어?"

제이크는 고개를 저었다.

"저기야." 제이크가 말하며 턱으로 청소 도구를 넣는 벽장 쪽을 가리켰다.

"저기에 비밀 구역이 있어. 저번에 톰한테는 말해준 적이 있는데, 별로 흥미로운 장소는 아냐. 하지만 다락에 있는 것보다는 더 크지. 아무튼 한번 살펴볼 만한 곳이긴 해."

제이크는 벽장문을 잡아당겨 열고 전등을 켰다.

마야는 안을 들여다보았다. 마야가 한 번도 자세히 본 적 없는, 퀴퀴한 냄새가 진동하는 작은 공간이었다. 이 공간에 맞는 적절한 용도를 찾아내지 못한 걸 보면, 엄마와 아빠도 이곳을 자세히 본 적이 없는 게 확실했다. 안에는 빗자루 두 개와 대걸레 하나, 낡은 진공청소기 한 대가 들어 있었다. 하지만 주로 건조기 안에 들어가기에 적합하지 않은 타월과 시트를 처박아 두는 일종의 쓰레기 창고로 쓰이고 있었다.

"숨기에 그리 좋은 장소는 아닌데?" 마야가 말했다.

"자, 잘 봐." 제이크가 말했다.

그러고는 오른쪽 판자 주위를 더듬었다. 처음에는 아무 일도 일어나지 않는 듯했다. 그런데 딸각하는 소리와 함께 제이크가 두 손으로 판자를 천천히 옆으로 밀자 미끄러지듯 움직였다. 그리고 그 뒤에 이 벽장과 똑같은 크기의 또 다른 공간이 나타났다.

그 공간은 텅 비어 있었다.

딱 한 가지만 빼고.

적대적인 기운으로 가득한 어떤 존재의 흔적.

"아무것도 없잖아." 록시가 말했다.

"내가 잘못 짚었는지도 몰라." 제이크가 말했다. "난 그냥 여기가 숨어 있기에는 가장 확실한 장소라고 생각했을 뿐이야."

"그는 이곳을 이용했어." 마야가 말했다.

두 사람이 마야를 돌아보았다.

"확실해. 난 알 수 있어."

"어떻게 그렇게 확신해?" 록시가 물었다. "이건 단지 빈 공간일 뿐이야. 이 안에 그가 숨어 있었다는 걸 암시하는 건 아무것도 없어. 또 설령 여기 있었다 해도 그 전에 그가 어떻게 이 로언트리 안으로 들어왔는지 설명이 안 되잖아. 물론 아래층에 문들도 있고 창문들도 있다는 건 알아. 그중 하나가 열려 있었다면 가능했겠지. 하지만 그랬다면 어떻게 아무도 그를 보지 못했지?"

"그는 문이나 창문을 이용하지 않았어." 제이크가 말했다.

그러고는 구석에 있는 뭔가를 빤히 쳐다보았다. 그것은 그림자에 가려져 있는 데다 거리가 너무 멀어 마야의 눈에는 명확히 보이지 않았다. 제이크는 그것을 더 자세히 보려고 무릎을 꿇고 앉았다. 마야와 록시는 바짝 붙어 제이크의 어깨 위를 자세히 들여다보았다.

제이크는 마룻장 위로 몸을 숙였다.

"봐, 헐렁해. 전에는 이러지 않았어. 그러니까 내가 이 집에 들어온 이후, 오랫동안 이 마룻장들은 못으로 단단히 고정되어서 전혀 흔들리지 않았다는 뜻이야. 그런데 지금은 못들이 빠져 있고 판자들만 남아 있잖아."

제이크는 가장자리를 열심히 살피기 시작했다.

"맞아, 여길 좀 봐."

제이크가 가장 멀리 있는 마룻장을 들어 올리기 시작했다. 마야는 록시가 자신의 손을 잡는 걸 느꼈다. 마야는 록시를 돌아보고 미소를 지었다. 두 사람은 함께 제이크를 지켜보았다. 제이크는 이제 그 마룻장을 완전히 끌어내 천천히 수직으로 세우고 있었다. 이들 뒤로 벽장문에서 흘러 들어온 빛이 막 드러난 틈 위를 비스듬히 비추고 있었다. 그러나 육중한 들보 너머까지 비추기에는 충분치 않았다. 제이크는 마룻장을 판자에 기대어 세워놓은 뒤 그 입구를 자세히 들여다보았다.

"뭐가 보여?" 록시가 물었다.

"아니, 잘 안 보여. 손전등이 있으면 좋겠는데, 어디 가까운 데서 하나 구할 수 없을까?"

마야는 자신의 방에 있는 손전등을 떠올렸다. 하지만 아무 말도 하지 않았다.

"내 배낭 속에 하나 있어." 록시가 말했다. "마을을 돌아다닐 때 늘 갖고 다니거든."

"나보다 더 철저한걸." 제이크가 말했다.

"금방 가져올게." 록시가 말하고는 방을 나갔다.

제이크는 여전히 틈 사이를 들여다보고 있었다. 그러고는 갑자기 고개를 들었다.

"뭐야?" 마야가 물었다.

"저 아래에 뭐가 있는지 알 것 같아." 제이크가 말했다.

"정말?"

"응, 사실 손전등 같은 건 필요 없어."

"그럼 왜 가져오라고 한 거야? 알고 있다면….'"

"너와 록시가 그걸 봤으면 해서지. 특히 넌 그걸 보려면 손전등이 필요할 거야."

마야는 그 틈을 빤히 쳐다보았다.

"전에도… 이 마룻장 밑을 본 적 있니?"

"아니." 제이크가 대답했다. "하지만 거기에 뭐가 있는지 대충 짐작은 하고 있었지. 틈을 들여다보는 순간 내 짐작이 옳다는 걸 알았어. 이제는 알 것 같아. 그 여우 가면이 어떻게 들어왔는지, 또 여기 있는 동안 어디에 숨어 있었는지도."

"그는 내 방에 있었어." 마야가 말했다.

제이크가 마야를 보았다.

"정말이야?"

"응."

"설마, 네가 그 방에 있는 동안은 아니었지?"

"응. 하지만 내가 없을 때, 여우 가면은 내 방에 머물렀어."

"그가 네 방 마룻장 밑에 남겨둔 인형 때문에 그렇게 생각하는 거야?"

"꼭 그런 건 아냐."

"그럼 뭐야?" 제이크가 말했다.

"그냥 알아. 그가 내 방에서 시간을 보냈다는 걸." 마야가 말했다.

"그는 거기서 잠을 잤어. 우리가 이사 오기 전, 로언트리가 비어 있던 몇 달 동안 말이야. 그냥 내 느낌이 그래. 그것 때문에 내 방에 들어가는 게 두려운 거야."

제이크는 다시 바닥의 틈을 들여다보았다.

"글쎄, 하지만 그는 이 로언트리의 다른 장소에서도 머물렀어."

이때 발자국 소리가 났다. 마야가 돌아보았다. 록시가 돌아왔고, 밀리도 무뚝뚝한 표정으로 서 있었다.

"마야, 5분이 너무 긴 것 아니니?"

"죄송해요." 마야가 말했다. "하지만 정말 중요한 일이에요."

"그래, 알아. 틀림없이 그렇겠지. 록시 말로는 손전등이 필요하다고 하던데, 이걸 쓰렴. 록시가 배낭에 넣어 가지고 다니는 깜찍한 것보다는 좀 더 쓸 만할 거야."

마야는 손전등을 받아 들었다.

"고마워요, 밀리."

마야는 손전등을 제이크에게 내밀었다. 하지만 제이크는 고개를 저었다.

"네가 직접 봐. 록시랑 같이." 제이크가 말했다.

그러고는 옆으로 비켜서서 마야와 록시가 가까이 다가올 수 있도록 해주었다.

"무릎을 꿇는 게 좋을 거야." 제이크가 말했다.

마야는 자신이 손전등을 꽉 움켜쥐고 있다는 걸 의식하며, 바닥에 무릎을 꿇고 앉아 들보 위에 손전등을 비추었다. 그리고 소스라치게 놀랐다.

"오, 맙소사." 마야가 중얼거렸다.

먼지 속에 머리 없는 인물이 그려져 있었다.

마야는 세 사람을 돌아보았다.

"난 이미 알고 있어." 제이크가 말했다.

"정말 흉측하군." 밀리가 록시의 어깨 너머를 보면서 말했다.

"더 자세히, 바로 그 틈 밑을 봐." 제이크가 말했다.

마야가 더 깊이 몸을 숙이고 빛을 비추었다. 벽으로 둘러싸인 정방형의 수직 통로가 어둠 속으로 뻗어 있었다. 벽돌은 낡고 거칠어 보였다.

"저건 옛날에 쓰던 굴뚝 아랫부분이야." 제이크가 말했다. "저 굴뚝이 저기에 있다는 건 알고 있었지만 여기로 연결되어 있는지는 몰랐어. 저 굴뚝은 분명 수명이 다했을 거야. 내가 로언트리에 살 때부터 이미 사용하지 않고 있었거든. 하지만 벽돌은 꽤 단단해 보여. 오르기도 쉬울 것 같고."

"오른다고?" 마야가 되물었다.

"그래." 제이크가 대답했다. "여우 가면은 저 굴뚝 안으로 올라간 다음 그 비밀 구역에서 기다렸던 거야. 이 집 안으로 몰래 숨어드는 게 안전해질 때까지 말이야."

마야는 여우 가면이 저 아래 어둠에서부터 올라오는 모습을 그려보았다. 그리고 두려움에 몸서리를 쳤다.

"그런데 저 굴뚝 아랫부분은 어디서 시작되는 거야?" 마야가 물었다.

"지하 저장고야." 제이크가 대답했다.

마야는 몸을 똑바로 펴고 제이크를 돌아보았다.

"하지만 지하 저장고에는 굴뚝이 없어."

마야는 로언트리에서 가장 후미진 곳에 있는 그 곰팡내 나는 저장고를 떠올렸다. 엄마와 아빠는 그곳을 와인, 증류주, 맥주 등을 저장하는 공간으로 쓰고 있었다. 마야도 몇 번 그곳에 가보았지만 굴뚝 같은 건 전혀 본 적이 없었다. 그리고 그 주장에는 또 다른 문제가 있었다.

"그 지하 저장고에는 외부로 통하는 문도 없어." 마야가 말했다. "계단을 통해 주방으로 이어지는 문밖에 없단 말이야. 결국 그 여우 가면이 먼저 이 집 안으로 들어오지 않았다면 지하 저장고로 들어갈 수 없었을 거란 말이지."

"아니, 들어갈 수 있어." 제이크가 말했다.

제이크가 한 손을 마야에게 내밀었다. 마야는 제이크의 손을 잡고 그가 이끌도록 했다.

"내가 보여줄게."

26

지하 저장고에 들어서는 순간, 마야는 제이크의 말이 옳다는 것을 알았다. 적대적인 기운이 이곳에도 있었다. 마야는 그것을 느낄 수 있었다. 밀리가 전등 스위치를 켜며 말했다.

"주위를 좀 밝게 하는 게 낫겠어."

록시가 주위를 둘러보았다.

"이 아래는 왠지 좀 으스스한 느낌이 들어요."

"무서워할 만한 건 아무것도 없어." 밀리가 말했다. "넌 평소에 여기 들어오는 걸 무서워하지 않았잖아, 안 그래?"

"그렇긴 하지만⋯."

"이런 나쁜 짓을 한 인간이 누구건 그는 이미 가버리고 없어." 밀리가 말했다. "그리고 다시는 돌아오지 않을 거야. 그러니까

지금은 전혀 두려워할 필요 없어. 이 지하 저장고뿐 아니라 로언 트리 그 어디에라도 마찬가지야."

"하지만 뭔가 기어다니는 듯한 오싹한 느낌이 들어요." 록시가 말했다.

마야도 주위를 둘러보았다. 여전히 굴뚝의 흔적은 보이지 않았다. 하지만 제이크가 말한 대로 밖에서 들어오는 통로처럼 보이는 것—이전에는 거의 알아채지 못했던 것—이 눈에 띄었다.

구석에 벽 위로 높이 창문이 하나 있었다. 이곳의 유일한 창문으로, 지면 바로 위에 위치해 있었고 이 호텔의 동쪽 날개를 빙 둘러싸는 오솔길을 향해 있었다. 마야는 자신을 쳐다보는 제이크의 시선을 의식하며 창문을 응시했다.

"그가 저기로 들어왔을까?" 마야가 물었다.

"그런 것 같아." 제이크가 대답했다.

그런 다음 제이크는 그 구석으로 걸어가 큰 맥주통 하나를 딛고 올라선 다음 유리를 밀었다. 창문은 쉽게 열렸고 찬 공기가 안으로 확 스며들었다.

"잠금쇠가 망가졌어. 아니, 오래전부터 망가져 있었겠지."

제이크는 잠시 그것을 자세히 살폈다.

"이건 일부러 망가뜨린 게 분명해. 창문이 닫혀 있기는 한데 딱 맞질 않아. 그러니까 바깥에서 들어오려면 이걸 잡아당겨서 열기만 하면 되는 거야. 그리고 안으로 들어와서 위로 올라가는 거지. 여우 가면은 바로 이렇게 집 안으로 들어왔던 거야."

"그렇다 해도 굴뚝은 어디에도 없잖아." 마야가 말했다.

제이크가 맥주통 위에서 뛰어내려 마야에게 걸어왔다.

"저 위를 좀 봐."

제이크가 턱으로 그 벽 쪽을 가리켰다. 마야는 그걸 쳐다보았다.

"저건 그냥 벽일 뿐이잖아." 마야가 말했다.

그때 제이크가 마야의 손을 잡았다. 그리고 가지런히 정렬된 술병들과 맥주통들을 지나 그쪽으로 갔다. 록시와 밀리는 말없이 두 사람의 뒤를 따랐다.

"바로 여기야."

제이크가 멈췄다.

"이제 보이니?"

"벽밖에 안 보이는데?" 마야가 말했다.

제이크가 마야의 손을 놓고 무거운 맥주통 두 개를 살살 굴려 옆으로 옮겼다. 거기에 그것이 있었다. 지금은 판자로 둘러싸인 낡은 벽난로의 윤곽이 선명히 드러났다.

"난 이걸 본 적이 없어. 정말이야, 단 한 번도 보지 못했어."

"그야 당연하지." 밀리가 말했다. "넌 이 로언트리에 온 지 불과 몇 주밖에 안 됐어. 그리고 아마 이 아래쪽에는 내려온 적도 없을걸. 설령 내려왔다 해도 이곳까지 와보진 않았을 테고. 물론 와봤을 수도 있지. 하지만 그렇다 해도 맥주통과 온갖 술병들이 가로막고 있어서 저 벽난로를 보기는 힘들었을 거야."

제이크가 마야를 돌아보았다.

"내가 장담하는데, 저 판자는 지금 붙어 있지 않을 거야. 예전에는 확실히 붙어 있었지만." 제이크가 말했다. "아직도 붙어 있는지 한번 확인해 볼까?"

제이크가 몸을 숙여 그것을 살펴보더니 말했다.

"거봐, 내 말이 맞잖아. 그 비밀 구역에 있던 마룻장과 똑같아. 못이 다 빠져 있어. 하지만 자세히 보지 않으면 아무도 알아챌 수 없을 거야."

제이크는 그 가장자리를 더듬더듬 만졌고 판자를 떼어내는 데는 그리 오래 걸리지 않았다.

"뒤로 물러서. 보기보다 훨씬 무거워."

그런 다음 그것을 한쪽으로 조금씩 옮겼다.

"자, 어때!" 제이크가 말했다.

하지만 마야는 돌아서서 자리를 떴다. 봐야 할 것은 이미 충분히 보았다는 생각이 들었다. 갑자기 위층으로 달려가고 싶었다. 다시 엄마, 아빠, 톰과 함께 있고 싶었다. 아무도 마야를 부르지 않았다. 마야는 주방으로 통하는 계단 밑에 서서 세 사람을 돌아보았다. 그들은 여전히 벽난로 옆에 있었다.

"고마워." 마야가 말했다.

그런 다음 마야는 급히 일층으로 올라갔다. 그리고 복도를 따라 계단으로 가서 다시 이층으로 올라가 엄마와 아빠, 톰의 방을 차례로 들여다보았다. 모두 전처럼 곤히 자고 있었다. 그때 현관문 닫히는 소리가 났고 잠시 후 밀리가 다시 나타났다.

"제이크와 록시는 집으로 보냈어." 밀리가 말했다. "그 애들은 자기들이 할 수 있는 일이 또 있을지 모른다며 더 있고 싶어 했지만 내가 안 된다고 딱 잘라 말했지. 그렇게 단호히 말하지 않았다면 여전히 여기 있었을 거야. 그 애들은 내일 아침에 다시 올 거야. 마야, 이제부터 내 말 잘 들어."

밀리가 마야의 두 손을 잡았다.

"내가 억지로라도 이렇게 하지 않으면 어떤 일이 벌어질지 잘 알아. 넌 틀림없이 밤새 자지 않고 앉아서 네 가족들을 지켜보겠지. 하지만 그건 무의미한 짓이야. 네가 지켜보든 말든 세 사람은 아침까지 아주 곤히 잘 테니까. 그래서 말이야, 내가 네 잠옷이랑 칫솔 같은 걸 챙겨서 9호실에다 잠자리를 마련해 놨어."

마야는 아무 대꾸도 하지 않았다.

"네가 부모님과 톰 옆에 최대한 가까이 있도록 배려한 거야." 밀리가 말했다. "원래 네 방보다 여기가 더 가깝거든. 또 지금 당장은 네 방에 들어가고 싶지도 않을 테고, 그렇지?"

"어떻게 알고—"

"그건 중요하지 않아. 신경 쓰지 마."

밀리가 마야의 팔을 잡았다.

"이제 널 9호실로 데려다줄 거야. 그리고 잠시 나갔다가 다시 돌아올 텐데, 그땐 네가 불을 끄고 자고 있기를 바라, 알겠지? 난 8호실에서 잘 거야. 그러니까 우리는 모두 나란히 붙어 있는 거지. 자, 이제 가자."

마야는 움직이고 싶지 않았다. 가족들 옆에 있고 싶었다. 하지만 저항할 기력조차 남아 있지 않았다. 마야는 밀리에게 몸을 맡긴 채 9호실로 향했다. 밀리는 방문을 열고 마야를 살며시 방 안으로 밀어넣고 문을 닫았다. 마야는 옷을 벗고 잠옷으로 갈아입은 다음 침대에 올라가 전등을 껐다. 잠시 후 문 열리는 소리가 들리고 밀리의 어슴푸레한 얼굴이 주위를 둘러보는 게 보였다. 그리고 다시 문 닫히는 소리가 났다.

방 바깥에도 전등이 꺼졌다.

마야는 눈을 감았고 얼핏 선잠이 들었다. 그러나 곧 다시 깨어났다. 방은 어두웠고 통증이 잦아들긴 했어도 머리는 여전히 쾅쾅 울리고 있었다. 마야는 오직 한 가지 생각에 잠겨 그대로 누워 있었다.

결국 마야는 침대에서 내려와 실내복을 걸치고 슬그머니 방을 빠져나왔다. 복도에는 어떤 불빛도 없었다. 그러나 복도를 따라가다 전에 보지 못했던 어두운 형체를 보았다. 마야는 우뚝 선 채로 그것을 빤히 쳐다보았다.

밀리였다. 의자에 앉아 졸고 있는 밀리.

마야는 가까이 다가갔다. 이제는 그 의자를 확실히 알아볼 수 있었다. 밀리가 6호실에서 가져온 것이었다. 밀리는 결국 침대에서 자지 않기로 마음먹은 모양이었다. 마야는 밀리가 깨지 않기를 바라며 천천히 더 가까이 갔다. 엄마의 방문과 아빠의 방문은 반쯤 열려 있었고 밀리는 두 방을 동시에 지켜볼 수 있는 지점에 의자를 놓아두었다.

마야는 첫 번째 방을 들여다보았다.

엄마와 아빠는 앞서 보았던 자세 그대로 곤히 자고 있었다. 마야는 톰의 방으로 갔다. 톰 역시 마찬가지였다. 마야는 잠시 톰을 지켜본 뒤 발끝으로 살금살금 걸어 톰의 방으로 들어갔다. 그리고 의자에서 쿠션을 가져다 침대 발치 바닥에 놓고 몸을 웅크린 채 잠이 들었다.

얼마 후 누군가의 목소리가 마야를 깨웠다.

마야는 눈을 뜨고 창문으로 스며드는 빛을 보았다. 마야는 바닥에서 몸을 비틀었다. 딱딱한 바닥이 느껴졌고 목 근육에 쥐가 났다. 그 목소리가 다시 말했다.

"마야?"

마야는 일어나 침대로 다가갔다. 톰은 눈을 감은 채 창 쪽을 향해 옆으로 누워 있었다. 톰은 조용히, 그러나 계속해서 숨을 쉬고 있었다. 마야는 몇 분 동안 톰을 지켜보았지만 톰은 더 이상 말을 하지 않았다. 그러다 몸을 약간 꿈틀거리더니 침대 가장

자리 쪽으로 조금 움직였다. 마야는 몸을 숙여 톰에게 이불을 덮어주었다.

톰의 눈은 여전히 감겨 있었고 몸은 움직이지 않았다. 날이 밝아오자 복도에서 코 고는 소리가 들려왔다. 마야는 계속 오빠의 얼굴을 바라보며 잠시 주변 소리에 귀를 기울였다. 그러고는 다시 톰의 이불을 단단히 덮어주고 침대 아래로 돌아와 바닥에 누웠다.

졸음이 엄습해 왔고 마야는 잠에 빠져들었다.

다시 눈을 떴을 때는 햇빛이 환하게 창문을 밝히고 있었고, 또 다른 목소리가 마야에게 말을 건네고 있었다.

"마야?"

마야가 위를 쳐다보았다. 아빠가 거기 서 있었다.

"마야."

마야는 허둥지둥 바닥에서 일어나 두 팔로 아빠를 안았다.

"조심하렴." 아빠가 속삭였다. "아직 기운이 없구나."

"괜찮으세요?"

"곧 좋아질 거야. 우리 모두."

"엄마는요?"

"아직 자고 있어." 아빠가 말했다. "사실 나도 좀 더 누워 있어야 하지만. 웨이드 박사가 아직은 걸어 다니지 말라고 했거든."

"웨이드 박사님이 벌써 왔어요?"

"벌써라니?"

아빠가 싱긋 웃었다.

"지금이 몇 신 줄 아니?"

"아뇨."

"열한 시야. 온 집 안이 시끌벅적한걸. 웨이드 박사뿐 아니라, 밀리, 제이크, 록시, 그리고 헨더슨 경위까지 와 있어. 밀리 말로는 경위가 아주 일찍부터 와 있었다고 하더구나. 이곳에 제일 먼저 도착했대. 너와 얘기를 나누려고 온 모양인데 밀리가 널 깨우지 못하게 했어. 그래서 지금 아래층에서 기다리는 중이야."

"내가 또 문제를 일으켰나요?"

"그런 바보 같은 소리가 어딨니?"

톰이 신음 소리를 내더니 몸을 돌렸다. 그리고 눈을 떴다. 아빠와 마야가 톰에게 몸을 숙였다. 톰이 다시 신음하더니 하품을 했다.

"마야?" 톰이 말했다. "내가 자는 동안 계속 여기 있었던 거야?"

"응."

"코를 골진 않았지?"

"응."

하지만 톰은 이미 다시 잠들어버린 뒤였다. 아빠는 톰에게 이불을 다시 덮어준 다음 조금 휘청거리며 똑바로 섰다.

"괜찮으세요?" 마야가 물었다.

"생각만큼 회복되지는 않은 것 같구나." 아빠가 말했다. "웨이드 박사가 그렇게 일러주긴 했지만. 날 좀 도와줄래?"

마야는 아빠의 팔짱을 끼고 아빠가 방에서 나갈 수 있도록 부축해 주었다. 아빠는 시선을 앞으로 고정시킨 채 천천히 걸었다. 웨이드 박사가 복도에서 두 사람을 지켜보고 있었다.

"좀 어떠니, 마야?" 박사가 물었다.

"괜찮아요."

"머리는 어때?"

"아직 아프긴 하지만 좀 나아졌어요."

"이따가 붕대를 좀 살펴보자꾸나. 들어가서 엄마한테도 인사를 하지 그러니?"

"엄마가 깨어났어요?"

"응, 지금 막 깨어났어."

엄마는 침대에서 일어나 앉아 눈을 비비고 있었다.

"엄마."

엄마가 두 팔을 뻗었다. 마야는 그 앞으로 달려갔다.

"조심하렴, 마야." 웨이드 박사가 말했다.

"괜찮아요." 엄마가 말했다.

마야는 엄마 품으로 파고들었고 둘은 잠시 그렇게 부둥켜안고 있었다. 그러고 나서 엄마가 마야를 살짝 밀어내며 마야의 얼굴을 살폈다.

"넌 괜찮아?"

"네, 엄마."

엄마는 마야의 얼굴을 계속 살폈다.

"난 괜찮아요, 엄마. 정말이에요."

"알았어."

엄마가 다른 사람들을 보면서 말했다.

"아래층에서 헨더슨 경위의 목소리가 들리는 것 같던데, 그가
왔나요?"

"네." 웨이드 박사가 대답했다. "마야와 얘기를 나누고 싶대요."

"내려가서 만나볼게요." 마야는 이렇게 말하고 엄마를 보았다.
"이제 다들 괜찮은 거죠?"

"우린 괜찮아. 우리 걱정은 그만해." 엄마가 말했다.

마야는 9호실로 돌아가 재빨리 씻고 옷을 갈아입었다. 그리고
서둘러 아래층으로 내려갔다. 헨더슨 경위가 주방 테이블에 앉
아 밀리, 제이크, 록시와 함께 커피를 마시고 있었다.

"무슨 일로 오셨어요?" 마야가 물었다.

헨더슨 경위는 마야를 진지한 얼굴로 쳐다보더니 자리에서
일어났다.

"부모님은 깨어나셨니?" 경위가 물었다.

"네, 그런데 무슨 일이죠?"

"잠깐만."

경위는 조용히 주방을 나갔다.

마야는 자리에 앉아 밀리를 보았다.

"대체 무슨 일이에요?" 마야가 재차 물었다.

"몰라." 밀리가 대답했다.

"원래 우리한테는 아무것도 말해주지 않잖아. 넌 아침부터 먹는 게 좋을 것 같아. 커피는 그 포트에 있어."

"내가 따라줄게." 제이크가 말했다.

"그럴 줄 알았어." 밀리가 말했다.

밀리는 서둘러 레인지 앞으로 갔다.

"내가 계란을 부치는 동안 먼저 시리얼부터 먹으렴. 헨더슨 경위가 돌아오려면 아마 한참 걸릴 거야."

하지만 경위는 곧 돌아왔다.

"커피 더 하실래요?" 밀리가 경위에게 물었다.

"아뇨, 됐습니다."

경위가 테이블에 앉았다. 그리고 조금 전처럼 진지한 얼굴로 마야를 바라보았다.

"마야는 지금 아침 식사 중이에요." 밀리가 말했다. "다 먹을 때까지 얘기는 삼가 주세요."

"물론이죠." 경위가 말했다.

하지만 마야는 경위가 몹시 조급해하고 있음을 느꼈다.

"무슨 일이에요?" 마야가 다시 물었다.

헨더슨 경위는 밀리를 힐끗 쳐다보았다. 그러고는 테이블 앞으로 몸을 기울였다.

"마야, 식사를 마치고 네 붕대를 점검한 뒤에 말이야, 나와 좀 같이 가줬으면 해. 네 부모님께는 방금 말씀드렸다. 괜찮다고 하시더구나."

경위가 잠시 말을 멈추더니 제이크를 돌아보며 말했다.

"그리고 너도 같이 가줬으면 좋겠어."

27

크레스웰 병원 밖에는 경찰차 두 대가 서 있었다. 베킷 순경이 그 중 한 차 옆에 서 있었다. 헨더슨 경위가 베킷 순경 옆에 차를 주차하고 차창을 내리더니 물었다.

"그는 도착했나?"

"네, 경위님. 몹시 초조해 보이더군요."

"당연히 그럴 테지."

마야는 뒷좌석에 앉아 옆에 있는 제이크를 슬쩍 보았다. 로언 트리에서 이곳까지 오는 동안, 헨더슨 경위에게서 뭔가 정보를 알아내려고 몇 번 시도하다 허탕을 친 것 말고는 둘 다 아무 말도 하지 않았다. 경위가 말해준 건 젭이 지금 구금되어 있다는 사실뿐이었다.

"저희한테 더 말해줄 건 없나요?" 제이크가 물었다.

헨더슨 경위가 앉은 자리에서 몸을 틀더니 말했다.

"안으로 들어가 보자."

세 사람은 차에서 내려 병원으로 들어갔다. 입구 안쪽에 코커 경장과 간호사 한 명이 있었다. 코커 경장이 헨더슨 경위를 보더니 앞으로 걸어왔다.

"그가 왔습니다, 경위님."

"알고 있네." 헨더슨 경위가 말했다.

그러고는 마야와 제이크를 돌아보았다.

"일부러 숨기고 있는 건 아냐."

"우리가 바본 줄 아세요?" 제이크가 말했다.

"내가 너희를 이 병원으로 데려온 건 말이야, 여기 있는 사람들에 대해 그냥 전해 듣는 것보다 너희가 직접 보는 게 나을 거라고 생각했기 때문이야. 그리고 예상치 못한 사건이 하나 있었는데 그걸 규명하는 데는 이 병원만 한 곳이 없어. 여기가 가장 적합한 장소인 것 같아."

"무슨 말이에요?" 제이크가 물었다.

그러나 헨더슨 경위는 그 질문에 대답하지 않고 간호사에게 고개를 돌렸다.

"먼저 모를 보고 싶은데 괜찮을까요?"

"그럼요." 간호사가 대답했다.

간호사는 세 사람을 복도로 안내했다.

마야는 주위를 둘러보았다. 병원 특유의 밝은 분위기에도 불구하고 마치 그 숲에서 본 장면들이 휙휙 지나가는 듯한 기분이 들었다. 공터, 너도밤나무, 우거진 덤불, 땅거미, 그리고 제가 흘린 피에 젖어 누워 있던 모. 자신을 보고 빙글빙글 돌아가던 모의 이상한 눈.

그것들이 이곳에 다시 나타난 것 같았다. 하지만 지금 모는 병상에 누워 있었다. 핏자국은 보이지 않았고 목 주위에 커다란 붕대만 감겨 있었다. 그리고 혼자가 아니었다. 보니가 환자복을 입은 채 침대에 앉아 모의 손을 꼭 잡고 있었다. 보니는 세 사람이 다가오는 걸 보더니 침대에서 벌떡 일어나 내려왔다.

"가까이 오지 말아요." 보니가 날카롭게 쏘아붙였다.

간호사가 침대로부터 멀찍이 떨어진 곳에 셋을 멈춰 세웠다.

"진정해, 보니. 모두 네 친구들이야." 간호사가 말했다.

보니가 마치 싸울 것처럼 사람들에게 대들었다.

"모는 사람들이 몰려드는 걸 좋아하지 않아요." 보니가 말했다. "사람들은 모를 놀라게 한다고요."

그러고는 눈으로 재빨리 경위 일행을 훑었다.

"마야는 와도 돼. 하지만 그 밖에 다른 사람은 절대 안 돼요."

간호사는 사람들을 몇 걸음 물러나게 했다. 그런 다음 보니에게 등을 돌리고 목소리를 낮췄다.

"이런 일이 생겨 죄송합니다." 간호사가 말했다. "보니는 지금 여기 있으면 안 되는 상황이에요. 다른 병실에서 치료를 받아야 하거든요. 사람들이 처음 보니를 여기 데려왔을 땐 거의 죽어가는 것 같았어요. 하지만 모가 여기 있다는 걸 알고는 금세 저렇게 변하더라고요. 우린 저 애를 모에게서 떼어놓을 수가 없었어요. 정말 좀 이상하다니까요."

"모가 나아지기 시작했군요." 마야가 말했다.

"그래." 간호사가 대답했다. "모는 보니가 옆에 오자마자 기운을 되찾기 시작했어. 처음에는 정말 위태로운 상태라 모두 가망이 없다고 생각했지. 하지만 지금 모를 좀 봐."

마야는 침대 쪽을 돌아보았다. 보니가 여전히 사람들을 노려보며 보초처럼 서 있었다. 보니 뒤에는 모의 거대한 형체가 있었다. 마야는 모를 빤히 바라보았다. 소년의 얼굴은 마야를 향해 있었다. 눈은 여전히 빙글빙글 돌고 있었지만 모가 자신을 지켜보고 있다는 걸 마야는 알 수 있었다.

마야는 모를 향해 걸어가기 시작했다. 보니의 시선이 마야를 주시하고 있었으나 마야는 그것을 무시하고 계속 모의 얼굴을 바라보며 앞으로 나아갔다. 소년은 힘겹게 숨을 쉬고 있었고 마야가 가까이 다가가자 몸에 힘을 주었다. 마야는 모가 자신을 완전히 알아보고 있음을 알 수 있었다.

마야는 침대 옆에 멈춰 서서 모를 내려다보았다.

"딱 1분만이야. 그것으로 끝이야." 보니가 말했다.

"1분까지는 필요 없어." 마야가 말했다.

마야는 몸을 숙여 모의 이마에 입을 맞춘 다음 일어섰다.

보니가 다시 말했다.

"난 널 좋아하지 않았어. 하지만 지금은 괜찮은 것 같아."

마야는 모를 계속 지켜보았다.

"너도 괜찮은 아이야." 마야가 조용히 말했다.

그러고는 돌아서서 뒤돌아보지 않고 걸어 나왔다.

브린과 애니는 다른 병실에서 잠들어 있었다.

"두 사람도 위험한 고비를 잘 넘겼어요." 간호사가 말했다. "하지만 정말 구사일생으로 살아났어요. 그대로 30분만 더 방치되어 있었다면 영영 깨어나지 못했을 테니까요. 브린은 구급차에서 거의 죽을 뻔했다니까요. 하지만 지금은 두 사람 다 호전되고 있어요."

코커 경장이 빙그레 웃었다.

"그럼 언젠가는 결혼식을 치를 수 있겠군요." 경장이 말했다.

간호사가 경장을 쳐다보았다. 그리고 다시 헨더슨 경위를 보았다. 마야는 간호사의 눈빛에서 무언의 질문을 읽었다. 헨더슨 경위가 고개를 끄덕여 대답했다. 마야는 이제 이 병원을 찾아온 진짜 목적이 무엇인지 밝혀질 시간이 되었다는 걸 알아챘다.

그게 무엇인지는 이미 예감하고 있었다. 그런데 왜 그것이 제이크와 관련되어 있는지, 그 이유는 감이 잡히질 않았다. 이제 그들은 다시 걷고 있었다. 간호사의 인도에 따라 계단과 여러 개의 문을 지났다. 그런 다음 길고 조용한 복도의 맨 끝에 있는 닫힌 문 쪽으로 향했다.

여경 한 명이 문밖에 서 있었다. 그리고 그 앞에 초초하게 서성이는 한 사람이 있었다.

맥머도였다.

"프랭크 삼촌!" 제이크가 불렀다.

그 숲지기가 돌아보았다. 제이크가 급히 그에게 다가갔다.

"여기서 뭐 하시는 거예요?" 제이크가 물었다.

맥머도는 대답하지 않았다. 하지만 서성이던 발걸음을 멈추고 그들이 다가오길 기다렸다. 마야는 숲지기의 얼굴을 유심히 살폈다. 앞서 베켓 순경이 말한 그 사람이 분명했다. 순경은 이 숲지기가 초조해 보인다고 했다. 하지만 그렇지 않았다. 맥머도는 몹시 두려워하고 있었다.

마야는 저 너머 병실에 누워 있는 존재를 의식하며 닫힌 문을 힐끗 쳐다보았다.

"프랭크 삼촌, 대체 무슨 일이에요?" 제이크가 말했다.

맥머도는 헨더슨 경위를 슬쩍 보았다.

"말해주게, 프랭크." 경위가 말했다. "경찰서에서 자네가 코커 경장한테 말한 것을 그대로 말해주면 돼."

"미안하다, 제이크." 맥머도가 다시 입을 열었다. "오래전에 네게 말해줬어야 하는 건데. 난 그저… 너한테 아무 도움도 되지 않을 거라고 생각했어. 네가 알아봤자 좋을 게 없을 거라고."

"뭘 말이에요?" 제이크가 물었다.

"사실 넌 외아들이 아냐."

제이크가 맥머도를 빤히 쳐다보았다.

"그게 정말이에요?"

"나한테 많이 실망했지? 나도 알아." 맥머도가 말했다.

"계속해요, 프랭크." 코커 경장이 말했다.

숲지기는 고개를 떨구고 바닥을 내려다보았다.

"젭을 잡았다면서요?" 맥머도가 웅얼거렸다.

"그래." 헨더슨 경위가 말했다. "그는 거의 모든 사실을 우리한테 말했지. 하지만 그중 일부는 자네가 직접 제이크한테 말해야 해. 마야한테도 그렇고."

"알아요, 안다고요."

맥머도가 인상을 찌푸리더니 마야에게 눈을 돌렸다.

"제이크가 너한테 말했는지 모르겠지만 제이크의 아빠, 그러니까 핼은 내 형이야. 핼과 클로에, 제이크의 엄마 말이야, 두 사람은 한때 이 로언트리를 소유했어. 그러니까 플린트 부부가 오기 전이지. 제이크는 엄마도 아빠도 기억하지 못해. 제이크가 두 살 때쯤 두 사람을 한꺼번에 잃었거든. 그 후로는 죽 나와 같이 살았지."

마야는 아무 말도 하지 않았다. 마야의 마음은 줄곧 문 너머 병실에 가 있었다. 심지어 맥머도의 말에 귀를 기울이고 있는 동안에도 생각은 온통 이 방에 쏠려 있었다.

"말을 빙빙 돌려봤자 소용없겠지." 맥머도가 말했다. "그 결혼은 한마디로 재앙이었어. 형은 술버릇이 고약했고, 몹시 다루기 힘든 망나니였지. 그건 의심할 여지가 없어. 하지만 클로에는 더 심했어. 다들 그렇게 말했어. 변덕이 죽 끓듯 하고, 사람을 교묘히 조종하고, 성질은 괴팍한 데다 고상한 척하는 속물이었지. 그리고 이상할 정도로 로언트리에 집착했어. 거긴 클로에의 저택이자 영역이었고, 빌어먹을 왕국이나 마찬가지였지."

맥머도는 제이크를 보았다.

"그리고 이건 내가 너한테 미리 말해줬어야 하는 건데, 넌 그 일을 전혀 기억하지 못할 거야. 너무 어렸으니까. 하지만 네 부모의 결혼 생활은 결국 끝나고 말았어. 둘은 얼굴만 맞대면 서로 소리를 질러댔지. 그나마 널 낳은 게 그 결혼 생활에서 유일하게 좋은 일이었어. 하지만 두 사람은 널 제대로 돌보지 않았고 나는 수시로 들락거리며 네가 괜찮은지, 우유는 먹었는지 확인해야 했어. 거의 대부분은 방치되어 있었지. 핼은 술을 마구 퍼마셨고 클로에는 넓은 영지를 소유한 귀부인마냥 한가로이 로언트리 주위를 돌아다니곤 했으니까. 그러다 클로에가 다른 남자를 좋아하기 시작했어. 내가 막 조수로 채용한 청년이었지. 바로 브린이야."

"오, 맙소사." 제이크가 말했다.

"그때 그는 꽤 매력적인 인물이었으니까. 잘생긴 외모에, 힘세고, 일도 잘하고, 좀 거칠지만 아주 순진한 청년이었거든. 브린은 열아홉 살이었어. 클로에는 40대였고."

"꼭 젭과 리베카 플린트 얘기 같군." 코커 경장이 말했다.

"나도 그 생각을 안 한 건 아니에요." 맥머도는 그렇게 말하고 다시 제이크를 돌아보았다. "하지만 그건 단지 하룻밤 불장난이었어. 브린은 나한테 그렇게 말했지. 그런데 결국 심각한 결과를 초래하고 말았지. 클로에가 덜컥 임신을 한 거야. 그러고는 남편에게 다른 사람의 아이를 가졌다고 털어놓으며 그를 비웃었어. 핼은 이미 그 사실을 알고 있었지. 그래서 어떻게 했을까? 핼은 아무 말 없이 사라지더니 로언트리를 팔아버렸어. 아주 은밀히 말이야. 클로에를 괴롭히기 위해서였지. 핼은 결혼하기 전에 사업을 시작했기 때문에 모든 게 핼의 명의로 되어 있었거든. 핼은 그렇게 호텔을 플린트 부부에게 팔아버린 후에 클로에한테 자기가 한 일을 자랑스레 떠벌리며 그동안 받았던 조롱을 고스란히 되갚아 주었어."

제이크가 고개를 돌렸다.

"미안하다, 제이크." 맥머도가 말했다. "너한테 미리 말했어야 했다는 건 알아."

"엄마의 임신에 대해 브린도 알고 있나요?"

"아니, 그에게는 말하지 않았어. 아마 네 엄마도 말하지 않았을 거야. 브린은 그 일에 관해 나한테 결코 말한 적이 없어. 하지만 클로에는 브린에게 몹시 나쁜 영향을 끼쳤어. 앞서 말했다시피 클로에는 늘 변덕스럽고 불안정했고, 그 성격이 브린을 두렵게 했지. 브린은 그날 밤 이후 클로에를 멀리했고, 그 후 모든 여자를 경계하게 되었어. 애니 쇼와 사귀기 전까지는 말이야."

"저한테 말하지 않은 게 또 뭐가 있어요?" 제이크가 물었다.

"네 엄마와 아빠는 한바탕 크게 말다툼을 했어. 약간의 폭력까지 있었지. 클로에는 화를 못 이겨 떠나버렸고 결국 돌아오지 않았어. 핼은 취해서 쓰러질 때까지 술을 퍼마셔댔지. 그리고 몇 주 후 로즈앤드크라운 밖에서 쓰러졌는데 불행하게도 여물통에 머리를 박고 말았고. 그 사고 후 얼마 지나지 않아 핼은 죽었어. 바로 이 병원에서 말이야."

"그 얘긴 이미 알고 있어요." 제이크가 말했다. "엄마는 어떻게 됐어요?"

숲지기는 천천히 힘겹게 숨을 내쉬었다.

"13년 동안 난 클로에에게 아무런 연락도 받지 못했어." 맥머도가 말했다. "이건 사실이야, 제이크. 단 한마디 소식도 없었어. 그러다 작년에야 전갈을 받았지. 휘갈겨 쓴 쪽지였는데, 자기 이름과 주소, 글쎄, 그걸 주소라고 해야 할지는 잘 모르겠구나. 주소라기보다는 위치 표시에 더 가까운 그런 것만 달랑 적혀 있었어. 네 엄마가 어려움에 처해 있다는 뜻이라는 걸 알 수 있었지. 클로에는 수 킬로미터 떨어진 해변가에 있었는데 난 그걸 아무한테도 말하지 않았어. 어쩌면 그때 말했어야 했는지도 몰라. 하지만 말하지 않았어. 그땐 입을 다무는 게 최선이라고 생각했거든. 그저 나 혼자 조용히 그 해안으로 내려갔고 네 엄마를 발견했는데… 다리 밑에서 살고 있더구나. 아무도 없이 혼자였어. 돈도 먹을 것도 없고, 심지어 몸을 덮을 담요조차 없었지. 게다가 정신마저 온전치 않았어. 미안해, 제이크. 네 엄마는 자기가 누군지, 어디에 있는지도 모르고, 심지어 내가 누군지도 알아보지도 못했어. 그리고 거기서 그렇게 숨을 거뒀지. 나와 둘이 있는 동안, 그 악취 나는 다리 밑에서."

"빌어먹을!" 제이크가 소리쳤다.

"그러고 나서 난 또다시 잘못된 선택을 했어." 맥머도가 말했다. "내 딴엔 널 보호하려고 그랬던 거야. 물론 넌 내가 말해줬어야 한다고 따지고 싶겠지. 하지만 난 경찰에게 클로에의 죽음을 신고할 때도 그냥 우연히 다리 밑에 쓰러져 있는 늙은 여자를 발견한 것처럼 꾸며서 말했어. 전혀 모르는 여자처럼 말이지. 그래서 경찰에 이름을 말하지 않았어. 아마 경찰도 이름을 알아내지 못했을 거야. 그 후로 무슨 일이 일어났는지는 전혀 몰라. 경찰은 나한테서 진술을 받았고 더 이상은 아무런 연락도 없었으니까."

"그럼 삼촌한테 그 쪽지를 보낸 사람은 누구죠?" 제이크가 물었다. "그게 엄마였을 리는 없잖아요. 정신이 온전치 않았다면서요. 틀림없이 다른 누군가가 썼을 거예요."

맥머도는 대답하지 않았다.

"혹시 엄마의 아이가 쓴 건 아닐까요?"

"모르겠어." 맥머도가 대답했다.

침묵이 흘렀다. 마야는 그 문을 바라보았다. 그리고 간호사에게 걸어갔다.

"이제 들어가도 될까요?" 마야가 물었다.

"그래야 할 것 같구나."

제이크가 마야에게 다가가 옆에 섰다. 마야는 제이크의 얼굴에 드리워진 두려움을 읽고 손을 잡아주었다. 제이크는 마야의 손을 꽉 쥐었다. 그리고 헨더슨 경위를 돌아보며 물었다.

"저 방에 그 여우 가면이 있나요?"

"그래." 경위가 대답했다.

"그럼, 여우 가면이 우리 엄마가 낳은 아이인가요?"

"그래."

제이크가 문을 향해 돌아섰다.

"들어가자."

28

병실에는 침대가 딱 하나 놓여 있었다. 문제의 인물은 각종 모니터들과 주위에 설치된 어수선한 장비에 가려져 있었고 옆에 세 명의 간호사가 서 있었다. 제이크와 마야는 앞서 걸어갔고 나머지 사람들이 그 뒤를 따랐다. 사람들이 가까이 가자 간호사들이 옆으로 비켜섰다.

그리고 거기에 그 애가 있었다.

열다섯 살쯤 되어 보이는 소녀였다.

눈은 감겨 있었고 몸은 움직이지 않았다. 조용히 숨만 쉬고 있었다. 마야는 의아한 표정으로 소녀를 빤히 쳐다보았다.

"난 한 번도 본 적이 없는 아인데." 제이크가 말했다. "누구 본 적 있어요?"

"우리 경찰들도 본 적이 없어." 헨더슨 경위가 말했다.

"난 본 적 있어." 마야가 말했다.

마야는 모든 시선이 자신에게 쏠리는 걸 느꼈으나 계속 소녀를 응시했다. 소녀의 얼굴은 평화로워 보였다. 위태로운 평화로움이었다. 소녀는 그날, 그 숲에서도 지금과 똑같은 표정을 짓고 있었다. 그때, 잡목 숲에서 젭이 불쑥 올라왔고 잠시 후 이 소녀가 올라오지 않았던가. 소녀는 셔츠 단추를 아무렇게나 잠그고 검은 머리칼을 흔들더니 바지를 주워 입고 슬그머니 나무들 속으로 사라져 버렸었다.

잊고 있었다.

지금까지.

검은 머리칼은 시트 위에 흐트러져 있었고 두 눈은 감겨 있었다. 마야는 오히려 고마웠다. 그 눈과 마주하고 싶지 않았기 때문이다.

"마야?" 제이크가 불렀다. "이 아이를 어디서 봤어?"

"그 숲에서." 마야가 말했다. "그때 난 오빠와 함께 밖으로 나갔어. 저번에 내가 말했던 그 끔찍한 물건, 내 방 마룻장 밑에서 찾았다고 했던 그 인형을 갖고 말이야. 난 그걸 없애버리고 싶었어. 하지만 오빠가 보지 않기를 바랐기 때문에 오빠가 나를 보지 않을 때까지 기다렸다가 잡목 숲 쪽으로 던져버렸어. 그때 갑자기 젭이 불쑥 올라왔어. 그 잡목 숲에 젭이 있었던 거지. 그리고 그 옆에 이 아이가 있었어. 이 애는 셔츠 단추를 잠그고 옷을 주워 입고 있었지. 하지만 곧 가버렸어. 아무 일도 없었다는 듯 유유히. 그리고 우리는 애를 별로 주목하지 않았어. 젭이 우리를 향해 다가왔거든. 그래서 잊고 있었던 거야. 젭 주위에는 늘 많은 여자들이 붙어 있다는 말을 들었던 터라 더 무심히 넘겨버렸던 것 같아."

"이름은 크리스털이야." 헨더슨 경위가 말했다.

마야가 경위를 돌아보았다.

"브린의 딸이자 제이크의 이복 여동생이지." 경위가 말을 이었다. "우리는 이 아이에 대한 대부분의 정보를 젭을 통해 알아냈어. 크리스털은 젭을 자기 마음대로 조종할 수 있다고 너무 과신한 나머지 젭에게 모든 걸, 아니면 거의 모든 걸 말해주었던 것 같아. 크리스털이 지금껏 한 일들뿐 아니라 앞으로 하려던 일들까지 모두 말이야. 하지만 젭은 알아채지 못했어. 크리스털에 대한 우리의 관심을 따돌리기 위한 일종의 연막탄으로 자신이 이용되고 있고, 또 일이 잘못될 경우 자신이 희생양이 될 수도 있다는 걸 말이야. 어쩌면 알고 있었지만 개의치 않았을 뿐인지도 모르지. 젭은 완전히 제멋대로 사는 인간이니까. 젭은 크리스털이 무슨 짓을 벌이고 있는지 분명히 알고 있었어. 하지만 말했다시피, 크리스털은 젭을 마음대로 할 수 있었지만 젭은 그렇지 못했지."

마야는 소녀의 얼굴을 다시 보았다.

"이 아이가 조금이라도 말을 했나요?" 제이크가 물었다.

"단 한마디도 없었어요." 간호사 한 명이 말했다. "숲에서 쓰러진 채 발견된 이후 지금껏 계속 혼수상태거든요."

"살 가망은 있나요?" 코커 경장이 물었다.

"뭐라 단정하기가 어려워요." 그 간호사가 말했다. "깨어날 수도 있지만 젭에게 너무 심하게 맞아서 어떨지 모르겠어요."

"그런데 얘가 왜 사람들을 죽이기 시작한 거예요?" 제이크가 물었다.

"마음이 병들었기 때문이지." 맥머도가 말했다.

"현재로서는 젭의 진술을 토대로 추론할 수밖에 없어." 헨더슨 경위가 말했다. "젭은 이 이야기를 크리스털에게 들었다고 했으니까 이것도 추측일 뿐 확실한 건 아냐. 우리는 수년 전 클로에가 헴베리를 떠난 뒤 어떻게 살아왔는지, 그 행적에 대한 기록을 전혀 찾지 못했어. 딸 크리스털에 대해서도 마찬가지고. 심지어 출생신고조차 되어 있지 않았지. 젭의 말에 따르면, 크리스털은 제 엄마와 함께 노숙을 하며 줄곧 떠돌이 생활을 했대. 그런데 클로에의 병이 점점 깊어졌고, 그럴수록 성질도 한층 모질고 난폭해졌다는 거야."

경위가 말을 끊었다.

"내 생각엔 이 모든 일들이 크리스털에게 고스란히 영향을 미친 것 같아." 경위가 계속했다. "그래서 클로에가 죽을 무렵, 크리스틸은 이미 엄마의 복수를 할 준비가 되어 있었어."

"하지만 누구한테요?" 제이크가 말했다. "아빠는 이미 세상을 떠났고 브린은… 크리스틸의 친아빠잖아요. 틀림없이 얘도 알고 있었을 거예요. 엄마가 이걸 말해주지 않았다고는 볼 수 없어요. 그게 아니면 뭣 때문에 자기 아빠를 죽이려고 하겠어요? 그 밖에 다른 모든 사람들도 그렇고요."

"그게 그렇게 단순하지만은 않아. 그보다는 훨씬 더 복잡한 것 같아." 헨더슨 경위가 말했다. "클로에가 이 아이한테 무슨 얘길 어떻게 했는지 누가 알겠어? 네 아버지에 대해선 당연히 나쁜 이미지만 심어주었겠지. 하지만 브린도 예외는 아니었을 거야. 클로에는 아마 브린을 자신을 이용한 파렴치한으로 만들었을 거야."

"그럼 애니 쇼는요?" 제이크가 말했다. "아무 관련이 없잖아요."

"애니는 브린과 교제 중이었어." 경위가 말했다. "게다가 곧 결혼할 예정이었지. 만약 브린에게 복수하려 했다면 애니를 죽이는 것보다 더 좋은 방법이 어디 있겠어?"

"좋아요." 제이크가 말했다. "그럼 마야의 가족은 어떻게 된 거죠? 또 플린트 부인은요? 그들이 뭘 했길래 표적이 된 거냐고요?"

"제이크." 마야가 말했다.

제이크가 마야를 보았다.

"그건 로언트리 때문이야. 저번에 내가 너한테 말했듯이 그건 일종의 집착이었어."

"누구의 집착?"

"클로에의 집착이지." 마야가 말했다. "네 어머니의 집착. 로언트리는 네 어머니의 것이었어. 맥머도 씨가 말했듯이 네 어머니는 로언트리를 자신의 왕국으로 생각했고 그건 크리스털도 마찬가지였던 거야."

마야는 침대에 누워 있는 소녀를 바라보았다.

"마야 말이 맞아." 헨더슨 경위가 말했다. "로언트리는 이 모든 사건에서 가장 중요한 핵심이야."

"크리스털은 그 집에서 잠을 잤어요." 마야가 말했다.

"우리도 알아." 경위가 말했다. "젬이 말해줬거든. 난 크리스털이 프랭크에게 쪽지를 쓴 게 아닐까 생각하고 있어. 클로에가 어디 있는지를 말해주려고 말이야. 그건 죽어가는 엄마를 위한 크리스털의 마지막 행동이었어. 그러고 나서 이 아이는 헴베리로 향했고 로언트리가 텅 비어 있다는 걸 알게 되었지. 리베카 플린트와 그 남편은 서로 갈라져 떠나버렸고 이 호텔은 매물로 나와 있었어. 먼로 씨 가족이 아직 이사 오기 전이라서 크리스털은 그 집에 들어갔어. 아무도 몰래 은밀히 말이야."

맥머도가 고개를 가로저었다.

"어떻게 아무도 보지 못할 수가 있죠?" 맥머도가 물었다.

"크리스털은 아주 영리한 아이였어." 헨더슨 경위가 말했다. "그리고 단호한 결심이 서 있었지. 이 아이는 자신의 엄마를 위해, 그리고 자신을 위해 로언트리가 필요하다고 생각했어. 사실 이 어린 소녀가 어둠 속에서 그 텅 빈 호텔을 돌아다니고, 맨바닥에서 잠을 자는 모습을 상상하긴 어렵지. 하지만 내 생각에는 충분히 그렇게 했을 것 같아."

"이 아이는 제 방에서 잤어요." 마야가 말했다. "저는 거기서… 무시무시한 어떤 걸 느낄 수 있었어요. 그것 때문에 얼마나 무서웠는지 몰라요. 지금도 그렇고요. 그래서 방에 들어갈 수가 없었어요. 이 애가 바로 거기서 살인을 꿈꿨다는 걸 알아요. 그 끔찍한 인형이 증거죠. 이 애가 나무에 새겨놓은 형상들이나 절단된 동물들도 마찬가지예요. 그것들은 모두 일종의 의식으로 희생된 거예요."

"무엇을 위해?" 제이크가 물었다.

"힘을 위해서지." 마야가 제이크를 보며 대답했다. "다가올 것들을 위한 힘."

마야는 죽은 여우들을 떠올렸다. 그리고 살아 있는 그 여우를 생각했다.

무슨 까닭인지 그 여우가 다시 가까이에서 느껴졌다.

마야는 크리스털의 얼굴을 자세히 살폈다. 눈은 여전히 감겨 있었고 얼굴은 평화로웠다. 호흡은 전처럼 약하게 이어지고 있었다.

"이 모든 일들이 어떻게 맞춰지는지 난 아직도 이해가 안 돼." 제이크가 말했다.

"내 생각엔 일이 이렇게 진행된 것 같아." 헨더슨 경위가 말했다. "크리스털은 먼저 로언트리를 조사한 다음 브린을 죽일 방법을 찾아야겠다고 생각하고 헴베리로 왔어. 그런데 로언트리가 비어 있는 걸 알고 몰래 그곳으로 숨어들어 주위를 둘러보았지. 크리스털은 재빨리 머리를 굴렸고 얼간이 같은 젭을 이용해야겠다는 계산을 한 거야. 그래서 젭을 사로잡아 완전히 제 사람으로 만들었어. 그런 다음 자신이 알고자 하는 모든 것들, 즉 누가 누구인지, 주변 상황이 어떻게 돌아가고 있는지 등을 말하도록 만들었지. 그 결과 브린이 애니와 교제 중이고 둘의 관계가 진지하다는 걸 알아냈어. 그래서 애니도 살생부에 오르게 된 거야. 그때 마야의 가족이 등장했고 로언트리에 사람들이 들어오게 되었지. 새 주인이 도착한 거야. 그래서 먼로 씨 가족도 살생부에 오르게 되었고 곧 로언트리와 관련된 사람은 누구든 표적으로 삼게 돼. 심지어 리베카 플린트 같은 이전 소유자들조차도 말이야. 크리스털은 이들 모두를 죽이려고 했어."

"맙소사." 맥머도가 탄식했다.

"하지만 모는 아무 상관이 없잖아요." 제이크가 말했다. "모한테는 왜 그런 거죠?"

"보니 말에 따르면, 모는 이 사건의 배후에 누가 있는지 알고 있었어. 그래, 모는 알고 있었을 거야. 어쩌면 숲에서 크리스털이 나무에다 뭔가를 하거나 여우의 몸을 자르는 걸 목격했는지도 모르지. 그걸 누가 알겠어? 모는 결코 우리한테 그걸 말하지 않을 텐데, 그렇지? 하지만 크리스털이 왜 그 애를 죽이려고 했는지 그 이유는 충분히 될 수 있지." 경위가 말했다.

긴 침묵이 흘렀다. 그 침묵을 깨뜨리는 건 침대에 누워 있는 소녀의 부드럽고 규칙적인 숨소리뿐이었다. 마야는 로언트리에 있는 엄마와 아빠, 톰을 생각했다. 그들도 잠들어 있기를, 이 소녀처럼 조용히 숨 쉬고 있기를 바랐다.

제이크가 고개를 내저었다.

"아뇨, 플린트 부인은 결코 죽어서는 안 될 사람이었어요."

"그건 실수였어." 헨더슨 경위가 말했다.

제이크가 돌아서서 경위를 빤히 쳐다보았다.

"지금 그 말은… 크리스털이 우연히 부인을 죽였단 말인가요?"

"아, 아냐. 크리스털은 부인을 의도적으로 살해했어."

"매우 의도적이었지." 코커 경장이 덧붙였다.

헨더슨 경위가 경장에게 못마땅한 표정을 지어 보이고 다시 말을 이었다.

"리베카 플린트는 고의적으로 살해되었어." 경위가 말했다. "내가 리베카 플린트의 죽음을 실수라고 한 건, 부인의 죽음이 가져올 결과를 크리스털이 잘못 계산했다는 뜻이야."

"이해가 안 되는데요." 제이크가 말했다.

"아주 간단해. 크리스털은 자신이 원하는 걸 얻기 위해 젭을 적절히 이용했어. 젭은 크리스털이 브린과 애니, 먼로 일가를 죽일 계획이라는 걸 알았지. 크리스털이 젭에게 그렇게 말했거든. 그리고 모도 죽일 거라고 말했지. 그렇게 모와 보니가 머물던 장소를 알아낸 거야. 젭이 그 헛간에서 모를 봤다고 크리스털에게 말해준 거지."

"하지만 플린트 부인은 왜요?" 제이크가 물었다.

"크리스털은 부인의 일에 관해선 젭에게 말하지 않았어. 젭과 플린트 부인이 그런 사이라는 걸 알고 있었거든. 아무 말도 하지 않고 조용히 있다가 앞서 도착해서 그 일을 해치워버린 거야. 하지만 그게 크리스털의 실수였어. 크리스털은 아마 젭에 관해서는 어떤 문제도 자신이 처리할 수 있다고 생각했을 거야. 사실 크리스털이 젭까지 죽일 계획이었다 해도 놀라울 건 없지. 젭이 더 이상 쓸모가 없어지면 말이야. 하지만 방금 말했듯이 크리스털은 그 결과를 잘못 계산했어. 젭은 리베카 플린트의 죽음에 대해 알았어. 크리스털한테 들은 게 아니라 인근에 떠도는 소문을 통해서, 혹은 뉴스나 그 비슷한 매체를 통해 알았겠지. 그래서 크리스털을 뒤쫓아갔어."

"하지만 젭은 밭에서 저를 쫓을 때 플린트 부인이 묻힌 자리에 있었어요. 젭은 틀림없이 부인에 대해 알고 있었을 거예요." 마야가 말했다.

"우리도 젭한테 물어봤어." 헨더슨 경위가 말했다. "하지만 젭은 그 시체에 대해 전혀 몰랐다고, 아니 보지도 못했다고 했어. 단지 네가 보이기에 쫓아다녔을 뿐이라고 했어. 그냥 장난삼아 그런 거라고 말이야."

"그건 장난이 아니었어요." 마야가 말했다.

"나도 알아." 경위가 말했다. "아무튼 요점은 리베카 플린트의 죽음이 젭을 분노하게 만들어 크리스털의 뒤를 쫓게 했다는 사실이야. 왜냐하면 크리스털이 그 살인을 저지른 장본인이라는 걸 젭은 분명히 알고 있었기 때문이지. 좀 이상한 방식이긴 하지만 난 젭이 리베카 플린트를 진심으로 좋아했다는 생각이 들어."

마야는 경위에게서, 다른 사람들에게서, 그 침대에서 고개를 돌렸다. 웬일인지 더 이상 크리스털을 보고 있을 수가 없었다. 마야는 몇 걸음 떨어져 나와 선 채로 병실의 텅 빈 벽을 빤히 쳐다보았다. 머릿속에 톰의 얼굴, 엄마의 얼굴, 그리고 아빠의 얼굴이 차례로 떠올랐고 뺨 위로 서서히 흘러내리는 눈물이 느껴졌다.

그리고 그 숲이 자신 앞에 다시 활짝 열리는 걸 보았다.

숲속의 공터와 나무들, 그 덤불숲이 보였다.

하지만 시체들은 없었다. 이제는 더 이상 보이지 않았다.

"누군가가 죽을 거예요." 마야가 속삭였다.

마야는 또다시 뒤에 있는 나머지 사람들을 의식하며 거기 서 있었다. 사람들은 지금 아마 마야를 보고 있거나, 아니면 침대에 누워 있는 크리스털을 보고 있을 것이다. 그러나 마야는 알 수 없었다. 아무도 말하지 않았다. 마야는 자기 뒤의 침묵에 귀를 기울였다. 그리고 문득 깨달았다.

마야는 침대 쪽으로 돌아섰다. 사람들은 침대 주위에 서서 소녀를 내려다보고 있었고 제이크만 마야를 보고 있었다. 마야는 다시 걸어가 제이크 옆에 섰다. 그리고 함께 침대를 내려다보았다. 크리스털은 여전히 움직이지 않았다. 전처럼 아주 고요했다. 하지만 더 이상 위험하진 않았다.

소녀의 호흡은 이미 멈춰 있었다.

29

"그렇게 확신해?" 제이크가 말했다. "차라리 나랑 같이 가."

마야는 교회를 지나 그 너머에 있는 숲을 응시했다. 그리고 고개를 저었다.

"아냐, 이건 나 혼자 하고 싶어." 마야가 말했다.

"하지만 길을 알아?"

"찾을 수 있어."

마야는 제이크의 얼굴에 드리워진 불안을 보았다.

"엄마 아빠한테는 오래 걸리지 않을 거라고 말해줘. 그리고 나는 괜찮다고도 전해줘. 만약 왜 나랑 같이 가지 않았냐고 널 야단치면, 그냥…."

마야는 어깨를 으쓱했다.

"그냥 적당히 둘러대."

마야는 제이크의 뺨에 입을 맞추었다. 그리고 망설이다 재빨리 그 입에도 입을 맞추고는 급히 숲을 향해 가버렸다.

제이크가 뒤에서 마야를 불렀다.

"마야."

마야는 계속 걸었다.

"마야."

"걱정하지 마. 난 괜찮을 거야."

마야는 돌아보고 미소를 지었다. 그리고 다시 숲을 향해 걸어갔다. 방금 제이크에게 자신 있게 큰소리를 치긴 했지만 사실 마야는 그 길을 확신하지 못했다. 그런데 놀랍게도 일단 마을을 지나 계단을 넘어 나무들 속으로 들어가자 길이 명확해졌다. 마음이 놓였다.

마야는 그 이유를 궁금해하며 걸음을 멈췄다. 확실히 숲에서는 더 이상 적대적인 기운이 느껴지지 않았다. 하지만 어디로 가야 할지에 대해 이토록 강한 확신이 드는 이유는 알 수가 없었다. 사방에서 지저귀는 새소리를 들으며 마야는 계속 걸어갔다. 오른쪽으로 표면이 훼손된 나무 하나가 보였다.

마야는 그곳에 시선을 유지한 채 걸음을 이었다. 다람쥐 한 마리가 나무 위로 달려가고 있었다. 녀석은 머리 없는 형상을 지나 첫 번째 가지로 쏜살같이 달려갔다. 마야는 계속 나아갔다. 더 많은 나무들과 표면에 새겨진 더 많은 형상들이 보였다. 마야는 그것들을 모두 뒤로한 채 걸음을 옮겼다. 마야의 마음은 이제 엄마와 아빠, 톰에게 가 있었다.

그리고 제이크에게.

마침내 공터가 나왔다.

그곳은 헴베리 교회만큼이나 찾기 쉬웠다.

마야는 걸음을 멈추고 공터를 살펴보았다. 주위는 온통 고요했고 훼손된 너도밤나무 가지들을 태양이 가로질러 비추고 있었다. 마야는 브린이 죽은 듯 누워 있던 지점으로 다가가 잠시 서 있었다. 그런 다음 천천히 애니가 있던 덤불숲으로 걸어가 다시 멈춰 섰다.

어딘가 가까이에서 산비둘기 한 마리가 울어댔다.

마야는 다시 공터 중앙으로 나가 꼭대기에 있는 나무들 쪽으로 향했다. 자신이 모를 지켜보았던 그 자리였다. 마야는 천천히 그 장소로 올라갔다. 소년이 누워 있던 곳은 풀들이 납작하게 짓눌려 있었다. 마야는 천천히 숨을 내쉬고 돌아섰다.

이제 이곳에는 아무도 없었다.

마야는 크리스털이 서 있던 곳으로 가보았다.

그리고 두 눈을 감았다.

산비둘기가 다시 울어댔다.

마야는 숲의 소리에 귀를 기울이며 그대로 서 있었다. 그런 다음 로언트리를 향해 출발했다. 그리고 자신이 예상했던 것과 정확히 똑같은 광경을 로비에서 발견했다. 톰이 의자에 앉아 현관을 뚫어지게 바라보고 있는 모습.

톰은 창백하고 힘이 없어 보였으나 두 다리로 일어서려고 애를 썼다.

"마야." 톰이 불렀다.

"난 괜찮아, 오빠."

마야가 톰에게 다가갔다. 톰이 얼굴을 찌푸리며 마야를 빤히 쳐다보다가 말했다.

"성질 같아선 제이크를 죽여버리고 싶었어."

"그랬다면 꽤 고전했을걸." 마야가 말했다. "제이크는 보기보다 힘이 세거든. 게다가 오빠는 아직 몸이 온전하지도 않잖아."

"지금 그런 농담이 나와?"

"제이크 잘못이 아냐." 마야가 말했다. "제이크는 나와 함께 가려고 했지만 내가 안 된다고 거절했어. 정말이야. 그건 나 혼자 해야 할 일이었거든."

톰은 여전히 얼굴을 찌푸린 채 마야를 지켜보았다.

"난 괜찮아, 오빠." 마야가 말했다.

"뭐, 네가 그렇다면야."

톰은 다시 의자에 털썩 주저앉았다. 마야는 복도를 따라 걸어오는 발자국 소리를 들었다. 밀리와 록시, 제이크가 자신을 향해 급히 달려오는 게 보였다.

"제이크, 나 때문에 많이 혼났어?"

"아냐, 톰하고만 좀 문제가 있었지." 제이크가 말했다.

마야는 톰을 보고 고개를 흔들었다.

"그러지 마. 톰은 널 걱정해서 그런 거야." 제이크가 말했다. "아마 내가 네 오빠였더라도 똑같았을 거야."

록시가 키득거렸다.

"오빠가 아니라서 기쁜 건 아니고?"

"그만해!" 제이크가 말했다.

"마야, 이 겁 없는 아가씨야!" 밀리가 말했다.

"그럴 수밖에 없었어요."

"알고 있어." 밀리가 말했다. "그러니까 너 혼자 여기저기 쏘다 니며 그걸 끝냈단 말이지? 그럼 이제 온실로 들어가서 엄마 아 빠를 보면 되겠구나."

"두 분은 괜찮아요?"

"두 분 다 너무 기운이 없어서 쓰러져 계셔." 밀리가 말했다. "톰하고 증세가 똑같아. 웨이드 박사가 방금 떠났는데 내일 다시 들를 거야. 박사는 모두에게 휴식이 필요하다고 했어. 머리는 어 때? 아프지 않아?"

"조금요."

"이리 와봐. 웨이드 박사가 나더러 네 머리 붕대를 살펴보라고 했거든."

밀리가 재빨리 붕대를 확인했다.

"좋아. 이제 가서 엄마 아빠를 만나보렴." 밀리가 말했다.

엄마 아빠는 서로 기댄 채 소파에 축 늘어져 있었다. 하지만 동시에 위로 시선을 들어 마야를 보았다.

"마야."

마야는 앞으로 달려가 엄마 아빠 사이를 비집고 들어가 앉았다.

"죄송해요." 마야가 말했다. "저는 거기에…."

"네가 어디 있었는지 다 알아." 아빠가 말했다. "제이크가 말해 줬거든."

"저한테 화나셨죠?"

"화낼 힘도 없어."

마야는 아빠를 보았다.

"우린 화나지 않았어." 아빠가 마야에게 입을 맞추며 말했다. "제이크가 크리스털에 대해서도 말해줬어."

마야는 그 소녀의 얼굴을 떠올리며 몸을 뒤로 젖혔다.

그러고는 다시 그 공터를 떠올렸다. 조용하고 적막한 공터.

"우리는 괜찮을 거야." 엄마가 말했다. "우리 모두 다. 그리고 이 고비를 잘 넘길 거야."

"알아요."

록시가 문간에 나타났다.

"밀리가 지금 차를 만들고 있어요." 록시가 말했다.

"고마워, 록시." 아빠가 인사했다. "우리 모두 차를 좀 마시자. 너희 세 사람도 와서 같이 차를 마시자꾸나."

"알겠어요." 록시가 대답했다. "그럼 전부 여기로 가져올까요?"

"그럼 좋지." 아빠가 말했다.

"난 가서 오빠를 데려올게요."

마야는 다시 복도를 따라 걸었다. 주방에서 찻잔 챙기는 소리와 밀리의 콧노래 소리가 들려왔다. 톰은 여전히 프런트 옆 의자에 주저앉아 늘어져 있었다. 그러면서 좀 전처럼 얼굴을 찡그린 채 마야를 힐끗 쳐다보았다.

"괜찮아?" 마야가 물었다.

"네가 다시 사라져 버렸을 때 난 정말 두려웠어." 톰이 말했다.

"미안해, 오빠."

"난 네가 미워, 마야."

"아니, 오빠는 날 미워하지 않아."

프런트 뒤 사무실에서 전화가 울렸다.

"그냥 내버려 둬." 톰이 말했다. "밀리가 받을 거야."

마야는 망설이다가 사무실 안으로 들어가 수화기를 집어 들었다.

"여보세요?" 마야가 말했다.

"거기가 로언트리인가요?"

남자의 목소리였다. 차분하고 교양 있는 남자의 목소리.

"네." 마야가 대답했다.

"아, 맞군요." 그 남자가 말했다. "그럼 혹시 다음 달 5일에서 7일까지 묵을 수 있는 더블룸이 있습니까? 너무 촉박하게 전화를 드려 이미 예약이 다 차버렸을지도 모르겠습니다만…."

"아니에요. 우린… 그러니까…."

마야는 톰이 자리에서 일어나 로비에서 자신을 지켜보고 있고, 록시, 제이크, 밀리가 그 옆에 와 있는 걸 의식하고는 전화기를 움켜쥐었다.

"여보세요?" 그 남자가 말했다.

"네." 마야가 말했다. 그리고 재빨리 연중 일정표를 훑어보았다.

"그 날짜라면… 네, 가능합니다. 더블룸이 있어요."

"아, 다행이군요." 그 남자가 말했다. "사실 이건 아내와 저를 위한 여행이에요. 우리는 그곳에 한 번도 가본 적이 없어요. 하지만 몇몇 친구들이 그러는데 정말 그림 같은 곳이라고 하더군요."

"네."

마야는 마른 침을 꿀꺽 삼켰다.

"정말… 그림 같은 곳이지요."

"헴베리는 작은 마을이지요, 그렇죠?"

"네, 물론… 아주 작은 마을이지요. 하지만 오래된 교회와 숲이 가까이 있어요. 산책하기에 정말 좋을 거예요. 그리고 두 분이 식사할 만한 좋은 레스토랑도 있고요."

"로언트리에서도 식사가 되지 않나요?" 그 남자가 물었다. "웹사이트에는 그렇게 나와 있던걸요."

"물론이죠, 여기서도 가능합니다."

밀리가 사무실로 들어와 마야 옆에 섰다. 마야는 밀리를 보며 미소를 지었다.

"잘됐네요." 그가 말했다. "그럼, 비용을 좀 알 수 있을까요?"

마야는 그에게 비용을 알려주었고 사람들은 계속 마야를 지켜보고 있었다.

"알겠습니다. 그렇게 하지요." 그 남자가 말했다. "침대와 아침식사만 포함하고 나머지 식사는 가서 추가로 하겠습니다. 제 연락처를 알려드릴게요."

"알겠습니다."

마야는 그것들을 받아 적었다.

"이 정도면 충분한가요?" 그 남자가 물었다.

"그럼요." 마야가 말했다. "곧 예약 확인 메일을 보내드리겠습니다. 그런데… 성함을 말씀하지 않으셨네요."

"아, 죄송합니다. 닉슨입니다. 닉슨 부부요."

"닉슨 씨요." 마야가 일정표에 기록하며 말했다.

"전화받으신 분 성함은요?"

"전 마야라고 합니다." 마야가 대답했다. "마야 먼로."

"이야기를 나누게 되어 정말 즐거웠어요, 마야." 닉슨 씨가 인사했다. "곧 만나기를 기대할게요."

마야는 전화기를 내려놓았고 자신이 떨고 있음을 깨달았다. 밀리가 마야의 손을 잡았다.

"자, 이제 다 같이 차를 마시러 가자." 밀리가 말했다.

세 사람은 저녁 늦게까지 머물렀다. 밀리와 록시, 제이크, 그리고 마야는 그 자리가 무척 즐거웠다. 엄마와 아빠는 일찍 안으로 들어갔고 톰도 마찬가지였다. 마야는 밤이 다가오자 다시 불안해지는 걸 느꼈다.

"정말이야?" 밀리가 문간에 서서 마야에게 말했다. "그럼 내가 여기서 잘게. 전혀 문제될 것 없어."

마야는 고개를 저었다.

"괜찮아요. 나 혼자서도 가족들을 돌볼 수 있어요."

"가족들은 아마 깊이 잘 거야." 밀리가 말했다. "웨이드 박사 말로는 네 가족에겐 지금 다른 무엇보다 잠이 가장 필요하다고 했어. 마야, 내 전화번호는 알고 있지? 조금이라도 문제가 생기면 바로 전화해, 알겠지? 그럼 즉시 달려올 테니까."

"고마워요."

밀리가 록시와 제이크를 힐끗 쳐다보았다.

"얘들아, 우린 그만 가자."

세 사람은 도로를 따라 내려가기 시작했다. 마야는 현관문에 서서 그들을 지켜보았다. 밀리와 록시가 앞서 갔고, 제이크는 꾸물거리며 뒤를 힐끗 돌아보았다. 마야가 문밖으로 나가 도로로 내려갔고 제이크는 즉시 걸음을 멈췄다. 마야가 다가가자 제이크는 미소를 지었다.

밀리의 목소리가 조용한 대기 속을 떠돌았다.

"어서 와, 제이크."

제이크는 눈을 부라렸다.

"그만 가보는 게 좋겠어." 마야가 말했다.

"또 보자." 제이크가 말했다.

그러고는 밀리와 록시의 뒤를 쫓아 달려갔다.

마야는 세 사람이 시야에서 사라질 때까지 기다렸다. 그런 다음 로언트리 안으로 들어가 현관문을 잠그고 주위를 돌아다니며 문과 창문들을 모두 확인했다. 그리고 조명을 모두 껐다.

엄마와 아빠는 안방에 있었고 톰도 제 방에 있었다. 세 사람 다 깊이 잠들어 있었다. 마야는 잠시 가족들을 지켜보았다. 그런 다음 9호실에서 잠옷을 가져와 자신의 침실로 향했다.

방문이 전처럼 마야를 마주 보고 있었다. 마야는 잠시 문을 바라본 다음 손을 뻗어 열었다. 방이 자신을 빤히 노려보는 것 같았다. 마야는 안으로 들어가 문을 닫고 잠시 그 자리에 서 있었다. 그런 다음 잠옷으로 갈아입고 침대에 올랐다.

주위는 온통 고요했다.

마야는 전등을 끄고 누워 기다렸다.

자정, 한 시, 한 시 반.

그때 소리를 들었다. 으르렁거리는 소리. 어둠 속에서 낮게 울리는 소리. 하지만 더 이상 무섭지 않았다. 마야는 그 이유를 생각하며 귀를 기울였다. 다시 으르렁거리는 소리가 들렸다.

마야는 침대에서 내려가 창가로 가서 도로를 내려다보았다. 그리고 커튼을 젖혔다. 바깥은 온통 어둠에 싸여 있었다. 마을에는 어떤 불빛도 보이지 않았다. 마야는 창문을 열고 밖을 살폈다. 바로 아래에 그것이 있었다.

두 개의 노란 눈. 그 눈이 이쪽을 응시하고 있었다.

마야는 창틀에 몸을 기댄 채 그것을 지켜보았다.

전에 그랬던 것처럼, 눈이 감겼다, 뜨였다, 또 감겼다.

그러고는 사라져 버렸다.

옮긴이 유영
서울대학교에서 불어불문학과 박사 학위를 받았으며 현재 서울대학교 불어불문학과 강사이자 전문 번역가로 활동하고 있다. 옮긴 책으로는 『서머타임』 『우리 둘뿐이다』 『노아의 아이들』 『구름』 『프랑켄슈타인』 『위고 서한집』 등이 있다.

호텔 로언트리

초판 1쇄 발행 2013년 1월 31일
초판 8쇄 발행 2017년 2월 22일

개정판 1쇄 인쇄 2022년 5월 16일
개정판 1쇄 발행 2022년 5월 23일

지은이 팀 보울러
옮긴이 유영
펴낸이 김선식

경영총괄 김은영
책임편집 김은하 **책임마케터** 오서영
콘텐츠사업3팀장 이승환 **콘텐츠사업3팀** 김은하, 김한솔, 김정택
저작권팀 한승빈, 김재원, 이슬 **편집관리팀** 조세현, 백설희
마케팅본부장 권장규 **마케팅1팀** 최혜령, 오서영
미디어홍보본부장 정명찬 **홍보팀** 안지혜, 김은지, 박재연, 이소영, 김민정, 오수미
뉴미디어팀 허지호, 박지수, 임유나, 송희진, 홍수경
재무관리팀 하미선, 윤이경, 김재정, 오지영, 안혜선
인사총무팀 이우철, 김혜진, 황호준
제작관리팀 박상민, 최완규, 이지우, 김소영, 김진경
물류관리팀 김형기, 김선진, 한유현, 민주홍, 전태환, 전태연, 양문현
외부스태프 디자인 studio forb 표지 일러스트 신은정

펴낸곳 다산북스 **출판등록** 2005년 12월 23일 제313-2005-00277호
주소 경기도 파주시 회동길 490 3층 **전화** 02-704-1724 **팩스** 02-703-2219
이메일 dasanbooks@dasanbooks.com **홈페이지** dasan.group **블로그** blog.naver.com/dasan_books
종이 IPP **인쇄·제본** 한영문화사 **후가공** 평창피앤지

ISBN 979-11-306-9087-2 (03840)